家住铁路边

徐勤◎著

中国文联出版社

图书在版编目（CIP）数据

家住铁路边 / 徐勤著. -- 北京 : 中国文联出版社,
2022.3

ISBN 978-7-5190-4755-9

Ⅰ．①家… Ⅱ．①徐… Ⅲ．①散文集－中国－当代
Ⅳ．①I267

中国版本图书馆 CIP 数据核字(2022)第 049471 号

著　　者　徐　勤
责任编辑　刘　旭
责任校对　张　苗
装帧设计　裴承锐

出版发行　中国文联出版社有限公司
社　　址　北京市朝阳区农展馆南里 10 号　　邮编　100125
电　　话　010-85923025（发行部）　　010-85923091（总编室）
经　　销　全国新华书店等
印　　刷　北京虎彩文化传播有限公司

开　　本　880 毫米 x 1230 毫米　　1/32
印　　张　10
字　　数　180 千字
版　　次　2022 年 3 月第 1 版第 1 次印刷
定　　价　48.00 元

目录

似水流年

家住铁路边

衡阳老城区在湘江西岸，东岸原本是郊外的一片荒山和农田。20 世纪 30 年代，粤汉、湘桂铁路相继建成，几万人云集而来，东岸那地方就像片鲜嫩的桑叶，被一块块蚕食，逐渐演变成一座铁路城。

火车站前的几条马路，名字起得倒也直白，以粤汉、湘桂铁路经过的地方命名，叫广东路、湖南路、湖北路、广西路。铁路两旁冒出来的家属区，名字起得更是新潮，诸如安居里、向荣里、安全里、静坛里、励志里、清泉里、东方里、扶小里、光明里、嘉树里、团结里、广厦里等等，后面几乎都缀上一个"里"字。

"里"是舶来词，带有鲜明的铁路印记，在这座城市，你只要说家住什么"里"，别人准会说：哦，你家是"铁路上的"。

直到 20 世纪五六十年代，这些叫"里"的地方都还是简陋的平房，许多是树皮和茅草盖的，砖瓦房不多，四周还有不少菜地和鱼塘，用现在的话来说就是城中村。住在这里的人，十有八九是"铁路上的"，连片的铁路家属区，占据了湘江东岸半边城。

那时候，"铁路上的"人很自豪，有自己的托儿所、幼儿园、小学、中学；有铁路医院、生活供应站，甚至还有铁路公、

检、法，简直就像一个"独立王国"。最让人羡慕的是坐火车方便，就连家属探亲都能享受免票。那时能够进铁路工作，是一件很骄傲的事情。

我家也是"铁路上的"，打小我就生在铁路边，长在铁路边，搬了几次家，也没有离开"里"，更没有离开铁路。

"铁路上的"人时间观念很强，过去没有多少人家里有钟表，铁路地区十几万人起床、上班、下班、上学全听"拉位子"指挥。

"拉位子"是啥？现在的年轻人不知所云，还以为是占位子呢。其实"拉位子"就是鸣汽笛，在铁路人看来就是报时。那报时声由机务段的一台蒸汽锅炉拉响，长长的汽笛声响彻云霄，半边城都听得到。

"拉位子"有规律，早上拉三遍，每次间隔约半小时，中午下班拉一遍，下午上班拉两遍，下班拉一遍。记得那时候母亲常唠叨："早就拉过位子了，还不起床，真是个懒猫！""拉过两遍位子了，你还磨磨叽叽，要迟到了！"……如今"拉位子"已经消失二十多年了，或许再也听不到那熟悉的汽笛声了，"拉位子"成了老一代铁路人多少往事的回忆。

家住铁路边，最熟悉的莫过于铁路上传来的各种声音，无论白天深夜，此起彼伏，长长短短，高亢低沉，交织在一起，汇成一首雄浑的铁道交响曲。

在铁路边住久了，我们都能听懂那些旋律。"呜"的一声长鸣，是火车司机拉响了开车的汽笛；"哧—哧—"的排气声，是机车在费劲地启动；忽然传出一阵短促而剧烈的"咣当咣当"声，那是机车的动轮在铁轨上打滑，车轮空转发出的声音。还有那刺耳的"吱吱"声，是驼峰上溜放的车辆与调车场制动员在钢轨上放置的铁鞋相撞后发出的声音。

最热闹的是编组站，一座座信号灯不停地变换着颜色，绿的、红的、黄的、蓝的、白的，像是在展示一场灯光秀。始发终到的列车进进出出，驼峰溜放的车辆来来往往，汽笛声、广播声、调车声汇成一片。

"拐五幺进三道，请二班做好接车准备。"这是列检所广播751次列车即将到站，通知检车员立岗接车的预告。"拐五幺""拐五三""拐五五"是内地供应港澳鲜活冷冻商品的三趟快运列车，铁路人都知道。

有一段时间，只要广播响起三趟快车进站的预告，大人们就会跑去编组站，运气好的话，花上三四十元就能买回一头猪。那些被押运员处理的牲畜，经不起长途运输的颠簸，已经奄奄一息了，运到港澳的一定要是鲜活的牲畜。

家住铁路边，看火车成为一道风景。每当长长的列车驶出编组站，我们一群小伙伴便站在家门口观看，那火车头"呼哧呼哧"地努力往前爬，烟囱里冒出的浓浓黑烟，冉冉升上天空。有时候，它还会像为我们表演特技一样，吐出一串圆圆的烟圈，那烟圈缓缓地升上蓝天，在白云中渐渐飘散开来。车头过后，天空中会落下无数细小的煤渣，仿佛突然下起一阵黑色的小雨，小伙伴们赶紧抱头四处逃窜，有的躲到大树下，有的躲到屋檐下。站定后，用小手来回拨弄几下头发，相视发出"哈哈"的笑声。

接下来，就是数车厢。绿皮的客车不用数，一般每列车都是十二节车厢。货车长短不一，短的一列有二三十节车厢，长的有五六十节车厢。那车厢形状各异，像一间间流动的小房子。见多了，我们都叫得出它的名称，那有墙有顶的是闷罐车，有

墙没顶的是敞篷车，没顶没墙的是平板车，房顶上长出大箱子的是冷藏车，长长圆圆的是油罐车……

列车从我们面前经过，就像接受我们的检阅一样，车厢里装的啥东西我们不知道，只有那平板车无遮无挡，装什么从不对我们保密。平板车上多是各种大型机器设备，用粗粗的钢丝或铁丝固定在车厢两边。有时候遇到军列，平板车上装的是坦克、大炮、快艇、各种军用汽车，小伙伴们就会高兴地鼓掌，向车上押运的解放军叔叔不停地招手，直到列车消失在远处的铁道线上。

家住铁路边，奔驰不停的火车把我们也拉扯大了。

长大后我也成了铁路的一员。几十年过去了，铁路边的风景在不断地变化，如今进入了高铁时代，伴随我们成长的蒸汽机车早已成了古董，悄无声息地站在了博物馆的一隅。铁路人不会忘记，没有那远逝的铁路风景，哪得今日铁路的"白色魅影"！

（写于 2018 年）

站前那棵大樟树

那棵大樟树立在那座站房前已经很久很久了。当那站房还是阡陌桑田时，它就立在那里；当这里驶过第一列火车之前，它就立在那里；当这一带只有几十户农家茅舍时，它就立在那里。

那棵大樟树有多少年了，谁也不知道。当地老人说，修建这条铁路之前，它就站在那个叫"石家老屋"的村子旁。那树又粗又高，树身子挺拔，腰围有两三抱大，树冠像一把撑开的伞，覆盖着大片绿地。走近了，就见树皮有些皴裂，出现一些瘢痕，有些老态。它生有不匀称的大胳臂，又生有多结节的手和指头，看着弯到了地面，却又升到了半空。那神态，活像一个年迈的老人，佝偻着身子，欲亲吻路过的行人。

那是一棵普通的大樟树，绿着生，绿着长，一年四季郁郁葱葱，捧出一抹春色。那不是一棵普通的大樟树，它兀立在都市的窗口，经历的、看到的太多太多，骨子里长满了故事，藏在那一圈一圈的年轮里。

我不知道什么时间什么人把它种在那里，有人说是明万历年间栽种的，距今有400多年历史，也有人说是清代栽种的，有220多年树龄。我不知道它有过怎样的童年，我见到它时，估摸它至少是壮年了。那是一张泛黄的老照片，摄于80多年

前，是大樟树与新站房的合影，那时候它身材显得有些清瘦，没有长出多少枝丫，也没有茂密的树叶，那树干呈"Y"形，像一把弹弓。

大樟树是一座纪念碑，纪念为修建这条铁路而献出生命的筑路者。20世纪30年代，18万筑路员工，在两年零九个月时间里，凿山填水，建成了株洲至韶关455.7公里铁路，拉通了整条粤汉线，其间有3416人以身殉职，平均每公里路基下埋葬了7.5条鲜活的生命。

大樟树是一本历史教科书，它记录了1944年夏天发生在这里的那场空前惨烈的城塞争夺战。战前，它含泪目送30万市民乘火车逃离家园；它亲眼目睹守城官兵奋勇抵抗，与日本侵略军拼死血战。在47天的城市保卫战中，车站经历了敌机多次狂轰滥炸，它不屈不挠，依旧巍然挺立。

大樟树是一个历史见证者，它见证了这座城市的解放，见证了抗美援朝那段激情燃烧的岁月。新中国成立之初，它脉脉不语送走了33批、5264名铁路职工去朝鲜前线，担任军事运输任务。他们中，有75人再没有回来，长眠在朝鲜的大地上。

我与大樟树相识在20世纪60年代初。那时候我上小学，每天都要从它身边经过，我们天天见面，就像一对好朋友。我最喜欢傍晚来到大樟树下，每当夕阳西斜，大樟树便成了鸟的世界。那鸟叫八哥，通体黑色，前额有长而竖直的羽簇，尖嘴如玉，最好看的是它的眼睛，像嵌了个漂亮的金环。每至暮时，大群八哥翔舞空中，或集结于树上，或成行站在四周的屋脊上，喧闹片刻后，栖息于大樟树上。

大樟树像一个有灵性的老人，虽不见它言语，却能从它的枝枝叶叶中窥探到它的喜怒哀乐。20世纪八九十年代，民工潮涌来，车站不堪重负，目睹成千上万候车的农民工，在寒风雪雨中瑟瑟发抖，它恨不能长出三头六臂，为他们遮风挡雨。那年春运，不幸的事发生了，一场踩踏事故，44条鲜活的生命在它眼前顷刻消殒。车站一位老工人对我说，大樟树伤心极了，大病一场，树干裂了，树枝枯了，树叶落了。新任站长派人买来白糖，和上黄泥，敷在它根部的树干上，还用水泥砌了一个护圈，看上去就像给骨折的老人打了个石膏夹板。几年过后，它病愈康复，重新焕发出郁郁葱葱的生机。

大樟树目睹了铁路的负重爬坡，见证了铁路日新月异的发展。沐浴着改革开放的春风，透过车站这个窗口，它看到了铁路翻天覆地的变化，技术装备不断更新换代，新型的内燃机车和电力机车取代了古老的蒸汽机车，冬暖夏凉的空调车取代了老旧的绿皮车，宽敞明亮的候车厅取代了昔日的老站房，宏伟壮阔的大广场取代了逼仄的车站坪。进入新世纪，铁路发展更是步入了快车道，一条崭新的高速铁路穿城而过，给旅客带来了更加舒适快捷的出行方式，给这座城市插上了腾飞的翅膀。

大樟树是车站的标志物，巍然耸立在广场的中央，赶火车的人远远看见它，匆匆的脚步放缓了；回归的游子看见它，倏然有了到家的兴奋。大樟树就像这座城市的礼兵，无论刮风下雨，白天黑夜，都忠实地挺立在那里，迎送着每一位南来北往的旅客，呈上美好的问候和祝福。

欣逢盛世，大樟树越发枝繁叶茂，郁郁苍苍。每当晨曦初露，或是华灯初上，车站附近方圆几里的市民，成群结队向大樟树会聚而来，跳广场舞的，打羽毛球的，练健身操的，舞太极拳的……五花八门，各取所爱。欢歌笑语，曲乐声声，大樟树下成了一片欢乐的海洋。

离开这座城市 30 多年了，大樟树一直保留在我的朋友圈里，每次回故里，我都要去看它，我们脉脉相视，无言胜有声。清风吹过，树叶发出窸窸窣窣的声音，那是它在与我倾心交谈，它告诉我，它还要站立在那里很久，很久。

你想认识那棵大樟树吗？请到衡阳车站来。

（写于 2018 年）

草房子

我的童年是在草房子里度过的。

那是雁城湘江边上一个叫"向荣里"的铁路家属区，百十户人家多半住的是草房子。那草房子顶上盖的是树皮，树皮上覆盖着一层厚厚的茅草，在太阳的照射下，金泽闪闪。草房子的墙壁用竹篾片编织，两面糊上泥巴，再刷上一层白石灰，俨然温暖的家。

草房子四周有不少菜地和鱼塘，一条小溪静静地从旁边淌过。在绿树掩映下，草房子一幢连着一幢，随着地势起伏，如同都市里的村庄。

我家住的草房子坐北向南，是 20 世纪 50 年代初，父母从老家来到这座城市后，花了 80 块大洋买下的。那是一排四户人家的草房子，每户前后门对开，靠南边是一间大屋子，既是客厅、饭厅，也是卧室，后面一间较小的屋子是厨房。我们一家九口挤在这间三四十平方米的草房子里，显得十分逼仄。

草房子很简陋，却十分温馨。一家人住在一间屋子里，朝夕相处，吃饭围上一大桌，睡觉两三个人挤一张床，兄弟姐妹每日里说说笑笑，嬉嬉闹闹，不知道什么叫寂寞和孤独。邻里之间有什么事情，只要隔墙喊一嗓子就能听到。"三姨，没米下锅了，借两筒米给我家煮中饭。""四婶，炒菜没油了，借两调

羹油应应急。"大娘，我家娃要生了，赶紧过来帮个忙。"……常常是人没到，话就隔墙丢过来了。

草房子藏不住秘密，住在这排草房子里的人家，大大小小有三十多口人，每个人的尊姓大名，小孩子的绰号、乳名我们都叫得出；父辈们的工作单位、职业，小伙伴读书的学校、年级都清澈透明；甚至老家在哪里，家里有些什么亲戚我们都知道。不像现在都市里的邻居，家家户户整天都关着密不透风的大门，住在同一层楼十几二十年了，连姓什么都不清楚。难怪母亲每次来我家，总是吵着嚷着要回故里去，她什么都不缺，就缺人说话。

最开心的是，草房子从不对我们设防，家家户户前后门都是敞开的，小伙伴们玩起游戏来，常常是这家串到那家，前门进，后门出，玩得十分尽兴。草房子的窗户少，屋里光线暗，杂物多，是我们玩"打游击""抓特务""捉迷藏"的最佳战场和藏身地。

春天到了，和煦的春风吹醒了万物，草房子门前屋后的桑树、槐树、香椿树、苦楝树、葡萄树吐出了新芽。燕子飞来了，就住在草房子的房梁上，它们不辞辛苦地往来穿梭，衔来泥、草和枯枝，在屋檐附近叽叽喳喳叫了一阵，筑好了它们的巢，热热闹闹地过起了小日子。

同在屋檐下，燕子不惧人，人也不欺燕子，彼此和睦相处。人们日出而作，日落而息，燕子也如此。久了，人和燕子竟处出感情来了。每年春天，我们都盼望燕子早点回来，燕子来了，空中充满了它们的呢喃，家里就热闹了；少了燕子，总感觉这草房子里还缺点什么似的。

夏日的晚上，草房子里很热，到屋外纳凉就成了一道风景。

每天太阳刚落山，人们就用水泼湿门前的空地，等热气散去后，从屋里把竹床、躺椅、门板、凳子搬出来，连成一大溜，很是壮观。

晚饭后，男女老少陆续从草房子里走出来，大人们三五人一堆，或摇着蒲扇，或光着膀子，坐在门口聊天。小孩子聚在一起玩游戏，玩累了，回来躺到竹床或门板上听故事、数星星、看月亮。

那时候的夜空很美丽，繁星点点，缀满天穹，时不时还有一颗流星，拖着长长的尾巴划过夜空，引起小伙伴们一阵惊叫。最好看的是那条银河，从东北向西南横跨天空，宛如细碎的流沙铺成的河流斜躺在青色的天宇上。迢迢的银河，引起我们多少美丽的憧憬和遐想。

立秋后，草房子仿佛不舍即将离别的夏日，一连几天屋里显得特别闷热。几场秋雨，浇灭了"秋老虎"的淫威，草房子变得一天比一天凉爽。

中秋过后，太阳的光线渐渐从高空忧郁下来，阴冷的气息在草房子里弥漫。屋后的那棵大槐树，在冷风里摇曳着枯枝残叶，给人一种荒凉寥落的感觉。每年的这个季节，父亲都要带上我们，到飞机坪附近的山上割来茅草，给草房子添上一件御寒的新衣。

冬日里的草房子又是另一番景色。当北方的寒流袭来，空气越来越湿冷，不经意间，天上飘起了雪花。起初是小朵小朵的雪花，柳絮般地在空中飞舞，冉冉飘到地面。后来雪越下越大，鹅毛般的雪花纷纷扬扬，铺天盖地。

清晨醒来，透过窗户，只见大地白茫茫一片，雪花挂满了树枝，填平了沟壑，给草房子盖上了一层洁白的毯子。小伙伴

们迫不及待地从草房子里冲出来，在雪地里滚起雪球，堆起雪人，打起雪仗来。小手冻僵了，放在嘴边哈口热气，来回搓一搓又继续玩起来。

每次下雪，草房子总会像圣诞老人那样，在夜里悄悄地给我们小朋友送上一份特别的礼物，那就是挂在草房子屋檐下的冰柱。那冰柱晶莹剔透，长长短短，形状各异，像白色透明的钟乳石，轻轻掰一根下来，含在嘴里，像夏天吃冰棍一样开心。一场大雪，给我们带来了无尽的欢乐。

12 岁那年，我家搬进了新居，从此告别了草房子。

几十年过去了，那伴我度过快乐童年的草房子还时常出现在我的梦里，成为我一辈子抹不去的记忆。

啊，草房子，你承载着我们那代人生活中最真实、最质朴的内容，装满了一个时代的故事。

（写于 2019 年）

飞机坪——儿时的伊甸园

12岁那年，我家搬去雁城的一座飞机场旁边，那机场横卧在湘江东岸的京广铁路东面，它没有高高的铁丝网，没有现代化的航站楼，甚至连一条水泥跑道都没有。机场上长满了荒草，一眼望去，就像是一片辽阔的大草原，我们都亲切地叫它飞机坪。

飞机坪是衡阳最早修建的一座机场，地址选在东郊的八甲岭。飞机场由衡阳、耒阳、常宁、安仁、衡山五县负责修建，所需经费由五县分摊。衡阳县为修建机场，增征田赋12.3万元（银圆），向省银行和水灾会借贷款5.5万元（银圆）、谷5000石。飞机场于1934年6月动工，9月28日建成。

八甲岭机场曾有过一段辉煌的历史。抗日战争时期，美国飞虎队的几百架战机曾驻扎在这里。在两年零八个月的时间里，美国飞虎队先后出动飞机1600余架次，击落敌机66架，击毙击伤日军2000余名，极大地打击了日军的嚣张气焰，为中国的抗日战争立下了赫赫战功，在衡阳的抗战史上写下了光辉的一页。

新中国成立后，八甲岭机场经过修缮、扩建，曾几次开通国内民航航线，后来都停航了。在几十年的岁月里，这座机场陆续担负过导航台、航空备降站、飞行训练基地和森林防火、

飞行杀虫、飞行播种等职能。20世纪五六十年代，八甲岭机场成为湖南省航空运动管理中心的训练基地，这也让我们有机会近距离见识了飞机起降、滑翔、跳伞、航模等航空运动，增长了不少课外知识。

记得飞行训练时，我们小朋友常常跑到机场边的山岗上观看。训练开始，一架双翅膀飞机（安－2型飞机）用钢丝绳拖着一架木头飞机（滑翔机）在长长的黄土跑道上滑行，速度不断加快，突然间，木头飞机离开地面冲向蓝天，飞到一定高度时，木头飞机甩掉了钢丝绳，像一只老鹰在空中展翅翱翔，盘旋一圈后，又稳稳地降落在跑道上。

飞行员跳伞训练是我们最喜欢看的一个项目，那是勇敢者的运动，精彩、刺激。每当飞机起飞，我们就紧紧地盯着它，飞机绕市区转一圈回到机场上空时，机舱门就打开了，从里面滚出一串小黑点，小朋友们拍着小手喊道："快看，飞机下蛋了！"小黑点快速向下坠落，一会儿在空中一个接一个地撑开了巨大的花伞，在蓝天白云里飘来荡去，最终缓缓地降落在机场的草地上。

在没有飞行训练的日子里，飞机坪成了我们孩子放飞身心的乐园。放学后，我们小伙伴经常相邀来到飞机坪，那是个天然的足球场，想要多大就有多大。我们把书包往草地上一扔，就成了球门和边线，两边队员分好工，裤子一脱，光着膀子激战开来。那球门和边线没有明显的标记，有时为了一个球，双方争得面红耳赤，互不相让，最后多为发点球来平息争端。玩得兴起，往往忘记了时间，太阳落山了，才想起该回家了。

有一段时间，飞行训练停止了，飞机场东边的山梁下就成了靶场，经常有部队和民兵来这里练习射击、投弹，我们一群孩子饶有兴趣地站在远处观看。训练一结束，我们便蜂拥而上，在靶场的草地里捡子弹壳，到靶子后面的峭壁上挖子弹头。挖子弹头是个技术活，先要用一根铁丝伸进泥土的枪眼里探探有没有子弹头，如果传出"当当"的金属碰撞声，才会继续挖下去，否则会白忙活一场。子弹头挖回来，把它装进一个金属容器内，放到火炉上冶炼，当达到一定温度时，子弹头里的金属物会熔化，此时我们迅速将溶液倒入事先在地上印好的模型里，待冷却后稍加打磨，就成了各种各样的玩具。

飞机坪上生长着各种野花野草，仿佛是一座天然的植物园。有一种草本植物非常有趣，叶柄两边对称长有十几片小叶子，纤细秀丽，看上去像一支支绿色的羽毛，当我们轻轻触碰它时，两边的叶片就会闭合起来，像个害羞的小姑娘，人们形象地称它为含羞草。有些淘气的孩子反复去拨弄它，它似乎生气了，叶子一动不动，再也不搭理我们。还有一种植物不知叫啥名，结出来的果实如同一粒粒黑豆，小朋友们形象地叫它"羊屎粒粒"，吃起来味道酸甜，像吃桑葚一样，满嘴都染成了紫色。机场边坡上还长有一种带刺的灌木，学名叫金樱子，果实紫褐色，形似罐子，我们叫它"糖罐子"。这种果实外面密被刺毛，吃起来又酸又甜又涩，每次我们采摘时，手上都会被划出道道血痕，感觉真是"痛并快乐着"。

草丛里有很多蚂蚱，在绿叶上跳来跳去，我们蹑手蹑脚走上前，小心翼翼地一把将它捉住，装进玻璃瓶里带回家观赏。花丛中，还有漂亮的蜻蜓飞来飞去，要捉住它们可不容易。我们想了个办法，用铁丝围成一个圈，插进细竹竿的一端，铁丝圈上缠上蜘蛛网，一个简易的工具就做好了。当蜻蜓落在花丛里或是在低空飞行时，我们用竹竿朝它轻轻一挥，蜻蜓就粘在

了铁丝圈的蜘蛛网上，任凭它拼命挣扎，也有翅难逃。

飞机坪不仅是我们玩耍的乐园，还为我们提供了丰盛的"野味"。每年春夏之交，一阵雷雨过后，草地上会长出很多的"地皮菜"，像泡发了的木耳一样，藏在草丛里。每到这个季节，我们就会提着篮子，光着脚丫，来到飞机坪捡"地皮菜"。一双小脚丫踩在绿茸茸的苔藓上，像走在地毯上一样，非常舒服。不到半天工夫，我们便会满载而归。"地皮菜"是一种美食，最适宜做汤，味道鲜美，也可凉拌或炖烧。有时候捡得多了，就把它洗净晒干，密封储存起来。

飞机坪的周边还有许多荒坡和菜地，我们常常三三两两去那些地方采荠菜、挖胡葱（野葱），炒熟后吃起来特别香。还有一种植物，俗称"宝塔菜"，长在地下的白色根茎呈螺旋形，看上去像层层叠加的宝塔，小朋友们都喜欢叫它"螺蛳臼臼"。把这种植物的根茎挖出来后洗净，腌制成酱菜，吃起来很脆，特别爽口。

每年的秋天，飞机坪周边地里的红薯收获过后，我们就会拿着铁耙在地里翻挖一遍，我们称这叫"倒红薯"，运气好的话，可挖到半篮子。若是口干或是嘴馋了，拿起一个红薯在衣袖上来回蹭几下，塞进嘴里大快朵颐起来。天气晴朗时，还会捡些枯枝落叶，点燃一堆篝火，把红薯扔进去烧烤，烤熟后香喷喷的，吃起来又甜又粉，感觉世上最好吃的美食就是这烤红薯了。不过，那吃相可就太难看了，一张张小脸被烟熏成了大花脸，还不停地吹着、拍打着烫手的红薯，小伙伴们你看看我，我看看你，禁不住哈哈大笑起来。

进初中那年，我家搬去了另一个铁路家属区，从此告别了飞机坪，告别了伴我度过快乐童年的"大草原"。我心里有太多太多的不舍，就像离开了一个相处多年的好朋友，那青青的草地，辽阔的飞机坪，留下了我许许多多美好的回忆，今生今世也难以忘怀。

（写于 2020 年）

父亲是新中国第一代火车司机

我的父亲是个老铁路，与火车头打了一辈子交道。

距南京城北几十里地有个叫徐郢的村庄，1925 年正月，父亲出生在这个村子的一户贫农家庭。小时候家里穷，一家九口省吃俭用，供他断断续续念了四年书。打少年起，他便跟随父母兄姐给地主家种地、打短工。1943 年家乡闹春荒，日子实在难熬，父亲便跑到南京浦镇铁路机厂做临时工，从此离开了家乡。那一年父亲 18 岁。

1943 年 7 月，浦口机务段招工，父亲被录用，当上了一名擦车夫。擦车夫是下等活，每天攥着两块油腻腻的棉纱，给机车做清洁保养。看着大车们驾驶机车奔跑在铁道线上，父亲非常羡慕。四个月后，父亲考上司炉，登上了机车驾驶室。打那时起，父亲这辈子干过司炉、副司机、司机、指导司机、技术主任，一直到退休，再也没有离开过火车头。

1948 年底，解放战争的炮火迫近南京，京浦线浦（口）蚌（埠）间不通火车了，浦口机务段几百名乘务员和几十台机车被"疏散"到长江以南的浙赣线和粤汉线。父亲怕失去饭碗，在老司机的劝导下，把年仅两岁多的儿子送回乡下，随后与工友们驾驶 1312 号机车南下。机车后面加挂了一辆宿营车，那是一辆老式客车，工友们在客车的座椅靠背上搭上木板，上面睡人，下面放家具、杂物，九户人家携家带口挤在宿营车上，宿营车两头的连接处成了临时厨房，各家各户轮流在此做饭。

战争年代，铁路运输秩序很乱，火车跑跑停停，有时候在沿线一摆就是几天十几天，遇到车站还好，有时候摆在区间，车上饮水和吃饭都成了问题。最让人揪心的是车上有两名孕妇，其中一位是我的母亲，当时母亲怀我大姐六七个月了。途中，母亲即将临产，父亲只好中途把母亲送到上海我大伯家里，托大妈照顾，自己单身一人返回车上继续南下。另一名孕妇无处可去，就在宿营车里生下了孩子。后来，父亲随部分工人被"疏散"到株洲机务段。

1949 年 7 月，解放军乘胜南下，浙赣线也不通车了，粤汉局又把这批工人"疏散"到广州，许诺安排到广州、韶关两机务段。到广州后，车摆在广州南站，拖欠的工资也没有补发，每人给了三个月"疏散费"，此后就不再管了。父亲和工友们在车上住了一个多月，大伙忧心忡忡，不知今后的着落在哪。8 月下旬，听说解放军铁道军管会在株洲成立了衡阳铁路管理局，工人们强烈要求把"疏散"的人和车挂回衡阳。

回到衡阳一个月，衡阳解放了。第二天，父亲和工友们来到衡阳铁路军事代表办事处报到，经过验明证件和考试，这批工人全部分配在衡阳机务段，每人还发给一百多斤大米和煤。自此，父亲结束了被"疏散"的动荡生活，在衡阳落下根来。

新中国成立后，父亲成为新中国第一代火车司机，他的人生也从此翻开了新的一页。

1950 年 6 月，朝鲜战争爆发，铁路职工积极投身抗美援朝运动，衡阳机务段先后派出了几批机车乘务员赴朝，父亲被批准参加了铁路抗美援朝预备队。领导说了，去朝鲜是抗美援朝，

留在家里搞好铁路运输也是抗美援朝，如果前方需要，再去也不迟。在那个热血年代，父亲与包乘组的伙计们一道，积极参加爱国主义生产竞赛，把多得的奖金捐献出来购买飞机大炮。

20世纪50年代，是新中国建设的火热年代，父亲与包乘组的伙计们一道，驾驶机车超轴牵引，多拉快跑，安全正点，节煤节油，多次立功和受到嘉奖，他还出席了广州铁路局先进职工代表大会，多次当选为职工代表，1956年光荣加入了中国共产党。60多年后，我把父亲留下的三张立功奖状，捐献给了广州铁路博物馆。

父亲的时代是蒸汽机车的时代，外行人看火车司机离地三尺，驾驭一个庞然大物奔跑在铁道线上，很是风光，却不知这工作又脏又累。出乘前，乘务员要给机车加煤上水，要在车上、车下、地沟里钻来钻去，给机车各零部件加油、检点；到终点站，机车进库后还要清炉、擦车、保养。跑一趟车，司炉和副司机要轮换着把几吨燃煤一锹一锹地投进锅炉里，有时候遇到长大坡道，蒸汽压力不足，为防止列车途停，司机会抢过伙计手里的铁锹亲自烧火。跑一趟车下来，乘务员的身上是一身汗水一身油，煤灰烟尘涂了个大花脸。有年轻乘务员编了一段顺口溜自嘲："远看像逃难的，近看像要饭的，仔细一看是机务段的。"话虽说得有些难听，却道出了那个时代蒸汽机车乘务员工作的艰辛。

铁路人，把安全看得比天大。老铁路都知道，蒸汽机车时代，乘务员确保行车安全，靠的是一双眼睛和一双手。行车中，无论是骄阳似火，还是狂风暴雨，司机都要侧身把头伸出驾驶室窗外瞭望，经常是半边身子日晒雨淋，半边身子炉火烘烤，身上穿的衣服是干了又湿，湿了又干。火车行驶中发出巨大的噪声，乘务员要亮开嗓子高声呼唤应答，手比眼看，确认信号，跑一趟车，光喝水一个人就要喝掉十几斤。就是在这样艰苦的工作环境下，父亲在铁路上开了十多年的火车，保证了行车安全，他所在的包乘组多次获得百日安全立功奖状。

20 世纪 60 年代初，父亲离开了司机岗位，当上了一名技术干部，从开火车的"大车"转岗为修火车的"大夫"。打我记事起，印象中父亲就是个大忙人，很少见他在家。平日里总是我们吃完饭了他才下班回来，晚上还时不时丢下一句"我去车房看看"，便又出门了。即便是星期天和节假日，他也闲不住，常常拿着那把一头尖一头圆的检点锤走出家门，不是去车房，就是添乘机车去了。用母亲的话说，车头和车房是他的家。

父亲是个老铁路，说出话来都是浓浓的"铁味"，什么"跑车""添乘""架修""洗炉""待避""交会""大车""伙计"……那些行话习惯性地挂在他嘴上，旁人听不懂，我们兄弟姐妹打小就能听懂。最让我惊奇的是，父亲还听得懂火车的汽笛声。那年月家里都没有电话，长长短短的汽笛声，传递出来的是不同的讯息。最揪心的是一长三短的汽笛声，那笛声仿佛就是紧急集结号，哪怕是深更半夜响起，父亲也会一骨碌从床上爬起来，一边说："不好，出事故了！"一边穿上工作服，冲出家门朝段里跑去。

父亲的性格，就像那火车头，坚强、朴实、耿直、勇往直前，再大的困难，多舛的命运也压不垮他，在岗的最后几年，更是白天黑夜地连轴干，他是要把耽误的时间补回来。

退休的那一天到底还是来了，父亲离开了他朝夕相处的火车头，我知道他心里有多么的不舍，就像老农离开相伴一辈子的老牛一样，心情是多么的惆怅，多么的无奈。欣慰的是，他有四个儿子走进了铁路，三个儿子在机务段摆弄火车头，其中一人接过了父亲的气门把，继续驾驶机车奔驰在铁道线上。

（写于 2018 年）

怀念过年的日子

俗话说"小孩盼过年，大人盼种田"。可如今我已是快五十岁的人了，还在盼过年。

我们这个家算得上是一个大家庭，祖孙三代合在一起有20多口人，平日里儿女们在各地工作，父母身边还算清静。一到过年，三代团聚在一起那可真是热闹，大人们聚在一起打打麻将，扯扯家常还注意"影响"，孙辈们就坐不住了，在屋里追打嬉戏，母亲常常嗔怪"把头都吵晕了"，可说话时的神情却掩饰不住内心那份开心和满足。每到吃饭时，家里就像开了个小食堂，老老少少要坐满两大桌。一到晚上，床上、地上、沙发上横竖睡的都是人。尽管条件不像在各自小家过得那样舒坦，可大伙图的就是这几日的团团圆圆。

除夕之夜的团圆饭，是一年中最为隆重的一顿饭，母亲每年为准备这顿饭都要辛苦好几天。而每当饭菜端上桌的时候，母亲却还在厨房里忙碌。看着一家人围在一起吃得开开心心，母亲倍感欣慰，几天的劳累，似乎要换回的就是这一刻的感觉。父亲就不一样了，他是家里的核心人物，每年团圆饭一家人都围坐在他的身边。虽然我们兄弟姊妹都早已为人父母，可每到这时我们仿佛又回到了少儿时代，找到了做儿女的那份感觉。

小时候，我们掰着指头盼过年，理由很可笑，过年有新衣

穿，有好东西吃，还有一块几角的压岁钱。不管串门到哪一家，大人们总会抓一把糖果或几块点心塞进我们的小口袋。买一挂鞭炮舍不得一次放完了，小心翼翼地把它拆散了装进口袋里，一个一个点燃了放。有时几个小伙伴在一起，把鞭炮插在烂泥或牛屎堆上，"噼啪"一声，炸得烂泥或牛屎飞溅，小伙伴拍着小手高兴得跳起来。

长大了，我参加工作去了外地，过年的情结依然很重。平日里工作很忙，难得回家见上父母一面。有时出差顺路回家一趟，兄弟姊妹也见不上面，只有盼过年。过年似乎成为我们兄弟姊妹一个无言的约定，大伙无论在何地工作，每到这时都会奔回到父母亲身边。有几次因为工作忙，我大年三十才带着妻女匆匆忙忙乘火车往家赶，踏进家门的时候已是万家灯火，整座城市都湮没在吃团圆饭的鞭炮声中。

过年的日子虽然短暂，却是十分美好的，它兑现了一年的思念，了却了一年的挂念，送去了新年的祝福。

过年的感觉真好，我怀念过年的日子。

（写于 2003 年）

回家过年

广州的冬天没有雪，大寒时节，梅花竞相绽放，桃树花苞萌动，金橘挂满枝头，春天的脚步越来越近——年又要来了。每到此时，回家过年牵动了无数游子的心。

小时候，我们兄弟姐妹生活在父母的身边，像一群小鸡在母鸡的呵护下，过着无忧无虑的日子。在那个物资匮乏的年代，吃大肉、穿新衣、压岁钱是我们对年的盼头。长大后，我们参加了工作，一个个像翅膀长硬了的小鸟，飞离了老巢，飞向了四面八方。从那时起，"回家过年"就成为父母和我们对年的企盼。

我十八岁离开家，插队落户去了农村，后来参加铁路工作，也多是在外地。每年春节前夕，父母都要写信或打电话，问我们什么时候回家过年。父亲是个老铁路，知道春运意味着什么，末了总是要叮嘱一句："如果工作忙回不来就算了。"我知道父亲是怕我们影响工作，心底里还是盼望我们能回家过年，哪怕是吃上一顿团圆饭也好。

在农村插队那几年，春节是农闲时节，我年年都回家过年。参加铁路工作后，春运就像农村的"双抢"，春节成了大忙季节。为了回家过年，我常常是在年三十或年初一忙完节前春运，才匆匆忙忙携带妻女赶乘火车回家，年初三初四又赶回单位参

加节后春运。尽管与家人过年团聚的时间很短，我却非常知足，老人也能够理解。我知道，那些节日坚守在春运一线的铁路职工，就连这短暂的与家人团聚也成了奢望。

我们这个大家庭祖孙三代共二十多口人，分散在三座城市。每年春节，父母常常提前半个月，就开始忙碌起来，采购年货，加工食物，清扫房间，准备餐具卧具，忙得不亦乐乎。在老人的眼里，过年就是浓浓亲情的两个字——团圆，只要儿孙们能回家过年，再苦再累心里也高兴。

年复一年，在团圆的觥筹交错中，父母的青丝变成了白发，挺拔的身躯渐渐弯曲，步履一年比一年迟缓。终于有一天，母亲做不动了，从大厨的岗位上退了下来，当上了厨房的"业务指导"，父亲也从春节家庭团圆的"总导演"岗位退居二线，改任现场指导工作的"巡视员"。就是这样，几十年来我们一家过年团圆的习俗也没有改变。

2001年春节，我搬进了新居，第一次接父母亲到广州过年，没想到父亲的第一次竟成了最后一次到我家过年。两个月后，父亲住进了医院，经检查患上了绝症。2002年春节，被病魔折磨了大半年的父亲，拖着羸弱的身体，忍着剧烈的疼痛，从医院回到家中，我们都心知肚明，这将是父亲与家人在一起过得最后一个年。在悲切的气氛中，一家人围着父亲，拍下了最后一张全家福。清明节过后，父亲病情加重，临终时，我跪在父亲病床前，紧紧握着父亲那渐渐变凉的手，我分明看到了父亲眼角挂着两滴晶莹的泪珠，那是我第一次看见父亲流泪，那泪是对亲人的不舍，是对亲情的眷念。我哭泣着说："爸爸，您放心，我们会照顾好妈妈，我们还会回家！"

父亲走后，我们兄弟姐妹轮流着接母亲到家中赡养，母亲在哪里，哪里就是家，就是我们"回家过年"的地方。现在物资丰富了，老人生活上什么都不缺，她需要的是亲情，是陪伴，是儿孙绕膝的天伦之乐。如今，母亲早已步入耄耋之年，我们兄弟姐妹也陆续进入花甲之年、古稀之年，大家庭发展到四世同堂，但我们仍然保持过年的传统，年年相聚，岁岁团圆。跨入新世纪，纵横南北东西的高铁，使回家的路变得更加方便快捷。

时光的列车载着我们驶向年末岁尾，年又到了。俗话说，有钱没钱，回家过年。正如《常回家看看》那首歌中所唱到的："老人不图儿女为家做多大贡献，一辈子不容易就图个团团圆圆。"回家过年，是孝敬老人的最佳方式，是送给老人的新年最好礼物。这一年，无论你过得如何，都请放下疲惫，放下忙碌，放下烦扰，收拾好心情，踏上回家的路程。

家中的老人在倚门企盼，家中的妻儿在声声呼唤：亲人啊，回家吧，回家过年！

（写于 2019 年）

千里金陵一日还

　　我的老家在南京的江北门户安徽来安，距离南京城几十里地。

　　父亲年轻时离开了家乡，到浦口机务段当上了一名擦车夫（用现在话说就是给火车头保洁），后来考上了"大车"（火车司机）。1948年底，南京解放前夕，机务段将工人们遣散，父亲与伙计们一道，乘火车沿沪宁、浙赣、粤汉铁路一路南下到了广州，母亲跟随着父亲东跑西颠，最后在当时的路局所在地衡阳落下脚来。

　　从此，长长的铁道线成了我们与家乡连接的纽带。

　　小时候，我们兄弟姊妹最盼望的就是放暑假。那时候，铁路家属每年都有令人羡慕的免费乘车证，一到暑假，跟随母亲回老家就成了我们儿时最快乐的一件事。

　　虽说回老家对我们这些孩子有极大的吸引力，可是记忆中的回乡之路却是十分漫长和艰辛的。

　　那时候，衡阳没有直接到南京的火车，列车速度也很慢，从衡阳到南京的路程是1600多公里，每次回老家要坐上两天的火车才到上海，下车后还要忙着办理签证，转乘火车，再坐上大半天才能到南京。由于坐车的时间太长，每次下车时我们的两条腿都是浮肿的。

尽管老家离南京城不远，可当时不通公路，南京长江大桥也没有修建，我们每次在南京下了火车后，时间都不早了，要先在城里的姑妈家住一两天，再乘汽车到下关码头坐船过江，上岸后再沿着两条河堤步行大半天才能到家。那时候我们年纪小，走不了远路，每次都是舅舅挑着一担箩筐到南京城里来接我们，晃悠悠地把我们挑回乡下去。

那一年冬天，爷爷病故，父亲带着大哥和大姐赶回老家奔丧。恰遇一场大雪，年仅十岁的大姐冻得直哭，几十里路走下来，手脚都冻僵了。回到乡下，舅妈用热水帮她洗揉了半天，才渐渐恢复了知觉。

后来，我们都长大了，参加了工作，又各自有了自己的家庭，便再也没有回过老家了。其间我有两次到南京出差，但由于交通不便，时间不允许，只得望乡兴叹。

一晃几十年过去了。父亲去世已有八个年头，母亲也是80多岁的老人了。叶落归根，前些年母亲将父亲的骨灰送回老家，安葬在家乡的祖坟地里，坟头向着南京的紫金山。

今年清明，我带着妻子、女儿回家乡祭祖，实现了多年回老家的夙愿，一路上也感受到了中国铁路进入高速时代的便捷。

三月下旬，我们从广州出发，原计划乘坐广州开往南京的直达列车返乡，这样十分方便快捷，只需要一天时间。但妻子和女儿想顺路欣赏一下西湖美景、浦江风光，我们便选择了开往上海的列车，下午两点半从广州开车，第二天早上7点钟就到了杭州，在西湖游玩一整天。翌日一早，我们坐上了开往南京的动车组，一个小时就到了上海。下午到南京路观光，到外滩欣赏浦江景色。隔天上午还游览了城隍庙和豫园商城。下午，我们坐上了开往南京的动车组，300公里路程两个小时就

到了，当晚我们还到夫子庙游览了"拂堤杨柳醉春烟"的"十里秦淮"。

为了等着与从衡阳出发到南京的家人会合，我们决定抽空去一趟扬州，体验"烟花三月下扬州"的感受。早上从南京乘火车出发，70分钟便到了扬州，观赏瘦西湖美景后，傍晚又回到了南京。短短四天，我们到了四座城市，游览了众多的风景名胜，说实话，如果不是如今坐火车方便快捷，我们这次返乡一路上是不会跑这么多地方的。

回到南京的第二天上午，我们在火车站与从衡阳赶来的家人会合。一见面，大姐感慨地说，现在坐火车真是太快了，我们昨天下午从衡阳上车，才18个小时就到南京了。

其实，这些年不仅铁路发展了，城市交通和公路建设也令我们感叹不已。南京已建成三座长江大桥和一条过江隧道，改写了火车、行人过江要轮渡的历史，市区还修筑了地铁，修建了穿越玄武湖的隧道，六朝古都变得越来越美了。

家乡的亲人来南京接我们了。几个伯伯和舅舅都已过世，来接我们的是他们的后人，接人的工具不再是扁担、箩筐，而是开着自家的一台小型面包车。

汽车沿公路飞驰，窗外大片大片的油菜花黄灿灿的，令人赏心悦目。家乡的亲人告诉我们，如今这里实现了村村通公路。去年开通的宁洛高速公路还从我们家乡经过，过去到南京城要走一天的路，如今开车也就是半个多小时的事。

晌午，我们乘坐的汽车直接开到了堂兄家的大门口，家乡亲人早已为我们准备了丰盛的午餐。我掐指一算，家人从衡阳上火车到现在坐在家乡的餐桌上，还不到一天的时间，这是我们小时候想都不敢想的事，真乃"千里金陵一日还"啊。

就在我们回老家这段时间，又传来好消息，铁路部门再次调整了列车运行图，全国铁路动车组开行数量达到345对，动车组的白色魅影风靡神州大地。据报载，4月1日合（肥）武（汉）客运专线开通，从武昌坐上开往上海的动车组，2小时50分钟就可以到达南京。据说正在修建的武（汉）广（州）高速铁路年底开通后，从广州到武昌只要4个小时。我想，到那时，"千里金陵一日还"的历史又要被改写了。

　　铁路进入高速时代，拉近了我们与家乡的距离。

（写于2009年）

相聚在回雁峰下

有人说，人到了喜欢怀旧的时候，就开始老了。

兴许是应验了这句话，我们这帮 20 世纪 50 年代出生的人只要聚在一起，就常常回忆起过去的事情。

我的童年是在湘南雁城度过的，那地方在湘江东岸，叫向荣里，是个铁路家属区。那年代也不兴什么计划生育，谁家都有几个孩子，每个孩子几乎都有一个绰号，什么"小二子""大龙""三嫂子""小胖""大米桶""小恶霸"等等，名字虽然俗了点，但叫起来亲切。那时候，虽然日子过得很清苦，可是我们的活动特别的丰富，每天都要玩游戏，经常玩的有"打游击""抓特务""光明逮强盗""打击棒""争皇帝""打弹波"等不下几十项，至今想起来还觉得蛮有意思。

一晃，几十年过去了，幼时的伙伴如今都是五十好几的人了，大多从岗位上退了下来。说来也怪，这人一闲下来，怀旧之情与日俱增，大伙在电话里一合计，决定金秋十月回故里，举行一次童年小伙伴的聚会。

我和列克、小玲几个人在外地工作，其他生活在这座城市的幼时伙伴也大多搬离了向荣里。小胖是个热心人，至今还住在老地方，他自告奋勇当起了牵头人。那天，天还没亮，小胖就开着私家车忙着到火车站接人。

第一天的活动自然是故地重游了。最先去的是坐落在铁路旁的飞机坪，这是我们小时候经常来玩的地方。记忆中的飞机坪很辽阔，像个大草原，如今四周被新建的房子蚕食了不少，草坪也没有那时漂亮了。20世纪60年代，我们常来这里看飞机表演，观跳伞，看打靶，捡子弹壳，挖子弹头，割茅草（盖房子用），拾地皮，抓蚂蚱，野炊等等，更多的是放学后到这儿来踢足球，两个书包往地上一扔就是球门，玩得尽兴了，常常忘记了回家，每次都免不了挨母亲的一顿责备。

从飞机坪回来路过铁路第七小学，这是我们的母校，我们想进去看看，可能是来得太早，校门还没有开，我们只好在门外向校园里瞅上几眼，谈论起当年在学校那些难以忘怀的趣闻逸事。

沿着新建的明翰路，我们朝故地向荣里走去。小玲感叹地说："如果是我一个人回来，绝对找不到这地方了。"是啊，我们记忆中的向荣里是个"城中村"，除了一栋两层的木楼外，全是一排排的平房，而且茅草房和树皮房居多，墙上写着"向孙家养路工区学习"等标语。家属区旁边有四五口鱼塘，还有很多农民的菜地，一条小溪（后来变成了臭水沟）从一旁静静流过。如今，池塘、菜地不见了，平房变成了楼房，臭水沟上面建成了一条宽阔的大马路，向荣里已完全融入了城市，不再是"城中村"了。

我们徘徊在故地房前屋后，仔细地辨认各家当时的位置，寻找当年的蛛丝马迹，看了老半天，也只能说出个大概，唯有那条横穿向荣里的马路依旧，路边的两根电线杆（儿时玩游戏的大本营）还耸立在原地，只是电线杆由木杆换成水泥杆了。

当年向荣里的老邻居差不多都搬走了，我们熟悉的老人很多都已经离开了人世，那一刻，我似乎对这里感到有些陌生，心底里涌上一丝酸楚的感觉。

傍晚，我们来到湘江边游览，岸边的货运码头和江上的木排都没有了，记忆中沿江杂乱无章的木板房被一幢幢现代化的高楼取代，一条宽阔的大道和江边的一条休闲小道，把沿江大大小小几十个公园、广场、旅游景点串联起来，成为一条让人赏心悦目的湘江风光带。入夜，华灯齐放，两岸建筑物上的霓虹灯闪闪烁烁，波光印在江面上，五颜六色，斑斑点点，煞是好看，我不由得感慨道，如今的湘江可以和珠江媲美了。

晚餐安排在江边一家露天的农家菜馆，以吃鱼为主。那些鱼都是湘江里的鱼，味道鲜美，特别是一种叫作"河老虎"的鱼，好吃极了，就连在广州经常吃"生猛海鲜"的小玲都被这道菜吸引住了，尽管辣得她额头直冒汗，但她还是舍不得放弃，直呼"好吃！好吃！"

这是一个美好的夜晚，月圆星稀，微风拂面，江面上波光粼粼，江水静静北去。我们坐在湘江边上，一边品尝美味佳肴，一边聊起那过去的故事。酒过三巡，小胖说出了一件被冤了几十年的事情。那年，小二子家门前种的一棵葡萄树结满了葡萄，馋得我们这帮孩子垂涎欲滴，有人去偷摘葡萄，被小二子的奶奶骂跑了，不知是哪个淘气的孩子，晚上悄悄地把葡萄树给砍断了。这事栽到了小胖身上，他怎么辩解小二子奶奶都认为是他干的。今天见面，他再次郑重地对小二子说："你奶奶说这事是我干的，我真冤枉，这事真不是我干的！"瞧他脸上那副认真相，逗得大伙笑弯了腰。

夜色深了，大家谈兴依然很高，没有一丝归意。是啊，在这个美好的夜晚，每个人都仿佛回到了童年，都有说不完的话。离别几十年，有过多少往事，谁又没有一段故事呢，谁又不想一吐为快呢！

第二天一早，小胖开车和我们一道上了南岳。大伙先到大庙里烧香拜佛，祈祷平安幸福，尔后南岳的朋友请我们吃了一顿斋饭。中午，大伙顾不上休息，兴致勃勃朝祝融峰进发，一路上游览了忠烈祠、南天门、麻姑仙境、磨镜台、藏经殿，大伙一边走，一边说说笑笑，倒也不觉得累，不知不觉就登上了祝融峰。上山的路旁，有不少的农家旅馆，有人突发奇想，提议下次一道来南岳在农家旅馆住上几天，品农家菜，游南岳景，饮茶聊天，下棋打牌，给身心放个假，那该是多么美好的一件事啊！

接下来的几天，我们看望了向荣里尚健在的老人，去罗金桥、华夏陵园祭拜了几位故去的长辈，重游了回雁峰、石鼓等风景名胜，到湘江边品茗聊天，还应邀去了几个幼时小伙伴家里做客。更多的时候，我们开着车在衡阳城里城外闲逛，从城东的火车新客站、大学园区，到城西的经济开发区、陆家新屋、抗日战争衡阳保卫战陈列馆；从城北的草桥、合江套，到城南的黄茶岭、罗金桥，我们游了个遍，走到哪，吃到哪，专挑农家菜馆、地方风味店，可谓是大开眼界，大饱口福。

许多长住雁城的人总觉得衡阳这些年没有什么变化，我们这次通过故地重游感觉雁城变了，变大了，也变得更加漂亮了！正在建设中的通往高铁站的衡州大道、通往南岳的高速公路、横跨湘江的新大桥等项目，将为雁城插上新的腾飞的翅膀。衡阳，这座有着几千年文化底蕴的古城，正在逐渐释放着她的文化魅力。

愉快的聚会结束了。回雁峰下，大家依依不舍，惜别之情为之动容。朋友们说得最多的一句话是"保重"，相约来年春暖花开之时，再次相聚在回雁峰下。

（写于 2009 年）

苗圃大树：衡阳铁路人的精神家园

你知道衡阳苗圃大树吗？

但凡在衡阳铁路工作或生活过的人，心底都装有一本厚重的大书，那本书的名字叫《苗圃大树》。

相传古代有一位公主，为了辨识方向，按照北斗七星的方位，在衡阳种下了七棵樟树。巧的是，其中三棵与铁路结了缘，一棵长在衡阳火车站广场中央，两棵长在原衡阳铁路管理局大门前。公主种树辨路，或许是一个美丽的传说，三棵古樟与铁路结缘，却是真实的故事。

苗圃是一个地名，位于衡阳湘江东岸的酃湖附近。20 世纪30 年代修建粤汉铁路时，因在铁路边辟有一块苗圃而得名。离苗圃不远处有一口池塘，池塘边生长着两棵古老的大樟树，铁路人亲切地将这两棵大樟树称为"苗圃大树"。以苗圃大树为中心，附近的广场、街道、花园、食堂、卫生所也随之被冠名为"苗圃广场""苗圃街""苗圃花园""苗圃食堂""苗圃卫生所"。后来，粤汉、衡阳铁路管理局先后搬迁到苗圃，苗圃成了衡阳铁路的大本营，苗圃大树成了衡阳铁路的标志。

我不知道苗圃大树是何人何年种下的，在没有铁路之前，它就挺立在那里很久了。有专家考证，苗圃大树已有 300 多年的树龄，如今已被当地列入古树保护名录。20 世纪 60 年代末

70 年代初，我在衡阳铁路二中读书时，每天都要从苗圃大树下经过，那粗壮的树干，宽大的树冠，给我留下了深深的印象。

苗圃大树枝繁叶茂，像两把撑开的巨伞，给南来北往的行人遮风避雨，供附近的居民休歇纳凉。两棵大树一南一北，相距约三十米，分别扼守在两个丁字形路口，像两个忠诚的哨兵，日日夜夜守护在那里；又像一双形影不离的手足兄弟，同历风雨守望相助；更像是一对长相厮守的恩爱夫妻，同甘共苦不离不弃。

苗圃大树，陪伴着衡阳铁路走过了 80 多年历程，与铁路同历风雨，共沐彩虹。它目睹了衡阳铁路的发展与变迁，见证了衡阳铁路的繁华与落寂，沉淀了衡阳铁路厚重的历史与文化，这一切，都收藏在它那一圈一圈的年轮里。

苗圃大树，亲眼目睹了衡阳铁路的诞生。1936 年 9 月 1 日，历时 36 年修建的粤汉铁路全线通车，衡阳第一次正式通了火车，几万名铁路员工和家属从全国各地云集而来，从粤汉码头到苗圃大树，沿途几公里新建了车、机、工、电、辆、学校、医院等众多的铁路单位，出现了安居里、励志里、清泉里、扶小里、保卫里、嘉树里等十几个以"里"命名的铁路家属区，昔日偏僻的荒郊野岭，变成了一座热闹的铁路新城。

苗圃大树，记录了抗日战争衡阳铁路的烽火岁月。1938 年 10 月，武汉沦陷，粤汉铁路管理局从武昌徐家棚迁至衡阳苗圃，局址设在苗圃大树附近的光明街（现光明路小学内）。同年 9 月，横贯东西的湘桂铁路竣工通车，在湘江公铁大桥建成后，与纵贯南北的粤汉铁路相连，奠定了衡阳铁路的枢纽地位。湘桂铁路管理局坐落于湘江西岸的五桂岭（原衡阳铁工校内），一座城市，两个铁路管理局，这在全国绝无仅有，凸显了衡阳重要的战略地位。从 1937 年 7 月抗日战争全面爆发，到 1944 年 6 月衡阳保卫战打响，粤汉、湘桂两条铁路为抗日前线源源不断地输送了大批兵源和战略物资，为抗战做出了重大贡献。

苗圃大树，见证了风起云涌的衡阳铁路工人运动和地下党斗争，在隆隆的炮声中迎来了衡阳的解放。1949 年 8 月，衡阳铁路管理局成立，接管了粤汉、湘桂两个铁路局，管辖湖南、广东、广西全境铁路，以及湖北、江西、贵州部分铁路，成为关内六大铁路局之一，衡阳铁路进入鼎盛时期。英雄的衡阳铁路工人，与解放军铁道兵团战士一道，用短短四个月的时间，修复了国民党军队溃败时炸毁的粤汉、湘桂铁路，为解放全中国、建设新中国做出了卓越贡献。朝鲜战争爆发后，一批又一批的铁路职工从苗圃大树下出发，奔赴抗美援朝前线。

1950 年，苗圃大树旁盖起了一栋两层红砖楼，铁路人俗称"红楼"，从此红楼成为衡阳铁路管理局办公楼。一直到 1952 年底，这里都是中南、华南铁路运输的指挥中心，成为长江以南六省铁路客货运输的调度中枢，成就了衡阳铁路的辉煌。

苗圃大树，与红楼相依为伴，目睹了衡阳铁路的一次次机构变迁。1953 年 1 月，衡阳铁路管理局一分为二，改组为广州铁路管理局和柳州铁路管理局。此后几十年间，衡阳铁路从一个"巨无霸"的铁路局，到撤销路局、分局、办事处；从拥有几十个门类齐全的站段，到留下屈指可数的几个站段，目睹这一次次变革，衡阳铁路人感到失落，感到困惑，他们问苗圃大树，大树默不作答。

苗圃大树，有着更广阔的视野，更博大的胸怀。它目睹了衡阳铁路的变迁，也录下了衡阳铁路发展的影像。跨入新时代，衡阳境内从两条铁路发展到六条铁路，京广高铁以及衡柳、吉

衡、怀衡等一批新线先后开通运营，铁路四通八达，形成了高铁和普铁优势互补的铁路网络，衡阳铁路的枢纽地位更加牢固，区域优势更加凸显，展现了衡阳铁路新的辉煌。

苗圃大树，饱经风雨，历经沧桑，沉淀了厚重的衡阳铁路历史和文化。如今在苗圃大树周围，还保存有粤汉铁路管理局办公楼、图书馆、中山堂和衡阳铁路管理局红楼、苏联专家楼、衡阳老火车站等多处老建筑，2019年均被列入湖南省文物保护单位。红楼在它的古稀之年实现了华丽转身，变成了衡阳铁路博物馆，红楼前的池塘，建成了衡阳铁路文化广场，古老的苗圃大树风采依旧，成为广场上一道亮丽的风景。

苗圃大树，烙下了几代衡阳铁路人的印记。无论你走得多远，大樟树都在你的心中，成为一道抹不去的记忆；无论衡阳铁路如何变迁，终归是从这里出发。衡阳铁路开枝散叶，根在苗圃大树。

啊，苗圃大树，你是衡阳铁路人心中的图腾，是衡阳铁路人的精神寄托，是衡阳铁路人的精神家园！

（写于2020年）

农村岁月

我的房东

　　20世纪70年代，我在农村一户姓肖的房东家住了五年。40多年过去了，与他们共同生活的那段日子，还常常出现在我的回忆中，难以忘怀。

　　1971年11月3日，我们衡阳铁路二中的11名同学乘坐一辆敞篷大卡车，来到衡阳县西渡公社。抵达时已是下午，当晚我们打开背包，在公社二楼的地板上睡了一夜。第二天大队支书来公社领人，把我们带到了五里外的航渡大队，我和同学杨彦平分配到合丰生产队。

　　队长伍可云把我俩领到了岾公塘张先云（房东大娘）家。房东家有六口人，房东大伯在县电业局工作，主家的是房东大娘，上有一位古稀老奶奶，下有一个儿子两个女儿。见到我们，房东一家人非常高兴，热情地给我俩腾出了一间房。当时房东家的住房条件也不好，仅有三间面积不大的稻草房，墙是篾片编织的，两面敷的是泥巴，让出一间给我们之后，他们一家老少三代六口就只能挤在堂屋和一间偏房里。房子虽然破旧，但是我俩感受到了家的温暖。第二年，生产队为我们修建了新瓦房，我俩宁愿住在这破旧的稻草房里，也不愿搬去新房，这一住就是整整五年。

　　刚到生产队的第一个月，队里安排我俩吃"派饭"，即每家

每户轮流吃一天。尽管当时乡亲们的日子过得也很贫困，但每户人家都把我们当作客人，尽可能地拿出最好的饭菜和自家酿的米酒招待我们。

一个月后，我们购置了锅碗瓢勺，在房间里挖了个地炉，自己开火做饭了。每天出工回来，非常辛苦，还得自己动手做饭，常常是那边喊出工了，这边饭还没煮好，搞得我俩手忙脚乱。更令我们伤神的是没有油、没有菜，也没有柴烧。房东大娘看我们日子过得很清苦，经常送些菜接济我们，可这也不能从根本上解决我们的吃饭问题，房东大娘便三番五次对我们说："如果你们不嫌弃，就和我们一起吃吧！没什么好菜，杂菜（坛子菜）还是有的。"就这样，我们开火不久，就和房东家人吃上了一锅饭，这一吃也是整整五年。

为了让我们吃的尽可能好一点，房东大娘想了很多办法，除了在自留地里种植各种时令蔬菜外，还腌制了很多坛子菜。最让我难以忘怀的是房东大娘自己动手做的米豆腐、红薯粉、糯米糍粑，那真叫一个绝味。在农村，乡下人养鸡下蛋舍不得吃，总会拿到集市上换些油盐，我在农村五年，从没见房东家卖过一个鸡蛋。房东伯伯肖远庆每次回家探亲，不是帮我们整修漏水的稻草房，就是到村旁的小河里打鱼、抓脚鱼，在沟渠里盘泥鳅，或是到池塘里摸螺蛳、贝壳，给我们改善伙食。冬天，见我们睡的竹床上垫得很薄，房东大伯就用稻草为我们打草垫子。房东大娘偶尔外出走亲访友，吃红（喜事）白（丧事）酒席，都要把分得的一份菜带回来与我们分享。有一年过年，房东大娘专门酿了一坛糯米甜酒，让我带回城里给家人品尝。邻队的同学们十分羡慕我俩有一个好房东，时不时有人来我们这里蹭上一顿饭；有时候城里的亲朋好友和同学来农村看望我们，也是在房东家吃饭。房东一家人从不嫌弃，把他们当客人一样招待。

农村干的是体力活，一天的劳动十分辛苦。特别是春耕和"双抢"的时候，早上天还没完全亮就要起床，晚上满天缀满了星星才能收工，累得我们直不起腰来，随便倒在田边地头就能睡着。收工回来什么都不想做，就想倒头睡觉。好在房东大娘为我们解决了一日三餐，否则我们还要吃更多的苦头。有时候太累了，我们换下的衣服都懒得洗就睡了，第二天收工回来，房东大娘已经帮我们把衣服洗好、晾干、叠好放在了床头。如果发现我们的衣服磨破了，房东大娘会找来一块布，悄悄地帮我们缝好。

在与房东家相处的日子里，我感受到了家的温暖，在房东大娘身上，我体会到了慈祥的母爱，发生在那段特殊日子里的许多事情，我终生难忘。

房东大娘是一位烈士的女儿，这件事他们一家人从来没有向我们提起过，直到40多年后，我才从房东大娘一个远房亲戚口中得知。1924年，房东大娘一岁时，父亲离开家参加了革命，同年加入共产党，担任中国工农革命军七师三团一连连长。1928年因叛徒出卖，壮烈牺牲。当年，房东大伯跟着村里的大人们一道走了几十里路，悄悄地把烈士的遗体用板车拉回村里，埋在张大屋花园子的堰边。

与人为善，居功不傲，克己为人，朴素厚道，我的房东就是这样一户淳朴、善良的人家。

两年后，一道来航渡大队的同学开始陆续返回城里，这时候，大队党支部推荐我到航渡小学担任了民办教师，并让我参加组织文艺宣传队，到各生产队巡回演出，后来又参加了公社

和县里的文艺会演。随后这两年，我依然吃住在房东家里。夏天的晚上，我们一道坐在屋前的禾坪上纳凉，冬天的夜晚，我们一起围坐在火炉旁烤火，我们天南海北、古今中外、城里乡下，经常聊到夜深人静，是房东一家人陪伴我度过了那段最孤独寂寞的日子。

1976年12月，我被招工进了铁路，成为我们这批最后一个离开农村的同学。临别之前，我邀请房东一家人来到县城西渡，在一家照相馆拍摄了一张合影，我在照片上留下了饱含深情的一句话："亲如一家"，这是我五年农村生活与房东一家的真实写照，也是发自我的肺腑之言。

时光荏苒，岁月如梭。如今，房东大娘已经94岁高龄了，我也离开农村40多年了。40多年来，我与房东家像走亲戚一样，一直保持着来往。在人的一生中，五年虽然很短暂，但那是一个特殊的年代，他们给我的这份情，这份爱，我一辈子也无以报答。

（写于2017年）

难忘吃"派饭"

这辈子吃过各种各样的饭，最让我记忆深刻的还是当年在农村吃"派饭"。

20世纪七八十年代以前，农村基层来了工作队、农技员或公社干部，一般都安排到农户家里吃饭，称为"派饭"。虽说"派饭"是家常便饭，可是在那个生活贫困、物资匮乏的年代，一顿"派饭"，演绎了几多人情世故，折射出浓郁的乡村风情，使人难以忘怀。

据说"派饭"在战争年代就有了，那时候干部下乡，由村里安排在老百姓家吃住，便于了解乡情民意，与群众打成一片。后来，"派饭"作为一个优良传统继承下来。

"派饭"一般由生产队长安排，来的人少，时间短，就固定在一户人家吃，时间长，就轮流到各家吃；如果来的人多，就分散到几户人家吃。饭后，干部要按规定交钱和粮票给主人，主人不能不收。在那个年代，"派饭"一般都安排到贫下中农家里吃，成分不好的人家是不安排"派饭"的，因此，能轮到"派饭"的人家都很自豪。

1971年11月，我们学校一批同学来到衡阳县西渡公社。下放第一年，国家给我们下拨了安家费，每月还有计划的粮、油、煤供应。刚到队里时，我们还没有购置炊具，队长就安排

我们吃"派饭"，全队 20 多户人家，一户一天，轮流转。

农村吃饭时间与城里不同，开始我们有些不习惯，早上六点钟左右要起床出早工，九点钟左右回来吃早饭；接着出上午工，下午两点多钟回来吃午饭；饭后休息个把小时，四点钟左右出下午工，直到天黑收工。确切地说，农村出工没个准点，分农忙和农闲，出工、收工全听队长的吆喝。

那时候，田地都属于集体，大家在一起劳动，收工了，轮到去哪家吃"派饭"，哪家的人就会领我们去他家。农村人一般只吃早、午两顿饭，晚餐只有在农忙时才吃。早餐和中餐是正餐，比较讲究，晚餐很随便，叫"吃点心"。开始我们没搞懂，以为吃点心就是吃几块饼干什么的，过后才知道"吃点心"就是吃晚餐，一般都是吃中餐剩下来的饭菜，条件好一点的就煮一碗清汤面条，上面撒点葱花。

那个年代农民家的生活极其清苦，但为了招待我们这些城里来的年轻人，于是家家想尽办法，倾其所有，尽量设法把"派饭"做得好一些。农村人很热情，都算好了"派饭"的日子，哪天到哪家，提前几天就开始准备，没油的借油，没菜的准备菜，甚至是到左邻右舍"借"菜。有些人家有亲戚在县城工作的，还会走上六七里路到县城要点豆腐票、肉票，买些豆腐和猪肉。最不济的，也会向队里提出申请，到集体的鱼塘里打一条鱼，或是到沟汊、渠道里盘些泥鳅。

有时农户家来了客人，或遇到有老人过生日，请人帮忙盖房子、打杂工什么的，主人家就会与左邻右舍商量互换"派饭"的日期。遇到这种情况，吃"派饭"就变成了吃酒席，人多热闹，有酒有肉，能蹭上这样的饭，我们自然高兴。

到队干部和"半边户"（农村有人在外工作拿工资的家庭）

家吃"派饭"，一般都吃得比较好，我们也放得开。遇到家里劳力多、生活好一点的农户，我们也不讲客气。到这两类人家吃"派饭"，不但菜比较丰盛，还能喝到他们自家酿的湖之酒。这种酒用当地产的"麻矮糯"为原料精制而成，金黄透明，浓郁香甜，好几次把我喝得晕晕乎乎，至今回到农村还嚷着要喝这种湖之酒。

吃"派饭"我们最怕去到家里劳力少、小孩多的家庭。每当遇到这样的家庭，我们就得管住嘴，不敢也不好意思放开吃。在这些家庭吃"派饭"，男主人陪餐，女人、孩子都不上桌，无论我们怎么劝他们一起吃，大人都不让，非得等我们吃完了他们才吃。尽管这些农户家很困难，但也要弄点小鱼干、炒鸡蛋什么的好菜，还一个劲地劝我们："莫客气，多吃点，冒（湖南话'没有'的意思）什么菜，都是些小菜。"看我们吃得斯文，主人一边往我们碗里夹菜，一边解释说："小鱼是自己在河沟里摸的，鸡蛋是自家养的鸡下的，小菜是自家地里种的，都冒花钱。"然而，望着旁边几双小眼睛眨都不眨地盯着桌上，口水顺着小手指头流出来，我们更不忍心多吃。

记得吃"派饭"吃得最多的一道菜是"荷折"，几乎家家都有这道菜。"荷折"以红薯为原料，磨成淀粉后煮熟加工成片，晒干后剪成一块块菱形的小片，便于贮藏。"荷折"既可做菜，也可做汤，还能当主食，因此成为当地家家户户四季常备的食物。"荷折"柔软滑嫩，老少皆宜，一般都是清水煮熟，放点油盐、葱花，遇到条件好的农户家，再放点肉末，那味道就更鲜美了。

过去在城里我吃过甜菜和红薯叶，在农村的饭桌上却从没有见过这两道菜，我很纳闷，问房东家大妹子，她笑呵呵地说：

"那是猪菜，给猪吃的。"倒是城里人从来不吃的芋头杆子，农村人却把它洗净晒干，腌制成坛子菜，还给它取了个好听的菜名，叫"芋荷"，吃起来清脆可口，成为一道下饭的好菜。

在农村吃了20多户"派饭"，印象最深的是在宏老爹家吃"派饭"。宏老爹是队里的困难户，家里几个孩子，就他一个主要劳力。那天我们到他家吃"派饭"，早餐就是几碗没什么油水的青菜和坛子菜，还有一碗"荷折"汤。坛子菜很开胃，我伴着汤吃了两大碗饭。中餐比我想象的丰盛，除了几碗青菜，竟然还上了一碗红烧肉、一盘炒鸡蛋。那年头，我们干的是体力活，肚子里储存的一点油水早就耗完了，望着那碗诱人的红烧肉，馋得我只往肚里流口水。一上桌，宏老爹就夹了一块红烧肉放到我碗里，我刚咬了一口觉得不对劲，酸不溜秋的，又不好意思吐出来，只好强忍着咽下去了。宏老爹客气地说："你们多吃点，农村很难吃到新鲜猪肉，这还是前几天一个亲戚来送的。"哇塞，这肉都变味了，还是什么新鲜猪肉！也难怪，那时候农村没有通电，更没有冰箱，为了这顿"派饭"，人家一块肉几天都没舍得吃，也难为人家一片好意了。

宏老爹又给我夹了一大块炒鸡蛋，很香，我一放进嘴里，像吃了苦药似的赶紧吐回碗里，天啊，这哪是炒鸡蛋，简直就是炒盐蛋，咸得无法下咽！没办法，我只好就着青菜，呼哧呼哧吃了两碗米饭，嘴一抹，赶紧说吃饱了。几个娃都还没有吃饭，我们放下碗筷就告辞了。离开宏老爹家，我想起斗笠忘在他家了，便回去取斗笠，走到大门外时，屋里传出一阵小孩的哭声，只见宏大婶一手端着红烧肉，一手端着炒鸡蛋，大声呵斥道："这么好吃，这两碗菜还要留到晚上待客的，真不懂事！"

为了避免尴尬，我装着没听见，进门拿了斗笠赶紧退了出来。晚饭时，那碗红烧肉和那盘炒鸡蛋又摆在了桌上。

一个月后，我们购置了餐具，结束了吃"派饭"的日子。五年后，我们十多个同学陆续离开了农村。听乡下的农民说，20世纪80年代中后期开始，风气变了，干部下乡不再吃"派饭"了，或在村干部家就餐，或进饭店吃饭，"派饭"逐渐淡出了历史。

不过，我还是很怀念那段吃"派饭"的日子。

（写于2018年）

生　日

今天是我的生日。没有鲜花，没有蛋糕，没有烛光。

40多年了，我的生日更多的还是在这样平淡的日子里度过的。都市里高频率的生活节奏，令我们生活在这个时代的人一天忙忙碌碌，一年碌碌忙忙。多少次，生日从我身边悄悄溜去也没感觉，偶尔发现已成往日了。

小时候，家里兄弟姊妹多，在那个买什么都要票证的年代，家里日子过得很艰难，平日里难得吃到一顿肉。打我懂事起，就记得家里兄弟姊妹谁要是"长尾巴"（当地小孩过生日叫"长尾巴"），母亲就会煮上一碗面条外加两个荷包蛋端到他（她）手里，算是给他（她）过生日了，其他孩子馋得只有流口水的份儿。

初中毕业，我到了湘南一个小村庄住下。每天迎着太阳出，伴着月亮归，日子在单调贫乏中度过。每当夜幕降临，寂静的田野里就会荡起我的小提琴声。那悠悠的琴声，使我忘记了白日的疲劳，忘记了生活的艰辛，带着我对亲人的思念飘向远方。

那是一个金色的秋夜，劳累了一天的我像往常一样，在池塘边的小坪里拉起了小提琴。晚稻刚刚收割，空旷的田野里静悄悄的，我孑然一身，越发感到孤独。一曲小提琴协奏曲《梁祝》，把我带进了那个生离死别的情感世界。琴声夹着悲伤，飘向天穹，月亮似乎都被打动了，躲进了云间。

不知什么时候，房东大娘来到了我的身边，她双手端着一碗热腾腾的面条，递到我面前轻轻地说："小徐，呷点心吧（当地吃晚饭叫'呷点心'），趁热呷（湖南话'吃'的意思）！"

我放下手中的琴，接过房东大娘手中的碗和筷子。大娘转身走了。我拌了拌面条，碗底滚出了两个圆圆的鸡蛋。我很诧异，那年头乡下人的日子过得紧紧巴巴，养几只鸡下几个蛋，不是留着换油盐，就是留着招待贵客，平日里偶尔能吃到一顿面条，那也只是面上飘着几根葱花的斋面。今天，房东大娘怎么会如此款待我呢？望着碗中的鸡蛋，我突然想起，今天是我的20岁生日。大娘一定是在平日闲谈中听到的，没想到她牢牢记住了这个日子。想起小时候过生日母亲为我们煮鸡蛋的情景，我再也控制不住自己的感情，眼泪吧嗒吧嗒地滴落在碗里。

几年后，我参加铁路工作离开了那个小村庄。多少年过去了，每当我过生日的时候，眼前总是浮现出那难忘的一幕。

（写于1999年）

我在乡下当教师

　　1971年冬天，我在湘南一个小村庄生活，常被派到田间地头、祠堂和庵子里写标语，参加宣传队演出。大队干部看我表现好，写得一手好字，便推荐我去了村里的小学，当了一名民办教师。

　　我去的这所学校叫航渡小学，学校在村里的一座旧祠堂里。校长是一位和蔼可亲的大姐，她和另外一名女教师是公派来的，我们四位男教师分别来自周边的几个生产队。那时候，我其实只读了两年初中，能当上教师，实属抬举了，也说明农村太缺师资了，找个高中生都难！

　　学校班级少，每个老师都要承担几门课，人人是"全能型"。过去我没有教过书，刚开始连教案都不会写，好在几位老教师帮我一顿恶补，把我这只笨小鸭匆匆赶上了架。

　　记得第一次上语文课，我就闹了个笑话。课堂上，我用普通话朗读课文，同学们感到很新奇，不时发出一阵窃窃笑声。我以为他们听得很投入，没想到刚朗读完，一个学生脱口说了句："土狗子放洋屁！"教室里爆发出一阵哄堂大笑。我气得喊那个学生站起来，他像没听见似的。旁边的同学说："老师，他不叫张宏成，他叫江宏谨。"教室里又是一片笑声，弄得我十分尴尬。原来在当地方言中，"张"念"江"，"成"念"谨"，那读出来的声调，像唱歌一样，还带拐弯，字典里也找不到。第一次上课，我在学生的嘲笑声中草草收场。

我们班学生分别来自九个生产队，有的学生家住在冲（山）里，上学要走十来里路，山路弯弯，崎岖不平，晴天还好，遇到雨天，常常是一身雨水一身泥。一些家庭困难的孩子，多数时间是打着赤脚上学。冬天，北风呼啸，教室的窗户没有玻璃，冷得像个冰窖，我从生产队找来一些废弃的塑料薄膜，钉在窗户上，以抵挡寒风的侵袭。下雪天，一些孩子常提着个小火盆来上学，上课时，就把火盆放在课桌下面；下课时，孩子们三个一群，五个一伙地围着火盆取暖。

班上有几个调皮的学生，常常惹是生非，少不了挨我的批评。后来发生一件事，改变了我的看法。那是一个雪天，我感冒了，讲课时发出浓重的鼻音。教室里很冷，有学生在不停地跺脚，我的手指也冻僵了，在黑板上板书时连粉笔也握不稳。这时，一个平日里经常被我训斥的学生走上来，把小火盆往讲台上一放："老师，夹夹（烤烤）火。"说完，转身回到座位上去了。那一刻，我好生感动，一股暖流涌上心头。这件事让我感悟到，调皮是孩子的天性，善良才是孩子的本性。

还有一次，一个女学生没有按时交作文，我把她叫到办公室，她像做错事了一样，低头嗫嚅道："家里没有墨水了，爸爸说过几天赶集把家里攒的鸡蛋卖了就给我买墨水。"说完，用衣袖抹去挂在脸上的泪水。望着眼前这个农家女孩，我心里一阵酸楚，不知该说些什么，我拿起桌上的一瓶墨水塞到她的手上："你先拿回去用吧！"

第二天一早，这个学生来到办公室，把作文本交给我，又从书包里掏出一包东西放到我办公桌上。"这包花生是我家种

的。爸爸说，谢谢老师啦！"说完，弯下腰，认真地给我鞠了个躬，转身跑了。望着孩子的背影，我鼻子有些发酸，再一次被农村人的朴实和孩子们的纯真深深打动。

学校的办学条件很差，除了粉笔和黑板擦，几乎没有其他的教学器材。看着孩子们一张张渴望知识的脸庞，我不敢懈怠，白天上课，晚上在昏暗的油灯下，认真备课和批改学生的作业，还抽出时间参加学校的勤工俭学劳动。我的付出赢得了学生的尊敬，也得到了老师们的肯定，那一年，我被评为区里的优秀教师。

第二年冬天，我被招工进了铁路，离开了那些既淘气又可爱的孩子们。

多年后，我回到村里，学校不知在哪一年停办了。我伫立在学校的旧址前，心里平添了一份惆怅。望着空荡荡的祠堂，我默默无语。迷迷茫茫中，我恍惚听到了一阵朗朗的读书声。

孩子们，你们都好吗？你们都去了哪里？

（写于 2018 年）

醽醁之乡湖之酒

衡阳有酃湖，酃湖有好水，好水出好酒，好酒取"湛然绿色"的酃湖水酿造，故称酃酒、湖之酒，也称醽醁酒。"醽醁"是中国古代美酒的名称，衡阳因此号称"醽醁之乡"。

说到湖之酒，还得从酃湖说起。酃湖地处衡阳市东郊高铁站附近的耒水冲积平原——酃湖町，古代酃湖水域辽阔，"万顷酃湖逗一泓"，汉初设酃县，即以此湖命名。酃湖水清冽甘沁，据传源出清泉山，附近居人汲湖水烹糯米酿酒，其味醇厚绵甜，为酒中珍品。

湖之酒至今已有两千多年的历史。据《后汉书》记载："酃湖周回三里，取湖水为酒，味极甘美。"《衡阳县志》记载："衡阳自汉传，酃湖水可酿。"北魏贾思勰所撰《齐民要术》收入酃酒的制作方法，并称之为"酃酒法"。晋代诗人张载饮酃酒后诗兴勃发，写下了中国酒文化辞赋的名篇《酃酒赋》。有人统计，赞誉湖之酒的古诗文有三百余篇之多，为国酒之绝无仅有。两千多年来，湖之酒形成了独具魅力的"色泽鲜明，醇厚绵香，浓而不腻，圆润浑厚，清明爽快，不上头"的风格，成为历代皇宫贡酒。衡阳人为湖之酒总结了"四个之最"：贡品历史最悠久、闻名时间持续最长、诗赋记载最早、赞誉诗文最多的传统美酒。

湖之酒最初是酃湖附近农民自酿的"家作酒"，后逐步进入市场。民国二十四年（1935）《中国实业杂志》载：清末民初，衡阳城内有酿酒作坊179家，年产酒32600担，酒店遍及大街小巷。与石鼓书院相距数丈的青草桥两端，更是酒家店铺鳞次栉比，素有"青草桥头酒百家"之称，为衡阳旧时八景之一。酒肆入选城市的风景名胜，这在全国独一无二，足以说明衡阳古代酿酒业的鼎盛以及酒文化的源远流长。

历经千年沧桑变化，酃湖逐年淤塞缩小，到新中国成立之初，仅存水面1100余亩。近年来，衡阳城市东扩，酃湖町新建了体育馆、大学城，通往衡阳高铁站的衡州大道穿湖而过，座座高楼拔地而起。城市在一天天膨胀，酃湖在一步步退让，湖水几近枯竭。真担心有一天，古老美丽的酃湖将会消失，成为人们记忆中的湖光景致。有幸湖之酒的酿造技术早已传播开来，如今衡阳四乡，家家户户都会酿制湖之酒。衡阳县西渡酿造的湖之酒即青出于蓝，其知名度在近代渐渐超过酃湖。

衡阳是我的故乡，我在那里生活了近三十年。记得第一次喝湖之酒是在读初中的时候。我所在的排（当时班称排）组织了一支文艺宣传队，那天我们来到衡阳东乡的一个村里演出，演完天色不早，村里留我们食宿。晚饭时，每个人面前都摆上了一碗湖之酒，观之色泽金黄，闻之醇香浓郁，饮之口感鲜甜。乡下人很客气，说这酒是自家酿造的糯米酒，不上头。我懵里懵懂，一连喝了两三碗。在回屋的路上，酒劲上来了，我感觉浑身热血涌动，走起路来摇摇晃晃，大有飘飘然羽化而登仙之感，回到屋里倒头便睡着了。那一夜，睡得真香。

初中毕业后，我来到衡阳县西渡。这里普通人家都会酿造湖之酒，每到孟冬季节，家家户户糯谷飘香。酿酒选用的原料是当地种植的优质品种"麻矮糯"，普通的水稻一年可以种两季，麻矮糯一年只能种一季，产量不高，生产队却每年都要划出几亩水田来种麻矮糯，收割后分给各家各户酿酒。我至今也没弄明白，当年村里一些人家温饱问题还没有解决，却舍得用粮食来酿酒，这大概缘于一种祖辈相传下来的乡愁情结吧。

农历十月，孟冬寒气至，此时是酿造湖之酒的最佳季节，村里家家开始推谷酿酒，整个村子飘着糯米饭的清香。我的房东家每年都要酿酒，记得第一道工序是用土碾子推糯谷（用碾米机会碾破米皮），推过后的糯谷要用竹筛把未去壳的谷筛出来再推，然后用风车吹去谷壳，糯谷去壳后成了糙糯米。这种糙糯米外面包裹着一层米皮，酿出来的湖之酒色泽纯正，清亮透明。糯米碾好后浸泡、淘洗，然后装入特制的木甑桶上灶隔水蒸，蒸熟后香气四溢。每次糯米饭蒸熟后，房东大娘都会装上一碗给我尝鲜，那味道又香又黏，很有嚼头，不用任何菜肴佐食，都可以吃上一大碗。

糯米饭蒸熟后先要冷却，再用竹筐装了抬到塘里（或用井水）淘洗，沥干水后将糯米饭加酒曲拌匀，然后倒入酒缸里。倒入酒缸的糯米饭中间要掏个洞，俗称"搭窝"，用于透气，便于酿酒微生物生长。搭窝是个技术活，酒窝不能大，也不能小。糯米饭装入酒缸后用竹簸箕盖住缸口，将酒缸放到稻草垒的窝子里发酵。两三天后酒窝里出酒了，这时连酒带糟转入几个小酒坛，用荷叶封住坛口继续发酵，一个月后，醇美甘甜的湖之酒就酿成了。

离开农村后，我很少再喝到湖之酒了，那醇香浓郁、色泽金黄、满口巴黏的湖之酒成为我舌尖上的记忆。有几次回乡下想讨碗湖之酒喝，村里人拿出来的却是珍藏的白酒。我有些纳

闷，过去生活困难时村里家家户户酿酒，现在生活水平提高了，为何反倒不酿酒了？村里人解释说，原来老辈习惯喝湖之酒，现在他们大多过世了，年轻人都外出打工，留守村里的老人嫌酿酒太麻烦，所以酿酒的人少了。村里现在有酿酒专业户，想喝湖之酒就买几斤喝。想想倒也是，不用酿酒就能喝上湖之酒，这不也是农村生活水平提高的一种表现吗。

话虽这么说，但我觉得买酒喝比酿酒喝缺少了一些情趣，就如同现在过年什么都不缺，却缺了年味一样。坦言之，我仍然怀念那种"一家蒸饭百家香"的乡村风情。套用一句网络用语：哥也许想喝的不是酒，是一种情愫，一种正在消失的乡愁情愫。

（写于 2018 年）

一摞旧书信

在我家壁柜的一角，静静地躺着一大摞旧书信，这些书信是我年轻时亲朋好友写给我的。当年我调去外地工作，它们就被遗弃在父母家的老房子里。几年前回故里，兄长把这些旧物交给我，我十分惊喜，就像失散了多年的老朋友再次相逢，我高兴地把它们带了回来。

这些旧书信使用的多是传统的牛皮纸信封，也有一些用普通白纸制作的信封，上面印有"南京长江大桥""红太阳升起的地方——韶山""革命样板戏""草原英雄小姐妹"等宣传画。信封上张贴的多是当年最普通的长城、天安门邮票。信封大小不等，纸张厚薄不一，许多信笺的抬头都印有红色字体的"最高指示"，每封信都留下了那个年代的印记。

闲暇时翻看这些旧书信，如同阅读一本回忆录，件件往事重现在脑海；又犹如与多年未见的老友重逢，张张熟悉的脸庞浮现在眼前。旧书信都是写信人亲笔所书，字体或隽秀端庄，或遒劲飘逸，使我想起那些不同性格和命运的故友亲朋。阅读那一封封或长或短的来信，从中我又领略到曾经的心境，曾经的关爱，曾经的思想，曾经的岁月，它们在泛黄的纸上原汁原味地保留下来，穿越了几十年的漫漫时光。再回首时，当年的快乐、忧伤、迷茫、坚持、幸福、痛苦，都成了一种青涩的可

爱，一段难忘的回忆。

在这一大摞旧书信中，有不少是我在农村生活时的通信。20世纪70年代初，我中学毕业，很多同学去了工厂、学校、医院工作，我却步两个姐姐的后尘，被安排到农村生活，当时的心情十分落寂，不知未来的路在何方。就在我感到前途渺茫，极度沮丧之时，收到了大哥写来的一封家书，他在信中写道："你现在已真正离开了家庭，离开了父母，真正踏进社会，过着独立自主的生活。在你的前面，在你的生活道路上，迎接你的是什么呢？毫无疑义，是不平坦的，是有很多障碍的，需要你自己认真地对待它，战胜它。一个人一生的旅程是不平坦的，又有谁的理想是一帆风顺实现的呢？"

他还在信中以兄长的身份谆谆告诫我："一个人要生存下去，在生活的道路上，肯定会遇到障碍。如果要战胜它就得要意志，意志是铸炼生活的锐利武器，一个有坚强意志和战胜任何艰难困苦的人，他不会在最困难的时候去埋怨命运，也不会去嫉妒他人，他却会在这时学习世上上进的东西，埋头苦干，培养自己在这样的环境中做人应具有的道德品质，从而探索出一条正直而有出息的生活道路。显然，这样的生活犹如战斗一样，生活的本身就是斗争，而幸福则是从斗争中换来的。如果没有顽强的毅力去迎接严峻的考验，而是鼠目寸光，只看到眼前的话，那么他将会不知不觉地焚灭自己，也可能走上可怕的歧途。患得患失只能给自己找到一个腐朽、渺小的归宿。一个人坚强的意志绝不是天生的，它是在日常生活中和斗争的实践中磨炼出来的，相信你一定能够找到自己生活的蓝图和答案。"

大哥的来信写得很长，言辞恳切，言之谆谆，给了我生活的勇气和力量。每当我思想困惑时，都会把这封信拿出来读一读，阅后心情顿时晴朗起来。五年的农村生涯，我没有颓废，最终赢得了生活的考验，度过了那段艰苦的岁月。

在这摞旧书信中，有十几封是一个叫小云的姑娘写给我的，她是我一个好朋友的未婚妻，当时两人在热恋之中，时常为一些小误会闹得不开心。她把我当作最信赖的大哥，每当心烦意乱时就写信向我倾诉，其时我还是个毛头小伙，没有恋爱的经历，每次收到她的信，都要咬着笔杆冥思苦想给她回信，真是难为我了。尽管如此，我还是很高兴她给我写信，一个姑娘家，能够把恋爱的"私密"向我诉说，这是对我多大的信任啊！

翻阅旧书信，读到十几封曾经的农友来信，他们都是我的同学，当年都在同一个农村大队，后来陆续被招工、招生离开了农村。在我最孤独的时候，他们给我写来了一封封书信，回忆在一起的峥嵘岁月，更多的是安慰我，鼓励我，说得最多的一句话是"前途是光明的，道路是曲折的"，希望我好好锻炼，争取早日被招工回城。与我同住一屋的彦平同学，比我早两年被招工进了城，工作之余还不辞辛苦，手抄一些小提琴曲谱给我寄来。

在那些远离亲友，单调苦闷的日子里，我盼望着亲人、朋友、同学的来信，一封封书信给我送来了直抵内心深处的温暖和慰藉，增进了相互间的友情、亲情、爱情，吹散了我心中的雾霾，伴我度过了那个难忘的年代。

坐在书桌前，翻阅着一封封旧书信，仿佛无数个白天黑夜被我随意地颠来倒去，有一种穿越时空隧道的感觉。那些熟悉的人，难忘的事，像过电影一样，在我眼前一幕幕重现。虽然

它们随着那个时代远去了，却永远保存在我记忆的深处。

如今，手机取代了书信，手书的信件逐步淡出了生活。不过，我依然怀念那些曾经跃动于眼前，字体详熟，充满温度，质朴亲切，饱含情感的旧书信。

（写于 2019 年）

高考的故事

1976 年秋天，衡阳县举行农村业余文艺会演，我和媛同时被抽调到西渡区文艺宣传队，媛拉大提琴，我拉小提琴，我俩同是铁路下放子弟，很快就混熟了。

参加完县里文艺会演后，我被招工进了铁路工作，媛被县剧团招去当了一名大提琴演奏员。

1977 年恢复高考，媛萌生了读大学的念想。媛从小喜欢音乐，中学时代就成了校宣传队的大提琴手。高中毕业，媛被衡阳地区歌舞团借调去当了一名大提琴演奏员。由于剧团当年没有招人指标，几个月后媛不得不离开剧团到农村。然而，她始终没有放弃自己的艺术梦想。

翌年，得知衡阳师范学院首次招考音乐艺术生，媛高兴地报了名。

没想到，媛的高考过程一波三折，还险些失去了走进大学校门的机遇。

初试在县城举行，衡阳师范学院派来两位老师，媛拉了两首大提琴独奏曲，两位老师频频点头，初试顺利过关。

不久媛接到复试通知，她赶去县照相馆，不巧遇上停电，照片没法洗出来。第二天就要参加复试，她急得直掉眼泪。好话说尽，照相馆师傅才答应用煤油灯把照片洗出来。

复试的考场设在学校的一间教室里，七八位戴着眼镜的老师正襟危坐。教室中间放了一把椅子，媛坐上去调整了一下情绪，演奏了德国作曲家舒曼的《梦幻曲》。拉完后，一位老师拿着一本乐谱走过来说："你把这段乐谱试奏一遍吧。"媛四周张望，想找个谱架。老师说："就用我的手做你的谱架吧。"说罢，老师用双手捧着乐谱，媛好生感动，顺利完成了试奏。

紧接着考视唱和声乐，媛有些怯场，嗫嚅道："我不太会唱歌。"一位老师说："没关系，唱吧。"媛想了片刻，张嘴唱起了歌颂周总理的《绣金匾》，才唱完一段，老师就说："可以了，你考完了。"

媛抱着大提琴走出教室，心想："完了，一首歌都不让唱完，肯定考不上了。"她难过得眼泪都要流出来了。

不久，举行全国高考的统一文化考试。那天上午考语文，媛一早起床感觉全身发烫，头晕眼花，四肢无力。她心里一惊，糟糕，这个时候怎么能生病！她挣扎着想去考场，可是刚一出门，头重脚轻，只好步履蹒跚地来到医院。一量体温，39 摄氏度！她央求医生说："能把我的高烧退下来就行，我马上要去参加高考！"医生很理解，说："那就先给你输液退烧吧。"

输完液，媛用最快的速度赶到考场，跟监考老师说明迟到的原因，老师让她进教室赶快答卷。交卷铃声响了，媛看着试卷傻了：作文还没动笔！她忍着泪把试卷交了。

媛以为，她的大学梦到此结束。

8月初，媛意外地接到通知，要她去学院一趟。她当时正随剧团下乡演出，团长不准假。她急得跟在团长屁股后面央求，团长走到哪她跟到哪，最后团长被磨得没办法，只好撂下一句话："演出完才能走！"

当天晚上，媛搭上一辆过路的大货车，在黑漆漆的夜色中，曲卷着身子坐在脏兮兮的车厢里，一路颠簸回到城里。

　　第二天赶到学校，系领导一见面就严肃地问道："你的专业考试成绩很好，语文试卷的前半部分和政治试卷考得也都还好，就是不知道为什么作文没写，所以让你来说明情况。"

　　系领导听完媛的陈述后说："你现在就在这办公室补写一篇作文，题目是《春天》。"媛欣喜若狂，《春天》太好写了！全国恢复高考，中国将有翻天覆地的变化，这不就是全国人民盼望的春天吗！她极力按捺住一颗狂跳的心，挥笔"唰唰唰"地在试卷上疾书，不到半小时完成了这篇作文。

　　就因为这场"特殊"的补考，为媛的录取惹来了一场"官司"。

　　开学一个月了，音讯全无，媛以为上大学没戏了。没想到9月底的一天，录取通知书从天而降。她喜出望外，赶紧去学院报到。系领导见到她就说："剧团说你是走关系开后门来的，把你的政审表退回来了！学校从市里到省里，打了一个多月的'官司'才把你招来！"媛像听故事一般傻愣在那里。

　　一张迟来的高考录取通知书，改变了媛的人生轨迹。毕业后，她走上了讲台，成为一名光荣的人民教师。

（写于 2019 年）

坐上高铁回故乡

欣闻西渡通了高铁，我决意坐趟高铁回故乡。

清明节这日，雨过天晴，我从衡阳东站登上了从深圳北站开往怀化南站的 G6142 次列车，去西渡看望 96 岁高龄的房东大娘，顺道为房东大娘的父亲——一位土地革命战争时期牺牲的红军烈士扫墓。

车厢里座无虚席。列车平稳启动，瞬间时速达到 100 多公里，还没等我缓过神来，列车已经驶过了湘江特大桥。车窗外，远处的村庄、山峦缓缓地向后移动，近处的树木、电杆一闪而过。田里的油菜花开始褪去金黄的绚烂，树木小草换上了翠绿的春装。春回大地，生机勃勃，三三两两的农民在田间忙碌着农活，"一年之计在于春"，温润的气候为春耕拉开了序幕。

望着窗外的风景，我的思绪回到了 40 多年前。

20 世纪 70 年代初，我从衡阳市来到西渡农村，在那里生活了五年。俗话说，日久他乡是故乡。在一个地方待久了，与那里的山山水水、村民乡亲结下了感情，便把西渡当作了我的第二故乡。几十年来，我无数次回到它的怀抱，回味那心灵深处丝丝不断的乡愁。

西渡是衡阳县城所在地，衡（阳）邵（阳）公路里程碑显示，西渡距离衡阳市区 26 公里，路程不算远，可当年不通火车，只有一条崎岖的公路。我们同学回家探亲，先要步行七八里路到县城，再花上七角钱坐长途班车到衡阳城里。那时候我们没有收入，干一天农活也就记六七个工分，还得留待年底换粮食吃，哪有钱买车票呢。于是许多次回城，我们几个同学都相约步行到县城，见到有过路的大货车停在路边，便上前给司机递上一支烟，一口一个师傅地央求捎带我们进城。那些司机多数都同情我们，不用费多少口舌就让我们上车，偶尔遇到一些凶巴巴的司机，好话说尽也不让上车，我们只好蹲在路边等下一趟过路的货车。

后来我们发现了一个奥秘，女同学找车成功率很高。于是回城时只要有女同学同路，我们便躲在一旁，让她们前去和司机交涉。看到姑娘一副可怜兮兮的样子，司机的同情心油然而生，常常是手一挥，爽快地说："上车吧！"于是我们一哄而上，爬上脏兮兮的车厢。大家很懂味，驾驶室的空位都会主动留给女同学。

记忆最深的一次是徒步回城。1976年9月9日，毛主席逝世，当时我们一帮年轻人正在区里排练文艺节目，准备参加衡阳县农村业余文艺会演。噩耗传来，举国悲哀，一切文娱活动停止。我们六七个同学相约回城，当时天色已晚，我们带上各自的乐器走到县城，恰遇一辆装满货物的汽车停在路边，司机是个爽快人，一口答应捎带我们一段路，可他的车不进城，只到呆鹰岭镇，离城里还有十几里路。望着黑黝黝的夜空，我们决定先坐车到呆鹰岭再说。

车到呆鹰岭，我们跳下车来，向司机道谢后，大家聚在一起商量。此时没有过路车可搭，大伙决定徒步回城。借着天空中一点微弱的星光，我们一行人沿着公路疾步向衡阳走去。山

风飒飒，旷野寂静，远处偶尔传来几声狗吠。一路上阴郁沉重的氛围，压在我们每一个人的心头。行至蒸水大桥边，突然蹿出几个人来，他们手臂上戴着民兵的袖章，见我们一行人这么晚走夜路，每个人还肩背手提着用帆布袋包裹的大件家什，顿起疑心。经过一番仔细盘查，没发现什么可疑之处，于是将我们放行。

到城里，已经是凌晨一两点钟了。我们各自回到自己的家里，两条腿就像灌了铅似的，一屁股坐下就再也不想动了。

后来我被招工到铁路，先后在衡阳、张家界、怀化、广州等地工作，每次回西渡故里，都要坐上几个小时甚至十几个小时火车到衡阳，然后转乘汽车去西渡，如今开通了怀衡铁路，从广州直达西渡，全程574公里，仅需2小时20分钟。

"前方中途停站是西渡车站，请中途下车的旅客……"列车广播声把我从回忆中拽了回来，我看了看表，从衡阳东站到西渡站用时24分钟。

高铁，拉近了我和故乡的距离。

（写于2019年）

寻找房东烈士的遗迹

　　这事想起来我就有些懊恼，当年要是知道房东大娘的父亲是一位红军烈士，也不至于我今天想解开烈士牺牲之谜会是这样困难了。

　　2013年6月下旬的一天，我从广州远赴600公里外的衡阳县西渡，为房东大娘90大寿祝寿。席间，一个叫曾德生的房东家亲戚在敬酒时对我说："先云大娘是烈士的女儿，她的父亲是红军的一位连长，1928年在衡阳小西门被反动派杀害，脑袋被割下来挂在城门上示众。"

　　他的话像一颗重磅炸弹，把我震呆了，端在手中的酒杯久久忘记放下来。当年我下放农村时，在先云大娘家住了整整五年，至今与房东家交往也有42年，她家老少三代六口人，怎么从来没有人在我面前提起过这件事呢？当我回过神来，曾德生已离我而去。

一

　　1971年11月，我来到了衡阳县西渡公社航渡大队合丰生产队生活了五年。

　　我的房东姓肖，是一户非常淳朴善良的人家。大伯叫肖远庆，在县电业局工作。大娘叫张先云，一个厚道的农家妇女。

夫妻俩育有一儿二女，家中还有一位年过七旬的老奶奶。按照当地的习惯，村里的后生仔分别称呼两位长辈"远庆伯伯""先云伯伯"。

冬去春来，花开花落，一晃五年过去了。1976年12月，我被招工回城参加了铁路工作。打那以后，我时常抽空回去看望房东，然而房东一家人像保守秘密一样，始终没有在我面前提起过"烈士家属"一事。

20世纪八九十年代，老奶奶和远庆伯伯相继去世，先云伯伯随部队转业回来的儿子搬进了县城，两个女儿也先后参加工作去了县城。

2016年深秋，在我离开农村40年的日子里，我再次回到了航渡村。当了20多年村支书的老伙计李忠德告诉我："现在村里留守的大多是老人和儿童，年轻人差不多都去了外地打工。"难怪走在村里见不到几个相识的人，大人小孩都用陌生的眼光看着我。

我此行的目的除了看望乡亲们外，还有一个心愿，就是想搜集一些房东大娘的父亲当年在农村闹革命的往事，为烈士留下一份史料。村支书明白我的心意后摇头叹道："咳，这事过去差不多90年了，了解情况的老人相继离世，即便有人知道一星半点，也是从前辈那里听来的，要搞清楚这些事，难啊！"

我不甘放弃，努力寻找一点点线索，终于在与村民王星星的交谈中获得了重大突破，他绘声绘色地给我讲述了下面这个故事。

先云伯伯的父亲是一个红军连长，原名叫张宏阶，参加革命后改名叫张级升。1928年夏天，他所在的部队与上级失去了联系，于是他派出一名联络员化装成农民，前往衡阳城里与上级组织取得联系。临行前，张级升用明矾水写了一封密信，联络员将密信藏在头上的破草帽里，便匆匆上了路。

来到衡阳城的小西门，城防团搜查得很严密，凡是进出城的人都要排着队挨个搜身。团丁从上到下在联络员身上搜了个遍，也没发现什么破绽，于是顺手取下他头上的破草帽往路边一扔，大喝一声："滚！"联络员走出十多米后，又转身回来捡那顶破草帽，团丁见状冲上来，夺过他手中的破草帽往地上狠狠一甩，气势汹汹地说："叫你滚，你还不快滚，一顶破草帽有什么舍不得！"话音刚落，见草帽里掉出一张纸条，团丁一把抢了过去。

在敌人的威逼利诱严刑拷打下，联络员叛变投敌。敌人将计就计，同样写了一封密信，叫叛徒带回给张级升。信中敌人设下了一个圈套，让张级升带人按照预定时间去指定的地点与上级会面。张级升不知道联络员已经叛变，便带着3名战士按时赴约，谁知中了敌人的埋伏，一行人全部英勇就义。

张级升等人牺牲后，敌人残忍地将他们的头砍下来，悬首示众。后来，老百姓为了纪念革命烈士，将牺牲地的一座石桥改名为"阶牲桥"，意为张宏阶烈士牺牲的地方。

讲完这个故事，星星补充道："当年，远庆伯伯跟着村里的大人们一道走了几十里路，悄悄地把烈士的遗体用板车拉回村里，埋在张大屋花园子的堰边。"

听完星星的这番讲述，我迫不及待地要去烈士墓地看看。

在老支书和星星的带领下，我们沿着一条弯弯曲曲的田间小路来到村东头演水河边的一块坟地。这里杂草丛生，乱坟座座。在星星的指点下，我抚去一座坟头上的杂草，墓碑上赫然露出了"革命烈士张级升之墓"几个大字。坟茔不高，上面长

满了荒草，如果不知情，路人绝对不知道这里掩埋着一位红军连长的遗骸。在张级升烈士墓的左右两边，还并排埋葬着同时牺牲的3位战士的遗骨，无名无姓，竟然连一块墓碑都没有！随着时光流逝，三座坟茔几乎已经夷为平地，我担心再过几年，三座烈士墓将沉陷在荒草丛中，不复存在。骄阳下，我伫立在烈士的坟头，默默致哀，心里生发出无限的感慨……

张级升的墓碑上刻有烈士简介，上面写道："张级升烈士生于1902年12月6日，1924年参加中国工农革命军，任七师三团一营一连连长，同年加入中国共产党。1928年6月19日因队伍中出现叛徒，在衡阳县驼背树英勇就义，名垂青史，生年26岁。"落款是张级升烈士的三个女儿：张先元、张先云、张先凤。墓碑的最下方还刻有一行字：衡阳县人民政府立。时间是2014年3月6日。

二

离开航渡村，我脑子里一直在思考几个问题：张级升参加革命后有些什么经历，参加过哪些战斗，他到底牺牲在哪里，他又是怎样牺牲的？

我想求助于百度，当输入"张级升"三个字后，百度百科显示出一条简单的信息："1927年参加革命，党员，任红军七师三团一连连长，1928年6月14日在湖南省衡阳县西渡牺牲，时年28岁。"显然，词条中张级升参加革命的时间、牺牲的时间、地点以及年龄都与墓碑上的记载不一样。除了这条简单的信息外，再无其他内容。

查阅中华英烈网，在烈士英名录中我找到了张级升。牺牲情况一栏中写道："牺牲时间：1928年6月。牺牲地点：衡阳县演陂镇白马垅。"生前事迹一栏中写道:"1924 年参加中国工农革命军一师,任宣传员,1924 年加入中国共产党,1927 年 12 月在演武坪被杀害。"两条信息记载的牺牲时间和牺牲地点竟然不一样。

为了获取真实情况,我与张级升烈士的外孙肖功友取得了联系。当年我从农村招工回城时,功友参军去了部队,十多年后转业回到衡阳县城,担任县交警大队的领导干部。如今他已经离开工作岗位,携妻带母在长沙照看孙子。我问他有没有他外公的资料,在哪里可以找到。他回复我说:"烈士证至今已换发了四次,至于外公的资料我们也没有,听说衡阳党史中有极少的记载。"

我又问他:"你母亲了解情况吗?"他回答我说:"外公牺牲时,我母亲才几岁人,根本就说不清楚,如果我父亲在世,还可以提供一些情况。"

当晚,功友在微信中给我提供了一条线索:"看能否从市党史部门、文史部门找到上世纪 80 年代初由衡阳市政协主编的《衡阳文史资料》第一辑,据我姨父在世时说,该书中有比较多的讲到我外公。"

我立即上孔夫子旧书网搜索,还真巧,这本书让我给找到了!毫不犹豫,下单,交付预定金。

收到这本书,我迫不及待地打开来。书的主要内容是反映"马日事变"前后的衡阳人民,在中国共产党领导下艰苦奋斗的历史面貌和这一时期为革命而牺牲的烈士,在严重的白色恐怖下坚持斗争,宁死不屈的事迹。收入书中的 30 多篇文章,作者大多是阅历丰富的老年人士,根据亲身经历和亲见亲闻所写的第一手资料,有较高的史料价值。

这本书附有《"马日事变"后衡阳烈士英名录》，收集有毛泽建、夏明翰等302名烈士的简介，其中张级升烈士的简介写道："张级升，衡阳县人，1902年生，1926年加入中国共产党，曾任中国工农革命军第七师某连连长，1928年就义于衡阳市。"简介中的入党时间、牺牲地点与墓碑上的记载明显不同。

这本书的内容很丰富，史料价值很高，但是对于我要收集的素材来说没有太多的帮助。收编入集的几十篇文章，均无张级升烈士的记载，仅有七师师长屈森澄写的《回忆工农革命军第七师在湘南的战斗》这篇回忆录，其中有几处谈到了张级升烈士的情况。

书中记载，在衡阳西渡，原由湘南特委组织成立的第九支部后组建为中国工农革命军九师三团，张级升在九师三团一营担任连长。1928年2月16日，九师三团与活跃在衡阳北乡的"边防游击师"四团奉命开往衡阳西北两乡交界处的将军庙矮子岭宋香林家，两支队伍统一改编为中国工农革命军第七师，屈森澄任师长，何寅修任政委。"各处纷纷响应，我党同志就有王竭等二百余人集体参军。以刘保堂、张级升、刘仲山、周志彤、伍可模、程先启任营、连长。工农革命军第七师改编告成。"

七师改编后的第五天，就参加了"南岳暴动"。我查阅了"南岳暴动"的有关资料，其中有一段关于张级升烈士的记述："1928年2月21日夜晚，工农革命军第七师主力500多人从庙溪赶到南岳，在李禁林、眭元勋等率领的南岳游击队接应下，迅速包围了整个南岳街。担负主攻任务的张级升营，配合南岳游击队直奔南岳团防局，出敌不意，毙伤敌军30多人，缴获步枪百余支，胜利占领南岳镇。"

在不久后的板桥战斗中，回忆录中有这样一段记述："板桥之役，我党同志刘仲山、张级升分途带兵由樟树坳左右两翼出击，天将拂晓，直赴敌营，在枪林弹雨之下，同志们奋不顾身，毙敌数十名，缴获步枪一百多支，战马二匹。"

"回往板桥时，又发生遭遇战，敌虽受挫，我因地形不利，转移西渡。在这里，我们召开了军事会议，检查以前战斗中的缺点，确定了以后的战斗计划。大家一致认为，伪团防部队是我军攻守中的主要障碍，应以消灭团防为主要任务。会议结束后，我军就与檀山嘴、演陂桥、洪罗庙、渣江一带的团防武装部队展开游击战。"

"马日事变"后的衡阳革命斗争形势越来越严峻，在一片白色恐怖之下，七师政委何寅修公开叛变当了何健手下的侦缉队长，一团团长朱克敏、刘保堂等人自动离开革命队伍。"我为不使革命受损失，求得工作继续进行，就派张级升、曹镇湘到十连服务，周志彤、程先启到二连服务，并改变战略，由攻击改为防御，由阵地战改为游击战。"

1928年6月，敌军日益增多，并联合团防武装向我进攻。"这时，刘培卿、曾杏元叛变，里应外合，使我军张级升、周志彤、蒋谦、程先启等同志先后殉难。"

屈森澄写的这篇回忆录是整个七师在湘南的战斗经历，有关张级升烈士的章节不多，又过于"粗线条"，但它毕竟是张级升烈士的师长亲笔撰写的回忆录，因而具有极大的价值和极高的可信度。

放下手中的书本，我伫立窗前，呆望着茫茫夜空，心中生发出一番感慨："了解情况的老人陆续走了，做这件事越来越难，烈士的生平事迹再不抓紧搜集，以后就更难了！"

我转身拿起手机，给功友发去一条微信："我打算过两天到

长沙来一趟，看看你母亲，再了解一些你外公的情况。"

三

2017 年元旦过后，我乘高铁赶去长沙，功友开车到车站来接我。

冬日的湖南，气候寒冷。见到先云伯伯，她正坐在客厅的沙发上烤火。老人家今年 94 岁了，身体还硬朗，就是有些耳背，和她说话要用"高八度"才能听见。看到我，老人家很高兴，热情地拉着我的手坐在她的身旁，还一个劲地往我手里塞水果。怕我冷，她让我把脚放到火箱里暖暖。

寒暄了一会儿，我请先云伯伯讲讲她父亲的往事。她反复念叨就四个字："记不到了。"这也难怪，先云伯伯出生于 1923 年农历五月十八，在她一岁时，父亲就离家参加了革命，1928 年 6 月父亲牺牲时，她才刚满五岁。

倒是父亲牺牲后的一个情节在她幼小的心灵里留下了终生难忘的记忆。她告诉我说："父亲牺牲后，大人们用板车把尸体拖回来，脑袋和身子是分开的。当时家里没钱买棺材，就用几块木板钉成一个匣子，把头和身子接起来放进匣子里下葬。"

功友告诉我："外公牺牲后，留下外婆和三个年幼的女儿，生活十分艰难。后来在好心人的帮助下，外婆改嫁去了星联村一户姓曾的人家。母亲 11 岁那年，被送回航渡村，给俤公堂的肖家做了童养媳。小姨妈和大姨妈也分别远嫁到江西南昌和衡阳城里。"

接着，功友给我讲述了给外公修墓的经过。

2012 年，功友给县民政局写了一份报告，请求政府拨出专款给村里，为张级升烈士修墓。县民政局答复没有经费，这事就搁置下来了。后来，衡阳县修建了烈士陵园，县里根据中央文件精神，清理修缮散葬烈士墓，西渡镇民政办通过航渡村的领导找到烈士家属征求意见，是否同意将张级升烈士墓迁到县烈士陵园集中安葬，先云伯伯表示故土难离，便没有同意将父亲的遗骸迁往烈士陵园。此后，县民政局根据《衡阳市零散烈士纪念设施建设管理保护工作实施方案》，牵头组成了一个专门维修队，对张级升烈士墓进行了简单的维修，这才在烈士牺牲86年后立了这块烈士墓碑。

我向功友提出一个疑问："多处资料说你外公是红军连长，可我根据资料分析你外公牺牲时应该是红军营长。"我展示了两份资料给他看，一份是七师师长屈森澄写的回忆录，其中有七师改编时任命指挥员的名单："以刘保堂、张级升、刘仲山、周志彤、伍可模、程先启任营、连长。"我说你外公的名字排在第二位，按常理推测应该是营长。

还有一份"南岳暴动"的资料，直接就证明了改编后张级升担任了营长。七师改编前，张级升已经是九师三团一营连长，"南岳暴动"发生在七师改编后的第五天，史料中有一段明确的文字记载："担负主攻任务的张级升营，配合南岳游击队直奔南岳团防局，出敌不意，毙伤敌军30多人，缴获步枪百余支，胜利占领南岳镇。"

功友回答我说："从资料记载看，外公应该是整编中任的营长，但是民政部门记录的是连长。时间长了，讲得清楚的先人都已离世，无法考证。我们这些后人也只能顺其自然。"

我将话题转移到另外一个问题上。我问功友："在我收集和阅读到的资料中，你外公牺牲的地方有五六处，到底哪一处是真？"功友告诉我："外公墓碑上的生平简介是我查阅族谱和据

我父亲所说写的。我父亲说外公是在渣江驼背树牺牲的，是在驼背树为我外公收尸的，当时身首分离，头挂在树上，身子在其他地方找到的。"

我突然想起星星和我说过的一段逸事，便向功友求证："你外公在驼背树牺牲后，当地老百姓为了纪念烈士，将牺牲地的一座桥改名为'阶牲桥'，桥边还立有一块石碑，这事你听说过吗？"功友很惊讶，反问道："有这事吗？我可是第一次听说。"

他想起有个战友家正好在驼背树一带，便拿起手机拨通了那位战友的电话，请他帮忙打听一下是否有这么回事。

1月20日，农历腊月二十三，过小年。我再次来到航渡村采访，一位老人告诉我："听村里的前辈说，张级升烈士是在演陂桥方家祠堂被抓的。"我让他提供一些详细情况，他也无法提供。与几位老人聊了半天，也没能获得什么新的情况。我原本打算赶到衡阳市图书馆去查阅资料，结果在进村的机耕路上遇到施工，汽车被堵在路上两三个小时，等赶到衡阳市，图书馆已经关门了。无奈，只得先回广州，择日再来。

春节前三天，我又一次来到衡阳图书馆。在一套六本油印的《衡阳县志（送审稿）》中，记载有全县386名烈士的简介，其中西渡区（含西渡镇）46名，张级升烈士排在第6位。简介中写道："张级升，工农革命军第九师三团一营连长，1928年6月19日在演陂桥白马垅被害。"

在图书馆待了半天，查阅了很多资料，除了获得这条信息外，别无所获。

一晃，时间过去了两个月。3月20日，我给功友发去微信："清明节快到了，驼背树那边打听的情况怎样？"

四天后，功友发来一条微信，阅后让我非常兴奋。他在微信中说："我战友今天上午约人去了驼背树，找到了那座小桥，这座桥叫曾公桥，以前立在桥边的碑因修渠道不见了。他还走访了当地七八十岁的老人，他们说那时还小，印象中好像听前辈说有这回事，具体也讲不清楚。"

我回复功友："清明你要回乡扫墓，到时候我们一起去一趟驼背树，现场看看，找当地老人采访一下，说不定能有新的发现。"

功友十分赞同我的意见，并约定 4 月 2 日一道前往渣江镇驼背树探访。

四

4 月 2 日，距离清明节还有两天，我从广州赶去衡阳。

功友的战友当向导，我们从县城沿 034 县道驱车 20 多公里来到渣江镇松市村，驼背树就位于这个村的向阳组。

说到驼背树这个地名，它的由来还有一段神奇的传说。相传古代此地有一棵巨松，树干弯曲似驼背，粗有四人合抱之围，高达十余米，树冠向四周延伸似伞盖，树龄达数百年。传说经常可见一对发辫齐鬓的七八岁男童在树荫下游戏，人们皆尊之为神童。一日，宝庆（今称邵阳）一卖瓦罐者途经此地（一说是专来识宝寻神的），识出了两个小孩原是佛神，便招之下树。二童见之欲逃，卖瓦罐者追赶数百步才将二童捉住收之而去。此后，该古松逐渐枯萎而死。后人遂以树得地名"驼背树"。旧时此地有店铺十余家，设为圩场。今村因古松和集贸市场而得名"松市"。

从县城西渡镇通往渣江镇的 034 县道将村子一分为二，右边有一条通往秋夏村的乡村公路，笔直的乡村公路两旁种上了

树木，左边有一条大约一米宽的水渠依偎着公路伸向远方。热情的村民帮我们找来一位叫杨印述的老人，他今年82岁，是村里最年长的老人。老人领着我们沿乡村公路走了约一百米停下来，指着右边水田中的一口池塘说道："这口池塘叫秋陂塘，曾公桥原来就在池塘边上。"

经与老人交谈，我们得知了曾公桥的由来。相传清朝时，松市村出了个探花，姓曾，这在偏僻的乡村可是件了不起的事，因此村里人在台源通往渣江的乡道上建了这座石板桥，取名曾公桥。

后来，村里通了公路，曾公桥也就荒废了。20世纪60年代，村里建集体养猪场，桥上的三块石板抬走了两块。在距离曾公桥40多米远的乡村公路左边的渠道上，我们找到了曾公桥仅存的一块石板，大约有60厘米宽，两米多长，它静静地横卧在水渠上面，继续承担着"桥"的使命。

站在"桥"边，我请杨印述老人讲讲张级升烈士牺牲的经过，他说村里上百岁的老人都去世了，他出生时烈士已经牺牲七八年了，说不清楚当时发生的这件事情。

时间尚早，我们又驱车前往西渡镇航渡村，找到85岁的老村长张盛创。张盛创与张级升烈士是宗亲，年龄比张级升小30岁，辈分却要比张级升高两辈。他告诉我们，张姓源于广西桂林，在航渡村一带是个大姓，现在村里还保留有张家祠堂。五百年前，张姓先人福太公北上途经航渡，到此马不走了，福太公便决定在此落户，繁衍生息。

我请老人谈谈张级升烈士牺牲的经过，他讲的情节与墓碑上记载的差不多，只是牺牲的地点不一样，他说张级升烈士是在衡阳县金兰寺甘溪桥牺牲的。

我和功友来到张级升烈士墓前，坟前插满了五颜六色的纸花，一堆刚刚烧完的纸钱散发着袅袅青烟。显然，不久前有人来祭拜过烈士，这人是谁呢？我们不得而知。

　　告别航渡村，落日余晖映红了半边天。望着远处张级升烈士的坟茔，我心底涌起一丝惆怅：了解情况的人都走了，活着的人都不了解情况。看来追踪烈士的遗迹，还有很长的路要走。

（写于 2017 年）

生活大千

当一回"领导"

月初，我和部长接到通知，到 F 城参加一个会议。由于此前我在 H 城出差，只得在中途站上车。H 城火车站的客运主任是我的朋友，热情地提出送我上车。

当列车在站台边缓缓停下后，主任将我介绍给了该次列车的车长。我清楚地记得，当时他对车长说我是铁路局某部门的 X 科长，到 F 城出差，由于走得仓促，没来得及订票，请车长关照一下。为了证明自己的身份，我主动将铁路乘车证递给车长查验。车长接过乘车证看了一眼，还给我，礼貌地说："请上车吧。"

列车还没有开动，车长就走到我身边热情地说："王部长，请到 8 号包房休息。"我还没闹明白是怎么一回事，车长已将我的行李箱提在手里，把我送进了包房。

车长关上包房门走了。我还没缓过神来，就传来了"笃笃"的敲门声，我连忙回答："请进。"

门开了，只见一位年轻的列车员姑娘手里端着一个盘子，盘子上放着一个杯子，她微笑着说："领导，请用茶。"边说边将杯子放到茶几上，然后礼貌地退了出去。

"领导"，我算什么鸟领导，只不过是一个小科长，在铁路局这样的大机关里，说得好听至多只能算是一个干事长。没想

到今天上车受到如此厚待，这究竟是怎么回事呢？

我突然醒悟到，车长肯定是把我当作部长了。在机关开乘车证时，部长和我的名字开在同一张乘车证上，车长一定搞错了。原来我想，这几天出差辛苦了，上车能安排个地方睡觉就行了，没想到竟给了我一个软卧包房！

不管那么多了，先睡一觉再说。我盖上柔软的被子，在列车有节奏的"咣当"声中很快打起了呼噜。

"笃，笃，笃"的敲门声把我从梦中惊醒，我慌忙爬起身喊道："请进！"

穿着白色制服的餐车长托着一个盘子走了进来。"领导，请用餐。"他一边说，一边将盘子里的饭菜一一端到茶几上。我瞅了一眼，好家伙，三菜一汤，两个人吃都不嫌少。摆好饭菜后，餐车长客气地对我说："领导，喝点什么吗？"我知道他指的是要不要喝点酒，慌忙说："不喝，谢谢了。"

吃完饭，我请列车员姑娘帮忙把碗筷收拾送回餐车。接着关上包房门，倒头接着睡。这几天我的确太累了。

一觉醒来，已是第二天早上八点钟了。餐车长照例把早餐送到了我的包房。早餐是一碗面条，一碗稀饭。我算计着列车快到终点站了，便提出要交餐费，餐车长死活不肯收，他搬出他的理由："领导难得坐一趟我们的车，招待不好，算我请客了。"

广播里传来"前方停车站是本次列车终点站……"我突然对这些事情有些不安起来，慌忙从笔记本上撕下一张纸，"唰唰唰"地写下几行字：

列车长：

　　感谢你们一路上对我的关照，这20元钱是我在车上就餐的餐费，请收下。

　　　　　　　　　　某某铁路局某某部科长某某

写完后，我将纸条和钱留在了包房的茶几上。

列车缓缓地驶进了终点站，我提着行李箱走下车来，在站台告别了车长，便掉头朝出站口逃去。

　　　　　　　　　　　　　　　（写于 1999 年）

听 鼾

看到这个题目，你一定感到好笑，写"听雨""听雪""听涛"，多有诗情画意，写什么不好，偏要写一个令人讨厌的"听鼾"，莫非是追赶"听"的时髦？

雨、雪、涛都是一种自然现象，文人们以此作文，只不过是借景抒情罢了。鼾是人睡着时粗重的呼吸，实在也是一种自然现象。

小时候，我喜欢听鼾，那是父亲的鼾声。父亲的鼾声不小，但绝对称不上"鼾声如雷"。那鼾声时起时伏，节奏感很强，透出一股男子汉的刚毅。听到它，我有一种天然的安全感。毫不夸张地说，那鼾声就像一首美妙绝伦的摇篮曲，夜夜把我送进梦乡。

一晃20多年过去了，我早已离开了父母，有了自己的小家。也记不清是哪天早上起来，妻子忽然像发现了新大陆似的宣布："你昨晚打鼾了。""是吗？我怎么没有听到。""不相信，我给你录下来。"

打鼾，是一个信号，它告诉我已经走进中年了。开始一段时间，妻子很不习惯，说睡不着。我安慰她说："听久了就习惯了，或许哪天听不到我的鼾声，你反而不习惯，睡不着了。"妻子瞪大眼，重重地"哼"了一声。

我自认为我的鼾声不难听，不像有些人打鼾简直是折腾人，不仅鼾声如雷，而且没有节奏，声音怪怪的。记得有一次出差，和一个鼾友住一间房，没想到他躺下去不到五分钟，就鼾声大起，震得窗子都"沙沙"作响。我使劲用两手塞住耳朵，不行；用被子蒙住头，还是不行。没辙，索性取出一本书，躺在床上看起来。那一夜，他鼾睡如猪，我却几乎一夜没睡。

从此，出差时我尽量不和鼾友睡一间房，有时没办法和鼾友睡到了一起，就躺在床上看书、看电视，一直看到自己支持不住了，才自然睡去。如果和不打鼾的人住一起，我会自觉地等他睡着了才躺下。

有一天，妻子警告我："你再打鼾，我就掐醒你。"我说："你就当是听音乐，鼾声大时，就像高山流水；鼾声小时，就像泉水叮咚。你要用心听，会有感悟的。这是一种享受，人家想听，还听不到呢！"妻子一巴掌打在我身上："去你的。你还'高山流水''泉水叮咚'呢！告诉你，你打鼾声音大时像打机关枪，推你一把，你侧过身去，鼾声是小了点，可那鼾声像是给小孩嘘尿。"她还发誓说："以后搬了新房，一人一间。"

去年，城市建内环路，我们家房子给拆了，我们一家三口人住进了一间20多平方米的过渡房。女儿13岁了，只好给她在我们的床上方搭了个阁楼。距离近了，我的鼾声又干扰了女儿的睡眠。我知道，女儿过去单独睡一间房，听不到我的鼾声，这会儿忽然住到同一间房，鼾声显然对她是不习惯的。不过我想，父亲的鼾声对女儿来说，肯定是有吸引力的，听久了，听惯了，它就是一首歌。我小时候不就是这样的吗！

我知道在打鼾一族当中，我算不上是出类拔萃的。我不会每天晚上都打鼾，只是在十分疲倦、睡得很熟很香的时候才打鼾；我也不会整夜不停地打鼾，虽没有计划，但有节制。

有一天，女儿像她妈当初发现我打鼾一样宣布："妈妈，怎么你也打鼾了，还让不让我睡觉？"妻子乖巧地说："妈妈打鼾声音不大，比你爸爸打鼾好听。"女儿小嘴一撇，一点不给面子："妈妈打鼾好难听，声音怪怪的。"说得我和妻子都大笑起来。

　　看来，这打鼾也不一定是男人的专利，男女平等，这在鼾声中也得到了体现。想来这打鼾一个人单打也没什么意思，夫妻对打，此起彼伏，那才是一首雄浑的交响曲呢！

　　其实，并不是妻子鼾声难听，只是女儿不熟悉。这鼾声就像其他新生事物一样，有一个被接受的过程。说不定哪一天女儿会说："妈妈的鼾声真好听，比爸爸的鼾声还好听。"到那一天，妻子一定会没事偷着乐。

（写于 2000 年）

手机丢失以后……

"不好，手机不见了！"我浑身上下搜了个遍，没有。

几分钟前，我上了这辆公共汽车，想到市图书馆去一趟。车上乘客不多，我在车厢后部找了个空位坐下来。汽车驶出站后，我才想起今天是星期日，不知道图书馆是否开放，想打个电话问问，一掏手机，没了。

我心里暗暗吃惊，这部手机是女儿送给我的生日礼物，相当于我随身携带的一台微型电脑，里面储存了我所有联系人的电话，还有银行、理财、社保、物业、水电、购物、就医等常用的信息，丢了麻烦可就大了。

"肯定是在车上丢的！"我判定。一会儿到前方停车站，就会有乘客下车，到那时就不好办了，我得抓紧时间找回来。

我环顾了车厢一圈，车上乘客不多，几乎都有座位，我旁边坐着的是一位年过七旬的老人，周围是几位带孩子的年轻妈妈，他们自然不是我要寻找的目标。最终，我把目光锁定在了站在司机身旁的一个小伙子身上。

"车上明明有空座位，他为什么站在那里呢？"我猛然间想起，全车厢的人，就他和我有过肢体接触。刚刚上车时，我正往投币箱投币，司机急不可耐地就开车了，我没站稳，一个趔趄撞到了小伙子身上，他一把扶住我，还随口说了句：

"小心！"

"一定是他！"趁我撞到他的时候，顺手从我口袋里偷走了手机，看来是个作案的老手，动作十分麻利！我正琢磨该怎么办的时候，车停靠在中途一个公交站，他下车了。

"不好，他要溜！"我没再犹豫，果断跟着跳下了车。

紧追几步，我喊住了他。他停下来，诧异地望着我。小伙子长得五大三粗，剃着个小平头，上着一件白色圆领文化衫，下穿一条灰色休闲沙滩裤，脚上趿拉着一双凉鞋，肩膀上还搭着一件衬衣（在我眼里是行窃时的道具）。

"不好意思，你捡到我的手机了吗？"我问道，也只能这样问。

他看了我一眼，反问道："你手机丢了？在哪丢的？"

"在车上，就是刚开走的那辆公共汽车上。"

"那你为什么不在车上找，干吗要下车呢？"

"我……"我一时语塞，但很快给自己圆了个谎，"我也是下车后才发现手机丢了。"

他很干脆地丢给我仨字："没捡到。"怕我不信，他一边说，一边抖了抖手上的衬衣，又主动把两个裤子口袋翻出来给我看。他身上除了一部手机，一包香烟，没有别的东西。

我心里想，你别在我面前表演了，我知道我的手机不会在你身上。干你们这行的人，一般都是两人或多人行动，一人下手窃得赃物后，会立即转移给同伙，然后分头下车。

看他忙不迭地开脱自己，我更加确信是他偷走了我的手机。车开走了，现在我只有稳住他，让他感觉我想通过他与"捡"到手机的人商量，把手机"买"回来。

"小伙子，你能帮我一个忙吗？"还没等他答应，我接着往下说道："'捡'到我手机也没什么用，不就是卖点钱嘛。请你帮我打个电话，告诉'捡'到手机的人，把这部手机卖给我，我出的价一定比别人高。"

我判断我的手机现在一定在他同伙手里，与其说我这些话是要他转告给"捡"到手机的人，毋宁说就是把我的想法直接告诉面前的他。

小伙子拿出手机，表示愿意帮我这个忙。按照我提供的电话号码，他拨通了我的手机，可是没人接听，他怕我不信，还把手机放在我的耳边让我听。

还好，电话能够拨通，还有得周旋，要是拨不通，那就糟糕了。他收回手机，无可奈何地说："通了，没人接。"我怕他借口跑了，赶紧说："那就请你再帮我发条短信吧，告诉对方，失主愿意以重金酬谢。"我想，他的同伙看到是他发来的信息，一定会与他联系。

发出短信，他掏出香烟，点燃，然后把空烟盒在手中一捏，说："你能给我买包烟吗？"我怕他跑掉，想稳住他，便说："可以。"在路边商店，他挑了一包最高档的香烟，又要了一包槟榔。我付了款，他似乎还不愿离开，一只手攥着香烟，一双贼眼在柜台里扫来扫去，蓦然，他转过身对我说："能再给我买两包烟吗？"

嘿，没想到贼人如此贪婪，就凭这德行，我更加确信手机是他偷走了。尽管他的行为令我憎恶，但我很清楚，现在找回手机的唯一线索在他手里，我既不想答应他，也不能回绝他，脑子一个急转弯，便对他说："可以，只要你帮我找回手机，我一定酬谢你。"

也许是我的许诺起了作用，他在路边蹲下来，取出一块槟

椰放进嘴里，慢悠悠地嚼着。在等待对方回复短信的时间里，我让他每隔两三分钟就重拨一次电话。

时间一分一秒地过去了，我担心他不耐烦等下去，心里焦急起来。突然，他兴奋地喊道："通了！通了！"我怕对方挂断电话，一把抢过手机，刚"喂"了一声，电话里传来一个女人的声音："你怎么把手机落在家里了，刚才响了几次铃，我没接，后来听到总是响铃，我这才接了。"

挂断电话，我悬着的心总算落下了，可面对眼前这位小伙子，我该说什么呢？

（写于 2018 年）

吵吵闹闹也是情

居家过日子，夫妻俩难免磕磕碰碰，吵吵闹闹也是常有的事。如果说夫妻俩一辈子没红过脸，我敢说他们不是"家丑不可外扬"，就是还没有进入家庭的角色。

其实夫妻俩吵架是很平常的事。两人生活在一起，各自的生活习惯、性格脾气、兴趣爱好、思想意识肯定不一样。再说了，家庭是生活的港湾，在这里人表现得最真实，喜、怒、哀、乐随意表达，没有任何的包装，不然，人就活得太难受了。

坦白地说，结婚十七八年，我们家的"两伊"战争从来就没有停过。从恋爱的时候开始，隔三岔五就要吵上一架。如今女儿都上中学了，我们也从青年时代吵进了中年时代，可是吵吵闹闹仍然没有结束。看来，很可能要"吵进新时代"啰。

你说我们为何事而吵？说出来也不怕你笑话，没有一件"家庭大事"。就说最近一次吧，妻子病了，一位同事关心地打来电话询问病情，我在电话中告诉她，妻子头痛得厉害，两个晚上痛得睡不着觉。没想到我一放下电话，妻子就埋怨我说："晚上痛，白天就不痛了？"我忙解释道："我说你晚上痛得睡不着觉，并没有否定你白天不痛呀。"妻子厉声问道："那我问你，你知道我头痛多少个小时了？"我说不知道。这下可把她惹火了，就为了这句话，跟我吵了大半夜。你说，谁对？

谁错？

其实夫妻间吵架从来就没有一个对与错，公说公有理，婆说婆有理，所谓"清官难断家务事"说的就是这个理。

说到夫妻间吵架的题材真是太多了，似乎应了《还珠格格》里的那句话："没事吵吵小架，反正闲着也是闲着。"不信，说几段给你听听。

下班回到家里，妻子脱下袜子，随手就往沙发上一扔。我说她臭袜子乱扔影响"市容"，这坏毛病这么就改不了。她脸一沉，一句话砸过来让你半天缓不过神来："看不惯你就收拾嘛。也不撒泡尿照照自己，有多少坏毛病。""我怎么了？""家里地脏了，你拖过几回？只要面子，不要里子。""你面子都不要……""两伊"战争又爆发了。

学校通知开家长会，妻子对女儿说："叫你爸去。"我说上回是我去的，这回该你去。话一出口，妻子一顿数落："女儿从小学到中学，你参加了几次家长会，一点也不负责任。""我怎么就不负责任了，我没比你少管。""你管什么了，每天在家里就是看报纸、看电视。""不看报纸和电视干什么？""管管小孩学习呀。""每天作业都写不完，我怎么管？"……一场马拉松式的辩论又开始了。

平日里工作很忙，我多次建议中午大家都在食堂吃饭，可妻子说食堂的饭菜吃不下，硬是要回家自己做。有时烦起来气得我直嚷嚷："人家都能在食堂吃，就是你不能吃，找累受。"妻子反诘道："你长得像头大肥猪，不吃也瘦不了，从来不关心人家。""我不关心人家，我就一个人在食堂吃！""你去食堂吃呀，最好晚上也不要回家来吃，回家来睡，搬到办公室去住。"……两人唇枪舌剑，谁也不让谁。

当今时代，女人的社会地位高了，在家庭的地位也高了，动不动就甩出一句"东风吹，战鼓擂，现在世界上谁怕谁"。也是，经济基础决定上层建筑嘛，人家常挂在嘴边的一句话："我没比你少拿钱，有本事你就养活我！"

（写于 1999 年）

幸福就是毛毛雨

幸福是什么？一百个人有一百种回答，一百个人有一百种理解。

老祖宗造字的时候就有讲究，"幸"字由"土"和"¥"组成，"福"字由"衣"和"一口田"组成，其含义是有土地，有钱花，有衣穿，有饭吃就是幸福。这是人类最原始的幸福观。

随着社会的进步和发展，人们对幸福的认识在不断地变化，幸福的含义也在不断地延伸，由最初单纯追求物质需求向追求物质与文化需求转化，人们在满足了物质生活需求后，更加注重满足精神生活的需求。

有人认为幸福就是人生轰轰烈烈，生活大富大贵，仕途平步青云，这样的幸福我看凡人是难以得到的，也并非一定就是幸福。平凡的人做平凡的事情，平凡的日子平凡过，照样有精彩和幸福，关键在于我们的心态，只要心态好，幸福就是毛毛雨，点点滴滴润心田。出门时的一句叮咛，生日时的一声祝福，生病时的切切关怀，失意时的声声安慰，无不在我们心里升起温暖的阳光，幸福就这么不简单地简单着。现在有许多人喜欢攀比，比职位，比房子，比财富，比收入……比来比去，心里只剩下欲望，没有了幸福。一旦人追求的不是如何幸福，而是比别人如何幸福时，幸福也就离你远去了。要知道，幸福的人并不比其他人拥有更多的幸福，而是因为他们对待生活和困难的态度不同。

幸福是一个综合指数，有时候单一的指数并不能够给人带来幸福，必须在其他条件同时存在的情况下才能构成幸福。一个人没有钱必定不幸福，但是一个人有了钱未必能幸福。我有一个老同学，开了两三家酒店，生意红红火火，赚了不少钱，在一般人眼里她是个幸福的人，可我知道十几年来她过得很痛苦，因为她不幸患了肾病，每过一段时间都要去医院做血透，后来花了几十万元换肾，结果还是没有把命保住。这就印证了那句话，健康是"1"，财富是"1"后面的"0"，没有"1"，后面再多的"0"都没有意义。一位癌症患者感慨地对我说："只要身体健康，即便餐餐粗茶淡饭也是幸福。"

幸福不仅仅是获取，付出也是一种幸福。能够用自己的力量去帮助那些困难的人，让他们解除痛苦，脱离困境，获得快乐，那种幸福的感觉非亲身经历的人无法感受得到，这是用金钱买不到的幸福。对那些过街的盲人伸出你的手，对那些失学少年解囊相助，对那些乘车的老人让出你的座位……这些付出之中你不也收获了一份幸福吗！在生活中多去帮助他人，能让自己感到更快乐。

幸福就是毛毛雨，在不知不觉中来临，"润物细无声"。

（写于 2011 年）

买　菜

俗话说："开门七件事，柴、米、油、盐、酱、醋、茶。"我常琢磨，怎么就少了个"菜"？也许古时吃饭简单，填饱肚子就行，不然怎么连"菜"也不要了呢？

居家过日子，一日三餐，餐餐要吃菜，买菜就成了生活中不可缺少的一件事。

有人喜欢上街买菜，有人认为买菜是一件愉快的事，可我怎么就找不到那份感觉。

虽说在广州这样的大城市，买菜已丢掉了传统的菜篮子，去菜市场两手空空倒也洒脱，可是我一走进菜市场，怎么也洒脱不起来。说白了，我怕买菜。

一怕砍价。这大概是绝大多数男人的通病。费了半天口舌，也不就砍下个三五角钱，显得有点小家子气。有时装模作样学一句"点卖？"人家说多少就多少，咱也不再还价。如果按照价格牌上的"明码标价"买，回家准挨妻子的一顿数落。

二怕"鸟语"（粤语）。对于我们这些外地"移民"来说，在广州生活了几年，对粤语虽然能听懂七八成，但一些关键词语总是把握不准。"1"和"2"，"半"和"八"，怎么也听不明白。那一日，我在菜市场买了一把苋菜，丢给档主1块5角钱，转身欲走，档主一把拉住我说还差"3毫"（3角），我理直气壮地说："你不是说'个半'一把吗？"档主伸出食指和大拇指说："我说是'个八'一把。"搞得我哭笑不得，尴尬中慌忙丢下3角钱，在众人嘲笑的目光中赶紧逃出了菜市场。

为了逃避买菜，我花了个大代价和妻子达成协议：她每天负责买菜，我每天负责洗衣、洗碗。

去年底，广州市建内环路，把我们的小区拆了一半，我们搬迁到一个新的住宅小区。这儿离菜市场较远，不能像过去一样天天买菜，只好利用双休日买回一星期的菜塞进冰箱里。

由于买的数量大，不得已，我只得当上搬运工，陪同妻子再次走进了菜市场。

这次感觉不一样，我不用"砍价"，不用听"鸟语"，只管跟在妻子后面转。转久了，我又烦了。妻子买菜要围着菜市场转三圈，货比三家，为了能省三五角钱，要跟人家砍半天。我大袋小袋提得手都勒紫了，没好气地催道："你能不能快点？"她不急不慢地说："你不就是个搬运工吗？"

前两天，妻子回湖南老家去了，临走时嘱咐我："不要天天吃面条，小孩受不了，买点好菜给孩子补充点营养。"

平日妻子出门也就一天半日，我把冰箱的菜扫一扫也能对付过去。这次离家四五天，冰箱里已空空如也，看来我还真得重新走进菜市场了。

烦恼中，我突然想到了超市。那儿不怕"鸟语"，不用砍价，菜都是洗净配好的，买回来加加工就能吃。想到此，我关上冰箱的门，直奔超市。

我推着购物小车，悠闲徜徉在凉爽的超市菜市场。这里品种花样繁多，蒸的、煮的、煎的、炸的、生的、熟的、成品、半成品应有尽有，只要我中意，就往小车里扔。半小时后，我

已经是满载而归了。

　　过几天，妻子回来后我要告诉她的第一件事就是："超市买菜的感觉真好！"

　　不知妻子能否接受。

（写于 1999 年）

时间啊，你慢些走

新年的钟声敲响，跨年夜的灯火亦点亮。欢呼雀跃的人群会聚在广场上，挥舞着荧光棒，喊着倒计时："五、四、三、二、一"……在进入新年的那一刻，人们疯狂地喊着、跳着，兴奋到了极点。

我从不去蹭跨年夜的热闹。每当新年的钟声响起，我总会静静地待在一隅，没有晴天响春雷的欣喜若狂，反而有种淡淡的怅然若失。"啊，一年又过去了，时间过得真快呀！"对于个体来说，谁说时间不是消耗品呢，过一天就会少一天，过一年就会少一年，从这个意义上说，有什么值得激动和庆祝的呢。

少时读《增广贤文》，记得里面有一句俗语："一寸光阴一寸金，寸金难买寸光阴。"意思是说时间很宝贵，要珍惜时间。那时候我们年纪小，感觉未来很长，有的是时间，就像一个富豪，腰缠万贯，花起来毫不吝啬。随着年龄的增长，我对这句话的感悟越来越强烈。记得改革开放之初，深圳人喊出了"时间就是金钱"的口号，它和中国古已有之的"一寸光阴一寸金"是暗合的，强调的是对时间的珍惜。时间是永恒的，但是对于我们每个人来说，时间又是有限的。人生一世，草木一秋。财富可以积累，时间只会流逝；时间可以创造财富，财富不能换来时间；时间就是金钱，金钱却买不到时间。

小时候，我们总感觉时间过得很慢，揣着大把的时间尽情挥霍。清晨看那太阳，都觉得它总是懒洋洋地爬起来，把一天拉扯得那么长。我们上幼儿园盼望上小学，上小学盼望上中学，上中学盼望上大学，每一天、每个学期都觉得很漫长。小伙伴们在一起，经常掐着指头计算，还有多少天放假，还有多少天过年，恨不得一觉醒来就长成个大人。

　　长大了，我们忙于工作，忙于家庭，就像一台开足了马力的发动机，不停地运转。眼睛一睁一闭，一天过去了；四季一个轮回，一年过去了；风霜雪雨，花开花落，不知不觉几十年过去了。不经意间，岁月的风霜，化作深深浅浅的皱纹，悄悄地爬上了我们的脸庞。时间这把锋利的雕刀，把我们雕刻成了鹤发老人。人这一辈子，弹指一挥间。每次我从日历上撕下最后一页的时候，都会发出一声感慨："时间啊，你能不能慢些走！"

　　其实，时间的度量是匀速的，无所谓快与慢。印度诗人泰戈尔有一句名言："时间是无私的，也是无情的，它不为快乐的人、任务繁重的人有所延长，也不为痛苦的人、焦急的等待的人有所缩短。"时间过得快与慢是人们的一种感觉，与一个人所处的环境和心境有关。苦难的日子，人总是觉得时间过得太慢，恍如度日如年；幸福的时光，人又会感到时间过得太快，犹如白驹过隙。一个人生活没有激情，对任何事情都没有兴趣，整天得过且过，自然会感觉时间过得很慢；一个人生活有理想，专心致志地去做一些事情，全身心地投入，自然会感觉时间过得很快。

　　时间虽然没有所谓的快与慢，但是同等时间产生的效率却是不同的，深圳人当年提出"时间就是金钱"的口号后面还缀有一句——"效率就是生命"，说的就是时间与效率的关系。英国作家赫胥黎对此有一段精辟的论述："时间最不偏私，给任何人都是二十四小时；时间也是偏私，给任何人都不是二十四小时。"细细咀嚼这段话，恍然大悟，它告诉我们一个浅显的道理，蹉跎岁月，只会虚度光阴；珍惜时间，才会事半功倍。

我们这个时代，恰逢太平盛世，改革开放 40 年取得的丰硕成果，正惠及每一个中国百姓，好日子还长着呢！

时间啊，你慢些走，让咱老百姓更多地享受这幸福的生活！

时间啊，你慢些走，让咱老百姓为实现中国梦、个人梦再多一点时间！

（写于 2018 年）

平淡相守是幸福的延伸

　　人生如戏，夫妻是主角。从走进婚姻殿堂的那一刻开幕，演绎一生。无论何时，缺少了男一号或女一号，这场大戏都将失去光泽。

　　每个人的人生历程各不相同，有人活得平淡，有人活得精彩，唯有进入老年时代，所有人是相同的——归于平淡。无论你是位尊权重的高官，还是人微言轻的庶民，时光老人都不会留情，照样把岁月的沧桑刻在你的脸上；无论你过去拥有多么耀眼的光环，终将会离你而去；留在你身旁的，只有糟糠之妻（夫），不离不弃，相守终身。

　　我认识一位公司老总，上下班都是小车接送，每次见到他，身旁不是司机就是秘书。同住一个小区 N 年，我竟然不知道他夫人是谁。前些年他退休了，小车、司机、秘书不见了，他过上了普通人的生活，每次见他出门买菜、散步，身边都有个女人相伴，那女人是他的结发妻子。这一幕，很平淡，很自然，很温馨。该去的终归会去，该来的终归要来。

　　"少来夫妻老来伴"，这句话总结得非常精辟。人到了一定年龄，离开工作岗位，回归家庭，社交少了，朋友圈小了，每天在你眼前晃悠最多的是老伴。清晨，他（她）陪你逛菜市场；傍晚，他（她）伴你溜公园；病了，他（她）守护在病榻旁；

累了，他（她）替你揉揉肩。有他（她）在，你不孤独；有他（她）在，你不寂寞。在他（她）面前，你活得真实，喜怒哀乐尽情表达；离开他（她），哪怕是吵吵闹闹，也没有了对象。

我家楼上有个邻居，几年前丈夫不知得了什么病，瘫痪在床。我不知道他妻子在家里是如何照顾他的，呈现在我眼前的总是温暖的一幕。只要天气好，妻子（或保姆）经常推着坐在轮椅上的他在小区晒晒太阳，遇到阴雨天，也会将轮椅停放在大楼门口的台阶上透透气。一年365天，如此照顾一个卧床的病人，不容易啊。每次看到这个画面，都令我感慨，这个男人是不幸的，又是有幸的，有幸的是他有一个精心呵护、相守终身的老伴。

幸福不是大富大贵，平淡相守才是幸福。夫妻相伴，日子过得认真；孑然一人，日子过得敷衍。夫妻在一起生活，饮食起居，一日三餐，讲究规律；单身的生活，马虎凑合，三餐合作两顿，得过且过，没有规律。夫妻相伴，平日里不管谁身体不适，老伴定会唠唠叨叨催你去医院；没有老伴在身边，你会忍着、扛着，有时小病也会耽误治疗演变成大病。老伴在，家就有了生气；老伴不在，家会变得孤寂。也许，你会嫌老伴絮絮叨叨，一旦失去老伴，你就会变得沉默寡言，连个说话的人也没了。

老伴，是你相濡以沫，相守一生的伴侣。几十年风风雨雨，跌宕起伏，酸甜苦辣，他（她）始终陪伴在你的身旁。也许你们脾气不同，性格各异，也许你们爱好不一，兴趣有别，甚至文化素养、生活习惯差别很大，但最终你们仍能走在一起，因为你们是患难夫妻，是同甘共苦、同舟共济的人生伴侣。几十年的磨合，你们达成了相互谦让、求同存异的默契，形成了相

互理解，相互宽容，相互支持的夫妻关系。这一切，都需要靠时间来打磨。

人生短暂，几十年一晃而过。老伴老伴，老来之伴。不要嫌他（她）人老珠黄，青春不在；不要嫌他（她）说话啰唆，步履蹒跚。家有老伴，幸福常在。换个老伴，兴许连磨合的时间也不够了。如果遇上一个能同甘，不能共苦的老伴，那就是你晚年的最大不幸，哪还有幸福可言。珍惜老伴，就是珍惜幸福生活。夫妻健康长寿，是最佳的抱团养老方式。

老伴在，幸福在，夫妻平淡相守，是幸福的延伸。

（写于 2018 年）

七彩人生

奋飞的头雁

　　一条新建的铁路像神龙不见首尾，盘旋、穿梭在层峦叠嶂的武陵山脉中。左一拐，右一弯，尽往大山肚子里钻：隧洞—桥梁—隧洞，大白天乘坐这条线路的旅客列车，电灯一直亮着。机车排出的煤灰烟尘呛得几乎令人难以忍受。穿一件白衬衣上车，下车时却变成灰不拉塌。为此，列车上只好实行"不开放"政策，哪怕是六月酷暑，车门车窗都关闭着，无怪乎旅客称之为"闷罐列车"。

　　这是我在小说《枫林山下的风波》开头的一段描写，也是我第一次坐火车到湘西的真实写照。

　　1982年岁末，枝柳铁路新线开通前夕，我从京广老线调到枝柳新线工作。从怀化到大庸，236公里，火车竟然跑了12个小时。眼瞅着车窗外连绵不绝的大山，我百无聊赖，"1、2、3、4"地数起了列车穿过的隧道。暮色时分，蒸汽机车喘着粗气停在了大庸北站，我惊奇地发现，一路上我画下了30多个"正"字！

　　山多、桥多、隧道多，这是湘西铁路给我留下的第一印象。

　　8年后，我揣着满脑子的故事离开了怀化，离开了让我魂牵梦绕的湘西。许多年过去了，我还时常想起湘西铁路的那人、那事、那岁月。每每谈及湘西往事，总有一个绕不开的人，他

就是湘西铁路第一代开拓者、原怀化铁路分局局长张保华。

一

时光不知道被谁偷偷地按下了快进键，再次见到张保华，已经相隔 28 年。

按照事先的约定，我在小东园叩开了张保华的家门。

打量着眼前的这位老人，感叹时间真像一把锋利的雕刀，当年统率两万多"怀铁人"的壮年汉子，如今已是耄耋老人。他理着一个小平头，身着一件蓝白相间的 T 恤，下穿一件过膝的灰色休闲沙滩裤，脚上趿拉着一双拖鞋，有些驼背，看上去就和邻居家老大爷一样。他虽年过八旬，依然精神矍铄，思维清晰，声音洪亮。从外表上看，他比过去清瘦了许多，两道卧眉斑白，星星点点的老人斑点缀在额头，岁月的风霜化作深深浅浅的皱纹，悄悄地爬上了他的脸庞。

一见面，张保华就说："当年你给我们写了一篇批评报道，我还得感谢你。过去我曾提出'工人三班倒，班班见领导'，后来有些干部有想法，执行也没有那么到位了，结果弄出个大事故。看到你那篇报道后，更坚定了我原来的想法。"

多年不见，我俩寒暄了好一阵才把话题转移到采访上来。我向他索要几张过去在怀化的工作照，他说没有。我说那就给几张生活照吧，他还是说没有。我说您手机里没有照片吗？他掏出一部老式手机，说："这东西我不会玩，小孩给我设了一个简易拨号，'2、3、4、5、6'，老伴和儿孙们一人一个代码，打电话只要按一个数字键就行了。"

他握着手机继续说道："我这辈子有两怕，一怕下雨，二怕接电话了。特别是夜里，听到电话铃响就紧张。离开怀化到新的工作岗位后，头一两年我还不习惯，夜里电话铃一响，跳下床来就抓话筒。"望着眼前这位老人，我很理解，我知道这是他在怀化当分局长时落下的职业"病"。铁路运输的干部中流传着这样一句顺口溜："天不怕，地不怕，就怕半夜来电话。"怕啥？怕出事故啊！

在与张保华的交谈中，我了解了他的身世。

张保华，祖籍河北交河县，1935年12月出生在山西阳泉，父亲是石家庄铁路的一名通讯工。1937年抗日战争全面爆发后，父亲逃难到南方，从此杳无音讯，直到中华人民共和国成立后一家人才在郴州重逢。国家的不幸，民族的灾难，家庭的颠沛流离，伴随他度过了苦难的童年和少年。

1951年，16岁的张保华参加了铁路工作，成为郴州电务段中修队的一名通讯工。1954年，经段长曹世生和另一名保卫干事介绍，年仅19岁的张保华，光荣地加入了中国共产党。1957年，郴州电务段撤并到韶关电务段，只念过两年初中的张保华，靠着自己的勤奋和努力，当上了一名通信技术员，继而担任了段载波室主任。

1970年，湘黔、枝柳线上马，正在粤北梅村"五七"干校劳动的张保华接到通知，要他火速赶往怀化920总指挥部，参加湘黔、枝柳铁路大会战。1973年7月1日，湘黔线开通运营，张保华被任命为怀化电务段第一任段长，因为级别不够，"段长"前面加了个"代"字。不久，他被提拔为怀化分局工电科副科长、怀化电务段段长。1976年，新化电务段成立，张保华一肩挑起了段长、书记两副担子。两年后，一纸调令，他被任命为怀化分局电务科科长。

1980年，张保华走上了怀化分局副分局长的岗位，主管后

勤工作，并负责枝柳线开通运营的筹备工作。

1983 年 1 月 1 日，纵贯南北的枝柳铁路开通运营，在怀化榆树湾与横贯东西的湘黔铁路交会，形成了一个大大的"十"字，怀化一跃成为四通八达的铁路重要枢纽。

此时的怀化分局，已由 1971 年 7 月的分局筹备小组成立之初的 5738 名职工，增加到 20722 名职工，担负的铁路运输由一条湘黔线，扩大到湘黔、枝柳两条线，管辖线路由 355.9 公里扩展到 990.1 公里。年轻的怀化分局成长了，壮大了，张保华肩上的担子也更重了。

1983 年春运过后，一场大雪造成湘黔线通信信号中断，正在新化指挥抢修的张保华接到分局办公室通知，要他立即赶回怀化，铁路局局长杨其华、党委书记孙连捷要找他谈话。张保华回到怀化，两位领导郑重地对他说："经过上级领导的慎重考虑，决定让你担任怀化分局分局长。"

突如其来的职务变动，张保华没有丝毫心理准备。他感到这些年肩上的担子很重，一直是在负重爬坡，人很累，如今要他担任分局长，就仿佛在他沉重的担子上又添上了两块砝码。他怕自己扛不起，愧对上级领导的信任，愧对怀化分局两万多职工的期待。但望着两位老领导殷切、期望的目光，张保华无法拒绝，他没有豪言壮语，只是一字一句吐露出自己的心声："试试看吧！"

二

和煦的春风融化了雪峰山的冰雪，吹绿了武陵山的草木，千里湘黔、焦柳铁路沿线一片春意盎然。春天到了，孕育着新的生机，新的希望。

1983年3月，张保华走马上任，担任了怀化分局第5任分局长。

当天晚上，张保华失眠了。他躺在床上辗转反侧，夜不能寐。来湘西十多年了，他参加了湘黔、枝柳铁路的修建、临管、运营。当年，在那遍布山头的席蓬里，张保华同第一代怀铁人伴着油灯，艰苦创业，用他们的双手和对未来的信念，揭开了怀化分局艰难创业史册的第一页。12年过去了，经过数万铁路建设者的艰苦奋斗，今天的怀化分局已经发展成一家大型国有铁路运输企业。

张保华心里非常清楚，由于历史的原因，若讲生产、生活条件，怀化分局是"先天不足""欠账太多"。

这还得从湘黔、枝柳两条铁路的修建说起。

民国八年（1919），孙中山先生提出在中国建筑十万英里的铁路规划，规划中的川湘铁路湖南段，与现在湘黔线的走向基本一致。民国二十四年（1935），国民政府决定修建湘黔铁路，在那个战乱年代，湘黔线几上几下，终未建成。中华人民共和国成立后，湘黔线于1953年再次开工，到1962年，因资金困难，全线停工。

"三线"不建成，毛主席他老人家睡不着觉啊！1969年中央军委和铁道部下达了修建湘黔铁路的指示。1970年8月，国家建委主持召开"湘黔、枝柳铁路建设会议"，9月在怀化成立了"湘黔、枝柳铁路会战总指挥部"，把"三线"建设提升为国家战略。古老寂静的湘西崇山峻岭中，到处红旗招展，炮声隆隆，呈现出一幅"百万民工战'三线'"的壮观场面。短短两年时间，湘黔铁路全线建成，1978年12月1日，枝柳铁路全线贯通。

湘黔、枝柳铁路修建于"深挖洞、广积粮、不称霸"的特殊年代，在"一切为战""先生产，后生活"的思想指导下，铁路避城而过，在雪峰山脉、武陵山区蜿蜒穿行。分局管辖近千公里铁路线上，几乎平均每公里就有一座桥梁或隧道。更为严重的是，湘黔、枝柳铁路竟有一半左右的钢轨是老线换下来的旧轨，其中"伤病轨"有多少，谁也说不准。"油灯式"信号机、"李玉和时代"的道岔等三四十年代的老旧设备都在超期服役。管内百余个车站中，有三分之二的车站、工区建在崇山峻岭或偏僻山乡，有的甚至建在桥上或隧道里。湖南省12个贫困县，分布在怀化分局铁路沿线的就有11个。位于深山站区的工人，上班要带上蛇药；独居隧道、危石看守点的老工人，靠豢养狗、猫、鹅等小动物来陪伴清冷的日子；身居小站、工区的年轻人，休班时常常坐几个小时的火车到县城或集市去，仅仅就是为了去看看女人，沾沾人气。至于就医难、小孩入托难、上学难、买米买菜难、家属就业难、年轻人找对象难、看电视难等问题，都是一道道亟待解决的难题。

　　枝柳线上有个吉首工务段，全段39个工区，有35个坐落在大山深处的"夹皮沟"里，全段892名职工，大部分是工程局修完铁路留下来的职工，文化、技术素质普遍较低，小学文化程度的有260多人，目不识丁者达86人，一些工人因公致残，"半边户"和无粮无户的家属有346户，因妻子离异、出走、病亡，遗留下的无娘儿多达83人，家庭人口月平均收入20元以下的就有279人……有的职工在打油诗里写道："白天钻洞子，晚上钻被子，蹲在山窝子，找不到老婆子。"还有些调皮的年轻人在隧道洞壁上写上："养路工人个个要老婆，请求领导一人发一个。"

在湘黔线的大江口车站和沙堆车站之间，有个洑水湾养路工区，四周群山环抱，野兽出没。这一带是雪峰山的支脉，崇山峻岭，条件很差，买米买菜要跑几公里路，吃水要到山下的溪里去挑。工区小伙子曾写了一首打油诗："洑水湾，洑水湾，稀里糊涂凑一餐；没有水，没有电，只有钢轨和青山。"枝柳线上有个中方养路工区，生活艰苦，工人们编了一段顺口溜："中方，中方，吃菜困难；酱油拌饭，盐水当汤。"这些打油诗、顺口溜，正是当年湘黔、枝柳铁路沿线职工生活的真实写照，也刺痛了张保华的心。

在长期艰苦的条件面前，"人心思走"的问题十分突出。怀化分局的职工队伍中，很大一部分来自广州、长沙、成都、贵阳、衡阳、株洲等大中城市，最多时，全分局有 4500 多人要求调走，约占职工总数的四分之一。人心思走，队伍不稳，不仅影响企业经济效益，而且威胁着行车安全，最严重时，怀化分局一年发生了 350 件行车事故，几乎是一天一件。

困难，重重的困难，像一座座大山，横亘在这位新上任的分局长面前。

三

崇山峻岭笼罩在一片灰沉沉的云雾之中，被太阳遗弃的群山，像一个个满腹委屈的巨人，阴森森地耸立在云端。

大山深处的铁道线上，迎面走来了几个人，领头的是张保华，他身着一套蓝色铁路制服，脚穿一双平跟解放鞋，神色焦虑，步履匆匆。

张保华深入到沿线的小站、工区，他去找职工谈谈心，调查研究，了解职工的思想，理顺工作的思路。

一路上的所见所闻，让张保华心里越发沉重。这里没水，那里缺电；小孩要上学，家属要就业；职工要福利，站段要投资。张保华徒步来到枝柳线白马溪养路工区，这里四面环山，周围无人家，不通公路，收不到电视，离最近的火车站还有6公里。几十名养路工长年生活在这个前不着村后不着店的穷乡僻壤，维护着铁路的畅通。工人们对张保华说："吃苦我们认了，只求局长给装个电视差转机，娃儿们晚上冷清得可怜。"

　　职工的话语，深深刺痛了张保华的心。几天下来，张保华的小本子上记满了职工的诉求。回到怀化，他立即召开分局长办公会议。会上，他动情地对分局领导班子成员说："这样艰苦的条件，摊上我们谁在那儿猫一辈子，能一心一意保安全、千方百计搞运输吗？"其他领导也把职工在生产生活中遇到的各种困难摆到分局长办公会议桌上。

　　在深入调查、反复研究的基础上，张保华明确了"以人为中心"的管理思想。他认为，要使职工热爱企业并为企业尽心尽力，就要用一片真情和爱去关心他们、帮助他们，使职工真正感到企业可爱、可以信赖、可以依靠。只有让企业充满爱，各项管理工作才能收到事半功倍的效果。

　　张保华在确保运输生产和运输安全的前提下，着重从改善职工生产、生活条件入手，他要求分局和所有站段领导，把有限的资金优先用于解决一线职工、一线岗位的困难。在他的倡导下，分局和站段50多个机关中，没有一个会议室、办公室安装空调，而机车司机出乘前休息的待班室和调度员的工作室却装上了85台空调机。随后，铁路沿线装上了19台电视差转机，白马溪工区的夜晚热闹起来了，每当夜幕降临，大人和孩子们围坐在电视机前，笑意挂在脸上。

经过几年努力，分局投资数百万元，解决了湘黔、焦柳沿线 105 个车站、工区用水用电难的问题，还配上了电视和冰箱。不少工区通过自力更生，大种大养，解决了吃菜难的问题。中方养路工区职工又编了一首新的顺口溜："塘里鱼儿跳，圈里猪儿叫，地里蔬菜绿，职工捧碗笑。"在住房上，分局投资数千万元，到 1988 年末，职工人均住房达到 28.6 平方米。"火车司机楼""教师楼""工程师楼"相继落成，一些站段领导羡慕地说："如今火车司机和知识分子待遇真高，我们都还没有享受到这样大的房子！"

当年，怀铁一中是怀化铁路地区唯一的一所中学，高考升学率不高，都说"怀化铁路子弟考不出雪峰山"。张保华不信这个邪，他专门听取了分局教办主任王德荣的汇报，决定新建怀化铁路职业中学，让一部分考不上高中的学生到职业中学读书，毕业后参加铁路招工，同时也提高了怀铁一中的生源质量。与此同时，他指示分局人事部门从路外和路内其他学校引进大批优秀教师，使该校高考升学率逐年提高，大批怀化铁路职工子弟走出了雪峰山，被全国各高校录取，怀铁一中一跃成为怀化市的重点学校。后来，当地许多路外子弟都希望能到怀铁一中来读书。

到 1988 年，怀化分局共建起了 20 所中小学、3 所医院、3 所俱乐部，覆盖了管内铁路沿线，职工子女入学率达到 100%。分局还先后建起了煤气站、游泳池、儿童乐园、老干部活动中心、菜店、肉店、煤店等文化、卫生、商业、娱乐设施，职工生产、生活条件发生了可喜的变化。

四

"改善职工福利建设的投资是有限的，改善干群关系的感情投资是无限的。"这是张保华经常对干部说的一句话。

采访中，张保华给我讲了这样一个耐人寻味的故事。

有一年春节，分局很多职工乘车回家过年，恰巧一位分局领导也在这趟车上，这位领导提出要查验车票，一个工人提出要他先出示车票，当这位领导刚把乘车证掏出来，工人一把夺过撕得粉碎，然后往空中一扔，气愤地说："你们当干部的都有免票，春节回家以公济私，我们当工人的春节回家看看父母妻儿，谁给我们开免票！"结果搞得这位领导非常尴尬。

这件事，深深地印在张保华的脑海里，感触很深。他主张对待职工，既要按章办事，也要讲究方式方法，不能激化矛盾，把干群关系对立起来。他认为要改变怀化分局的面貌，搞好运输生产，确保运输安全，就必须注重感情投资，努力建设和谐的人际关系。他要求分局各级领导，对职工的困苦要尽心尽力，尽职尽责去解决，把企业建设成温暖、和谐、充满着爱的大家庭。

在怀化铁路地区，至今还流传着分局长为普通女工献血的故事。

那是 1986 年 6 月的一天，张保华正在主持一个会议，这时分局卫生科科长急匆匆闯进来报告："生活段一位女工因患白血病正在医院抢救，血库没有血了，生命垂危……"张保华闻讯后大声说道："立即组织献血，马上去！我去！"他当即宣布休会，带领与会干部冒雨赶往医院。随后，分局机关一百多名干部陆续赶到医院排起了长队，张保华第一个伸出了胳膊。凝聚着同志深情的鲜血缓缓地流入了病人的血管，经过抢救，这位女工转危为安。

采访中，我和张保华聊到这件事，才得知他有一个女儿，10岁那年也是因为患上了白血病，四处求医，拖了一年多，最后不幸夭折。他饱含深情地说："我知道白血病是绝症，但那是一条鲜活的生命啊，哪能见死不救！能救一天是一天，能延长一天是一天！"

张保华经常教育干部说："当干部就要吃苦在前，享受在后，好处往自己身上搂的干部，是不受群众欢迎的。"

1987年，湖南省人民政府为怀化分局解决1600余名职工家属"农转非"，张保华指示有关部门重点向一线职工倾斜，分局机关700多名干部无一人伸手。1990年3月，得知地方一家纺织厂招收女工，张保华立即派人前往联系，最终为分局150名待业女青年解决了就业问题。

在张保华任分局长的9年中，怀化分局先后招收、调进、调出职工上万名，他从未打过一个招呼，写过一张条子。原怀化分局干部分处（人事分处）干部施玉光说："我1983年1月从部队转业到怀化分局，在干部、人事部门工作了18年，不管是在一般干部岗位，还是在分处长岗位上，从没有收到张保华写的一张条子。"

张保华和分局领导班子的带头作用，教育和影响了各级干部转变作风，勤政为民，关爱职工，涌现出一幕幕的感人事迹。

怀化水电段一位职工不幸被火车碾成了几段，段长姚国球、指导员蒋忠祥等3位干部含泪亲手将这位职工碾碎的尸体一针针、一线线缝合起来，将血污擦洗得干干净净，又给死者穿上一套崭新的铁路制服，待死者亲属赶到时，尸体已修补穿戴整整齐齐。

枝柳线上新永顺、回龙、排口等工区的职工子女上学要经过一条小河，一到春夏涨水季节，职工忧心如焚。一次，巡道工许极松7岁的儿子蹚水上学，被湍急的河水冲出上百米，幸被大同学王延久救上岸来，才使得老许这根独苗幸免于难。吉首工务段段长丰正秋得知这一消息后，动情地说："不能再让职工为子女上学安全牵肠挂肚了。"他随后决定，在有条件的地方，同当地船工签订合同，承包接送学生上学的摆渡任务，全年渡船费段里一次付清。在无人摆渡的回龙、排口等地，与当地政府协商联合修桥。他的这一决定得到了张保华的支持，在分局的帮助下，仅用了3个月，一座99米的钢筋混凝土大桥就横跨河上。从此，在这里工作生活的150多名职工和家属再也不用为过河发愁了。一位老工人紧紧握着段长的手说："你们不仅架起了小河上的桥，也架起了与我们工人感情相通的连心桥呀！"

每逢新春佳节，张保华和分局其他领导都要下到铁路沿线车站、工区，慰问生产一线的职工，给职工们拜年。职工家属每当谈到自己的企业，都无不自豪地说："怀化分局虽然条件十分艰苦，但各级领导这样尊重我们、理解我们、关心我们，再苦再累我们也心甘情愿。"

干部把职工的冷暖放在心里，职工才会把企业的安全生产挑在肩上。

五

春风化雨，润物无声。

作为怀化分局行政管理一把手的张保华，注重在运输生产安全中加强思想政治工作，努力建设一支高素质的职工队伍。

一段时间，为了稳定职工队伍，分局采取人事冻结，停止人员调动，可是有的职工连户口、档案都不要就不辞而别了。一些站段对艰苦小站、工区进行高额补贴，决定公布后却无人报名。这时发生一件事，使张保华和分局领导班子受到深刻启发。位于雪峰山区的新胜利、思溪两个中间小站，生活条件十分艰苦，吃水靠肩挑，照明点油灯，职工理个发来回还要走上20公里。两个小站的7名共产党员，却联名向全段共产党员发出了"以扎根小站为荣，以战胜艰苦为乐，甘愿蹲一辈子山沟"的倡议。

分局党委及时抓住这个典型，在全分局范围内广泛开展"爱分局做主人，爱本职争最佳"的"两爱"活动。这一活动与多种形式的先进性教育、全局观念教育、职工自我教育、职业道德大讨论等一系列的思想教育工作有机结合，有效地激发了广大职工爱分局、爱本职的自觉性，形成了"团结创业、开拓进取"的"怀铁人"精神。

物质文明与精神文明两手抓，使怀化分局企业凝聚力显著增强，职工队伍日趋稳定，不少职工收回了请调报告。1985年后的3年间，有2100多人自愿调进了怀化分局。职工把爱分局、爱本职落实到实际工作中，落实到本职岗位上。分局收入监察室主任、会计师何达蔚，以主人翁责任感，探索铁路运输改革的新路子，先后提出5项重大运输改革方案和建议均被采纳、推广，一年为国家增加运输收入1500万元。仅1987年和1988年，全分局职工提出合理化建议就达3918条，被采纳728条，产生直接经济效益1842.7万元。

1987年，是怀化分局实行大包干的第一年，1月至7月，

运输收入按计划欠账 416 万元，全分局两万多名职工迎难而上，他们说，企业的困难就是我们自己的困难，各站段纷纷请战背任务，千方百计提高运输效率，到年底，不仅还清了运输收入欠账，还提前 33 天完成了大包干任务。1988 年和 1984 年相比，怀化分局客货周转量增长 120%，运输收入增长 135%，运输劳动生产率增长 68%，增长幅度在全路 56 个分局中名列前茅。

张保华说，我这个分局长就是有三头六臂，没有分局党委的领导，没有班子其他领导的分担，没有广大职工的积极努力，也无法完成运输生产任务，无法保证运输安全稳定。

离开怀化 20 多年了，张保华还清楚地记得不少职工可歌可泣的事迹。采访中，他不时谈到一些留在记忆深处的"怀铁人"故事。

——涟源车站扳道员谭德定在当班时，听说一个小孩被附近的高压电击倒，他用电话向值班员请了 5 分钟假，跑去现场一看，只见自己的独生子被强大的电流牢牢地吸在变压器上，烧得"吱吱"作响。此时，62 次旅客列车就要开过来了，为了千余名旅客生命安全，谭德定忍着巨大悲痛，毅然赶回了扳道房。62 次列车安全通过，他却永远失去了儿子。

——杨爱平，一名普普通通的扳道员，当一头惊牛跑上铁路，严重威胁列车运行安全的关键时刻，他像当年的欧阳海一样，毫不犹豫地冲了上去，奋不顾身将惊牛推下了铁道。

——一次，雪峰山隧道内的线路发生险情，工区火速派出 15 人赶到现场，经检查发现钢轨折断。这时一列火车正向隧道内开来，不巧此时显示停车信号的汽灯熄灭了。在这紧急关头，工长胡福春和工人王友泽果断脱下衣服，浇上煤油点燃。司机见到火光，立即采取紧急制动，迫使列车在距离钢轨折断处

100 米的地方戛然停下。

……

<h2 style="text-align:center">六</h2>

安全生产对于铁路运输企业来说，永远是第一位，是永恒的"主题曲"和"四季歌"。张保华在担任分局长的 9 年中，操心劳神最多的就是安全。

在张保华主政分局长期间，怀化分局陆续建立、推出了一系列安全管理办法、举措。

——把风险承包引入到安全质量管理，由分局建立安全风险基金，将承包重点下移，推出上下纵横连锁安全包保责任制。

——引入科学的安全管理方法，建立系统的安全管理网络，全面加强安全管理基础工作，推出一套完整的安全管理督促检查制度和标准化工作程序。

——打造一支过硬的安全管理队伍，建立完善的安全管理机构，形成分局、站段、车间、班组全覆盖的安全管理网络。

——推广车、机安全联防保证体系，机车乘务员与车站值班员、调车员、扳道员等行车岗位人员互相监督，联防联控。

——行车一线主要工种的职工家属与职工所在单位签订"家属保安全合同"，扩大安全生产保证体系，筑起安全生产的第二道防线。

——与铁路沿线乡村签订安全合同，杜绝行车事故，减少路外伤亡，路地联手共同维护铁路安全。

尽管分局制订的安全措施不少，推出的安全管理办法很多，张保华明白，这一切都要靠抓落实。

熟悉张保华的人都知道，他不喜欢穿西服，经常是一身制

服、一双胶鞋、一顶草帽、一把雨伞出现在职工面前，有时还卷起两个不对称的裤脚，不认识他的人还以为来了个老工人，难怪分局机关有些干部说他"土气"，没有当官的派头。张保华说："'土气'才能接'地气'，西装革履下基层，职工谁还愿接近你。"

当年曾在怀化分局办公室当过秘书、副主任的周崇乐，至今回忆起当年在张保华身边工作的日子，仍然感慨万千。"跟保华局长下沿线，他有汽车不坐，吃在食堂，睡在公寓，还要自带饭盒。开饭时，还不忘叮嘱我们，到窗口排队去。"

有一次，周崇乐跟随张保华到焦柳线沿线检查工作，几天时间走了10多个小站、工区，累得他晚上倒下就睡。一天夜里，周崇乐3点多钟醒来，发现张保华不见了，他心里大吃一惊："这还了得，局长不见了，万一出点什么情况，我这个当秘书的该如何交代！"他连忙起身向车站赶去，半道上正好遇到了张保华，原来他到车站值班室检查职工夜间作业情况去了。

每到一个小站、工区，张保华都要到值班室、扳道房、职工食堂、宿舍走走看看，找职工、家属聊聊天。有时走到前不着村后不着店的半道上，连个吃饭的地方也没有。周崇乐清楚地记得，一天中午，他和张保华走到施溶溪和罗依溪一带，肚子饿得咕咕叫，大山深处一户人家也没有，他们来到一座隧道的看守点，看守点的老工人不知从哪里弄来了几条小鱼，这才"稀里糊涂凑一餐"。

作为分局长，张保华不喜欢坐在办公室听汇报、作指挥，只要有时间，他就要到基层一线去走一走、看一看。遇到出现什么新情况、新问题，他都要到现场去实地调查，想办法解决。1990年3月8日，张保华了解到怀化机务段有11台机车"趴窝"，造成机车交路紧张。他立即赶到机务段内燃机车检修库实地调查，发现造成机车临修多的原因是机车本身性能不好，加之保养不当，材料不全，检修技术水平不适应。他立即与段领导制订抢修方案，并现场坐镇指挥，采取一个干部盯一台机车的办法，定人、定责、定时组织抢修，结果当天就抢修出了8台机车，保证了机车正常上线。

一次分局交班会上，调度所主任反映，湘黔线接连3次发生运缓，原因是司机为了防止压牛。为什么会同一司机在同一区段、同一时间连续3次防止压牛临时停车？这引起了张保华的警觉，他要求怀化机务段彻查。半个月后，问题水落石出，原来是司机中途停车，向村民倒卖车上的柴油。最终，这个司机被撤销司机职务，并按照规定搬出了"司机大楼"，严肃了铁路纪律。

采访中，我无意间了解到，张保华在分局长岗位上干了9年，竟然没有出过国，有关部门曾两次安排他去日本、英国考察，他都让给了别人。用他的话说："他们去比我去更适合。"而湘黔、枝柳铁路沿线的许许多多偏远小站、工区，却留下了他的足迹。

1990年4月27日中午11时30分，张保华办公桌上的电话骤然响起，"不好，'老虎跳'塌方了！"

"老虎跳"在枝柳线靖州至流坪之间，10分钟前，因暴雨造成山体滑坡，数万立方米的山石一泻而下，冲毁了厚达2.8米的钢筋混凝土的护坡挡墙，掩埋了78米长的线路，使枝柳线运输中断。

接到报告后，张保华立即带领主管安全的副分局长和分局有关科室干部迅速赶往事故现场，火速开展救援工作。29日，

太阳出来了，气温骤然上升到 30 多摄氏度，在燥热的恶劣环境下，奋战在工地的 500 多名救援人员顶着烈日，奋力抢运堆积在线路上的泥土和岩石。张保华身穿的短袖制服早已被泥水湿透，他时而指挥推土机铲土排除路障，时而跃上驾驶室为司机引导，裸露的双臂晒得又红又肿。经过八九个昼夜的奋力拼搏，清除了道床上的 4 万多立方米沙石。5 月 5 日 22 时，一列满载货物的列车缓缓驶过"老虎跳"，中断 202 个小时的枝柳线全线通车。

在两万多"怀铁人"的努力下，怀化分局交出了一张优异的安全生产成绩单：1979 年 3 月至 1986 年 7 月，怀化分局实现了连续 2675 天无责任重大、大事故，创造了全国铁路分局安全行车最高纪录。1986 年 7 月 18 日发生一件重大事故后，怀化分局从零开始，再攀高峰，再次实现了两个安全年，到 1989 年 4 月，又取得安全行车 1000 天的好成绩。

说到张保华抓安全，有一件是我亲身经历的事，尽管过去快 30 年了，但依然记忆犹新。1990 年 1 月 8 日，《广州铁道》报刊登了一篇新闻，题目是《领导高姿态　记者不留情》，消息不长，为保留故事的原汁原味，不妨抄录如下。

11 月 23 日，上班的汽笛刚响过，本报驻怀化分局记者站的电话就响起来了。"喂，记者吗？张局长现在宣传部，请你来开个会，研究一篇关于分局安全生产的批评稿件。"分局长请记者揭短，在本报可是一件新鲜事。

11 月 4 日，怀化分局冷水江西站发生了一件职工违章作业造成的行车重大事故。事故发生后，记者采写了一篇稿件，对这个分局部分干部的作风提出批评。为了慎重起见，发稿之前，记者请分局长张保华审稿，并说明如果领导认为此稿不宜公开见报，记者可以向报社领导建议不见报。张局长急忙接上话说："那不行，怎么只能表扬，就不能批评呢？我的意见，此稿不但要写，而且要找出事故发生的根本原因，让大家都能从事故中吸取教训。"

第二天一早，张局长来到宣传部，把宣传部长、新闻专干等有关同志召集起来，又请来了记者，对"11·4"事故教训进行了认真分析总结。会上，他第一个发言，对部分干部作风漂浮、好人主义严重的现象进行了严肃的批评，并从5个方面找出了这些现象存在的原因。

11月29日和12月15日，本报先后在一版、二版发表了《教训与反思》《前车之鉴》两篇批评分析报道。

事情并不仅仅如此，张保华抓住这件事故，召开了分局长办公会议、站段长会议、分局安全紧急电话会议。会上，他严肃地指出，"事故出在工人身上，责任干部不可推卸"。并带头从自身的工作指导思想、工作作风、工作方法等方面做出深刻检查。会后，他还要求各单位将会议精神以及自己的检查分别传达到每个基层单位、沿线小站、工区。一场以"分局出了大事故，我们怎么办？"为主题的安全大讨论在全分局迅速展开。同时，他还派出8个工作组120多人，走工区、下小站，与职工同吃同住同劳动，发动职工，亡羊补牢，鼓舞士气，重振雄风，打响了一场既轰轰烈烈又扎扎实实的安全翻身仗。

什么叫真抓实干？在张保华身上，我找到了答案。

七

张保华上任之初，中国改革开放进入第4个年头。铁路，这个被人们称之为计划经济的最后堡垒，受到了猛烈的撞击。

张保华被时代的浪潮推上了改革的刀口浪尖，带领着两万多"怀铁人"，在改革中奋勇搏击。

几十年后，回头看当初的改革，不少都带有时代的痕迹，但那是一条艰难的探索之路。张保华说："改革，企业才有生存的机会；不改革，只有死路一条！"

张保华是个"老铁路"，他知道，只要干上了铁路，浑身上下都是"铁"味：干部坐"铁交椅"，工人捧"铁饭碗"。铁路员工普遍缺乏风险意识、竞争意识和市场观念。"收支两条线"的大锅饭制度，使铁路运输企业长期处于封闭的、单一生产型的传统管理之中，严重缺乏自我改造和自我发展的能力。

"僵化的企业管理体制必须改革！"张保华带领两万多"怀铁人"，在改革的战场上，真刀真枪地干开了。几年中，怀化分局先后推出了全面推行厂长负责制；打破企业吃国家"大锅饭"；搬掉干部的"铁交椅"；端掉个人收入的"铁饭碗"；变"坐商"为"行商"，找米下锅，上门服务；开展横向联合，参与市场竞争；"软""硬"结合，不断挖掘和扩大运输能力等一系列改革举措，在改革的道路上，勇敢地迈出了坚实的步伐。

上任之初，一个现象引起了张保华的思考：怀化分局作为一个拥有两万多名职工的大型国有运输企业，1984年以前每年完成的利润都在1000万元至1800万元之间徘徊。一些单位完不成任务，企业亏损，而这些单位的领导却不负任何行政和经济责任，稳坐"铁交椅"。

"这种情况再也不能继续下去了！"张保华决定搬去干部屁股底下的"铁交椅"。

1984年7月，怀化分局实行了干部职务浮动，采取定性考核与定量考核相结合的方法，每年对干部进行一次全面考评，评出优秀、称职、基本称职、不称职的结论，据此提出准确的奖惩和使用意见。到 1986 年 10 月，全分局被免去干部职务去当工人的 376 人，提级提职的 366 人。一位 30 出头的中专毕业生，在短短的两年时间内，连续搞活了两个企业，被提拔到站段领导岗位；另一位 50 年代参加工作的厂级领导因近年来工作平平，企业亏损，被免职去看厂大门。

干部职务浮动，搬去了"铁交椅"，实现了"庸者下，平者让，能者上"的良性竞争环境，为有志改革者提供了大显身手的舞台。

实行职务浮动，废除了干部终身制，使干部产生了危机感，激励了更多的干部在本职岗位上奋发进取。1985 年，怀化分局完成利润突破 3000 万元大关；1986 年又达到 5344.3 万元。全分局 49 个独立核算单位全部实现盈利。

1986 年，广州铁路局在全路运输系统率先实行"现收现支，以路养路"的全面经济承包，怀化分局对所属单位推出了多种经济承包制，加速了从单纯生产型到经营生产型的转变。张保华和分管运输的领导分头带领分局和站段负责运输计划工作人员，深入沿线地方政府部门和厂矿企业，吸引货源，找米下锅，变"坐商"为"行商"，还在 15 个不通铁路的地方办起了"无轨车站"，与地方公路、航运部门开展"铁、公、水"一条龙服务。

改革进一步解放了生产力，使分局的运输生产能力和经济效益不断提高，主要产品客货周转量连续 4 年保持两位数增长。1988 年，多种经营利润首次突破 1000 万元大关。

1987 年，铁路局转变企业经营机制，实行多种形式的经营责任制。其中一种模式为资产经营承包，即企业的所有权与经

营权分离，把企业交给个人承包经营。张保华主动请缨，要求在怀化分局三源公司试点，得到了局领导的大力支持。

公开招聘三源公司经营者的消息传出后，吸引了众多的弄潮者，短短十几天里，就有47名中青年干部、工人、教师和工程技术人员竞相投标。经过两天激烈紧张答辩，最终一位33岁的政工干部中标，三源公司成为广州铁路局第一家实行资产经营的企业，为全局改革探索出了一条新路。

1986年10月下旬，铁路局进行管界调整，将长沙分局原辖娄邵线及湘黔线石狮江至娄底区段划归怀化分局管理。当时，部分职工情绪波动，"人心向长"。张保华和分局党委书记张振兴来到娄底，深入干部、工人家中访问，同时组织90多名干部分别走访职工家庭，宣传管界调整改革的意义，稳定了职工的思想，保证了管界交接工作的顺利进行。

随后，张保华带领有关部门干部，对娄底地区各站段、工区挨个进行走访，发现娄底列检所一些职工住的还是铁道兵修建"三线"时留下的工棚，一到下雨天，外面大雨，屋里小雨；娄底机务段职工住房困难，一些司机长期在外面租房子住；娄底工务段有两个工区无生产用房，只好租当地老百姓的房子。沿线小站、工区，不少都存在吃水、用电、小孩读书等方面的困难。

张保华在采访中对我说："通过调查，没想到娄底铁路地区一些职工生活条件比怀化还苦。"于是，分局加大了对娄底地区职工住房、福利的投入。娄底铁路医院担负着几千名铁路职工、家属的医疗、保健工作，患者住院难一直没有得到很好解决，怀化分局决定为该院盖一栋住院大楼。就在下达基建计划时，有人对张保华说："听说娄底地区很快又要划归长沙分局管辖，这个住院大楼还是不要盖了。"张保华坚定地说："不管娄底地区归哪个分局管辖，住院大楼一定要盖，不能我们干部搞本位，让职工吃亏！"

1989年9月中旬，铁路局再次进行管界调整，娄底铁路地区重新划归长沙分局管辖。此时，出现了戏剧性的一幕：又有一些职工情绪波动，"人心向怀"，发出了"我们怀念怀化分局"的感慨。

八

寒来暑往，冬去春来。

张保华在湘西山区工作了22年，他把一生中最美好的时光，留在了怀化，奉献给了湘黔、枝柳千里铁道线。

1989年10月，著名画家黄永玉专程来到怀化分局，为怀化分局精心创作了巨幅国画《湘荷在水》，悬挂在怀化铁路文化宫大厅的正面墙上。画面上风吹荷曳，一群仙鹤凌空展翅，直插云霄。这幅画，生动描绘出了怀化分局生机盎然、蓬勃向上的企业精神风貌。

有荣誉为证：

1987年、1988年，怀化分局被湖南省连续两年命名为"文明建设先进单位"；

1987年至1989年，怀化分局连续3年被评为"全国思想政治工作优秀企业"；

1988年，怀化分局在全路56个分局中，首批被评定为"国家二级企业"，同年，怀化分局在全路56个分局中，独家荣获全国企业管理最高奖——"金马奖"；

1989年，湖南省人民政府授予怀化分局"模范集体"荣誉

称号。

9 年时间，张保华和分局领导班子，带领两万多"怀铁人"，发扬"团结创业，开拓进取"的"怀铁精神"，取得了令人瞩目的成绩，向党和人民交出了一份优秀的答卷。

1989 年国庆前夕，张保华走进了庄严的人民大会堂，一枚金光闪闪的"全国劳动模范"奖章挂在了他的胸前。张保华成为怀化分局成立 16 年来，第一个获得如此殊荣的"怀铁人"，这是两万多怀化分局职工对他的最高褒奖，是党和人民对他的最高奖励。

"秋天到了，天气凉了，一群大雁往南飞，一会儿排成'人'字，一会儿排成'一'字……"

我耳边仿佛传来了一阵稚嫩的读书声，天空恍若呈现出一幅美丽的画面：在那湛蓝的天空，一群大雁紧紧跟在头雁的后面，排着整齐的队列，张开有力的翅膀，向着远方飞去。

张保华，不就像那只带队奋飞的头雁吗！

（写于 2018 年）

难忘那年春运

在我的记者生涯中，经历了 30 多个春运，最让我难忘的是 2008 年那个春运。

新年伊始，一场世纪罕见的冰雪灾害，降临在南京广铁道线上，为繁忙的春运添了个大乱。

1 月 25 日 18 时，广铁集团调度所接到报告：京广线耒阳至白石渡间横跨京广铁路的高压输电线多处断裂，落在铁路电力机车牵引接触网上，导致配电所跳闸断电，正行驶在区间的 N582 次列车失去牵引动力，被迫在途中停摆。

随后，灾情如"多米诺骨牌"效应迅速扩大，南岭地区 18 个车站相继停电，信号无法显示，道岔不能扳动，行车指挥系统中断，25 趟旅客列车先后停摆在沿线各站，滞留旅客达 5 万余人。

更为严重的是，湘南这场冰雪灾害，造成几十万回家过年的旅客滞留广州火车站。由此，广铁集团打响了抗击特大冰雪灾害保畅通的春运战役。

冒着凛冽的寒风，我踏上了这片冰雪灾害袭击的南岭大地，所到之处，满目疮痍。铁路旁的山头上，随处可见变形折断的输电铁塔；车站站台上、铁路路基旁，满眼都是断头折腰的植被。仅郴州苏仙岭风景区就有 200 多棵 300 年以上的古松被冰

雪压断和压倒，昔日被树木包裹的苏仙庵，如今从远处一眼就能见到。这一切似乎在向人们诉说着这场冰雪灾害的狰狞。

冰雪消融后显现的"冻疮"，印证了中国减灾委员会副主任委员史培军教授的论断："郴州发生的冰冻灾情，不仅是我国江南地区有史以来最严重的一次，在世界上也属罕见。"

这场惨不忍睹的灾难，源自于曾给人们带来浪漫与惊喜，充满诗情画意的一场冰雪。

1月中旬，湘南大地飘飘洒洒下起了大雪，漫天遍野成了银光闪闪的世界。雪花伴随着冻雨，落在植物、建筑物上，结成长长的冰凌，晶莹剔透，煞是好看。罕见的美丽景观，让少见雪景的南方人大饱眼福。

此时，人们并不知道，披着漂亮外衣的灾魔正悄悄地袭来。

电网开始结冰。最初人们采取电流短路融冰——让两条导线人为短路，从而使导线发热融冰。几天后，电流融冰已不起作用，改为人工除冰。

恶劣的气候，造成电网覆冰现象越来越严重，设计不超过15毫米的电网，逐步达到了60毫米甚至100毫米，一座原来只有6吨重的双回线铁塔，结冰后重达50吨。超负荷的电网不堪重负，发出痛苦的呻吟。在电网大面积覆冰面前，人工除冰已无济于事。

终于，"美丽"演化成一场灾难。

25日晚，位于重灾区的郴州车务段向全段职工发出指令，进入紧急战斗状态，小站四班改两班，所有职工取消休假，以站为家，坚守岗位。

冰雪封闭了道路，却阻止不了职工向车站集结的脚步。

36岁的女工张忠红，是太平里车站的一名信号员。26日一早得到冰雪阻断铁路的消息，她第一个念头就是：赶回车站去！

太平里车站坐落在南岭山脉北麓，从郴州市区到太平里有60公里路程，其中还有7公里的盘山路。张忠红匆匆赶到汽车站，没想到汽车站已"停止营业"。她焦急地等了半个小时，终于搭上了往南去的一部大卡车。卡车行驶到中途因道路堵塞不能继续行驶，张忠红只得下车。前面还有近40公里路程。是继续前行？还是中途返回？望着漫天的雪花，她仿佛感到那是车站在向她下达一道无声的命令——以雪为令！张忠红一咬牙，迈开双脚踏上了通向车站的漫漫冰雪之路。

一路上，行人稀少，寒风夹杂着雪花、冻雨向她袭来，她的脸颊被风雪吹打得如刀割般疼痛，她顽强地忍受着。饿了，抓一把积雪塞进嘴里；渴了，摘一根冰凌含在口中；滑倒了，爬起来继续前行。不知摔了多少个筋斗，张忠红抱着"就是爬也要爬回车站去"的信念，独自一人在风雪中步行了10个小时，终于在傍晚赶到了车站。

工友们见到她时都不敢相认，只见她身上裹满了冰雪，一绺绺头发冻成了冰棍，腿摔伤了，脸被严重冻伤。站长肖红兵噙着泪心痛地说："赶紧吃饭！赶紧换衣服去！"我见到张忠红时，她左脸颊上的冻伤还没有痊愈。

这，就是我们可敬的职工。他们身上的高贵品质可能平日里显现不出来，这场冰雪灾难就像一块试金石，检验着我们的队伍。

为抗击雪灾保京广线畅通，职工们以雪为令，他们顾不上家中停水断电，来不及料理家里的各种困难，匆匆朝各自的岗位奔去。像张忠红这样步行几公里、十几公里赶往车站的职工

不计其数，全体职工在最短的时间内向各站集结完毕。旋即，1300多名职工马不停蹄地投入到打冰扫雪之中，全线332组道岔分包到人头，进行24小时不间断的清扫。

肆虐的冰雪，打乱了铁路正常的运输秩序，一列列晚点列车被迫滞留在沿线各站。更令人焦虑的是，因为停电，列车上的供暖、供水受到了严重影响，随着时间的流逝，列车上的食物、饮用水也消耗殆尽。

冰雪下的郴州，一度食品供应极为紧张，郴州车务段职工提出："宁可自己不吃，也绝不让旅客在自己的家门口挨饿！"段里迅速组成了三个食品供应小组，沿线出击寻找食物。最困难时期，段里发动职工下乡找亲朋好友联系，宰杀了12头肥猪，送上旅客列车和补给小站职工食堂。10天时间，他们为滞留旅客供应盒饭近2万份，大米、面条、蔬菜、食用油、猪肉1万多公斤，方便面、矿泉水近万箱。

灾难有时能够让时间倒流。谁也没有料到，这场罕见的暴雪冰灾，让铁路运输先进的自动化、电气化、信息化设备陷入了瘫痪。

为了尽快恢复京广南段的运输秩序，广铁集团在没有牵引电力的情况下，决定集中内燃机车实施摆渡运输。然而，断电让车站信联闭被迫停用，所有运输组织和调度指挥只能靠人工来完成。郴州车务段紧急启用"非正常情况下接发列车"作业方案，道岔断电转动不了，就改为人工手摇转动，信号机无电不能显示，就实行人工手持信号旗（灯）引导……

"一定要想方设法保证列车安全畅通！让旅客回家过年！"干部职工发出了铿锵誓言。

冰雪能够摧毁铁路的设施、设备，却无法摧毁铁路人的意志和智慧。

1月26日19时，由于信号无法显示，坳上车站调车长张权林奉命到车站南头1公里外的信号机处担当列车引导工作。午夜，天下起了冻雨，落到身上很快就结成了冰。张权林冻得直打哆嗦。开始，寒风夹着冻雨打在脸上，他感觉像针扎一样痛，时间一长，整个躯体冻得失去了知觉。他用手狠狠地朝自己脸上抽了两巴掌，竟然没有一点感觉。风雨中，他手持信号灯，接发一趟又一趟列车。

第二天早上，由于接班的同事被阻在途中无法及时赶到，张权林只得在冰天雪地里继续苦苦坚守。实在受不了了，他就利用没有列车通过的间隙，滚到路基下一个用于泄洪的涵洞里遮风避雨。就这样，张权林在信号机旁足足坚守了18个小时，安全引导接车33趟。其间，他仅吃了一个硬邦邦的冻包子。下午1点当工友赶来接班时，张权林从涵洞里钻出来，双腿软绵绵的，再也爬不上路基。

这是冰天雪地里一曲顽强的生命之歌。

在抗冰雪、保畅通的日子里，无数职工用自己的血肉之躯，挑战着生命的极限。正是有了这些勇士的冲锋陷阵，"雪"染得风采才更加绚丽。

连续12个昼夜的搏击，郴州车务段职工在广铁集团抗击冰雪灾害的主战场上，为京广线的畅通开辟了一条大通道，为广州火车站及时疏散几十万滞留旅客赢得了宝贵的时间。

雪融了，冰化了，南国大地又呈现出一片生机。

车通了，路畅了，京广大动脉恢复了往日的繁忙。

经过这个冬天，人们突然发现，回家的路是那样的艰难；钢铁铸造的铁路、铁塔是那样的脆弱。

经过这场冰雪灾害，人们还发现，回家的路尽管艰难，但一路充满着人间的温暖；冰雪能够折断铁路、铁塔，却折不断铁路人的钢铁脊梁。

在这场罕见的冰雪灾害中，郴州车务段 2100 多名职工，用身躯作笔，在冰天雪地中绘出了一幅幅撼天地、泣鬼神的动人画卷。他们的拼搏奉献，使几十万被冰雪阻拦的旅客得以踏上回家过年的归途。

历史，将浓墨重彩地记下这一页！

（写于 2020 年）

我家那口子

——一个乘务员妻子的牢骚话

我也说不清是哪朝哪代哪位大诗人留下了"可怜天下父母心"的千古绝句。叫我说呀，得改过来，改为"可怜天下慈母心"。生儿育女，哪有当父亲的功劳！不同意？那我们来评评这个理。

就说我们家那口子吧，在机务段开火车，把个魂都掉在了火车上。一年365天，他有一多半的时间是在外面混，剩下在家不多的日子，也是和床板子亲不够。开门七件事，柴、米、油、盐、酱、醋、茶，他管了哪样？！这还不算，当今"中国的小皇帝"可不能不管吧？！什么"交路紧""工作忙""要保证安全"，全成了他的借口！牛年养女，虎年上户口，害得我独生子女费都少领了一年。

记得怀孩子那阵，我身体反应大，硬塞到肚子里的一点东西都给退了出来，瘦得我连肚子里的小生命一共还不到35公斤。为了保住孩子，我被迫住了4个月的医院。可我们家那口子，总共在我身边没有待到20个小时。看到别人的丈夫亲亲热热相伴妻子在病房，我羡慕得直落泪。那一天，邻床小王的丈夫买来一个新上市的西瓜，我馋得实在忍不住，掏

出5块钱，请他给我捎个西瓜来。人家心里不发问才怪："你丈夫呢？"

终于有天晚上，孩子在我的肚子里打起了"少林拳"，疼得我浑身冒汗，我预感到要临产了，便央求我们家那口子："守着我，别离开，我要生了。"可他却摇了摇头："不行啊，今晚有一趟军列得去拉，要保证绝对安全啊！"他找到值班医生叮嘱了几句，硬是狠心背起他的油挎包走了。这件事至今想起来我还恨得咬牙。

积极，真积极！换来的是什么呢？是挂满半边屋子不值钱的奖状。还哄我，说什么有我的一半。我才不稀罕呢，有本事，弄张"模范丈夫"的奖状来瞧瞧。

有人说，孩子是爱情的纽带。叫我说呀，得倒过来：孩子是爱情破裂的导火线。若不是想到孩子造孽，我早就和他"拜拜"了。

1986年5月，孩子患了肠炎，送到医院隔离治疗。可偏偏在这时候，我们家那口子的机车要进大厂厂修。我劝他请个假，他却说："机车有许多毛病，我想就这个机会好好整治整治，不去大厂咋行？"才半岁的孩子，头上还插着输液针头，他不心疼，却去心疼他的机车！多亏邻居李大婶好心相助，每天帮忙烘洗尿片，送饭送菜，才使我少受了许多罪。真是近亲不如近邻。

他有工作，我也有工作，可是他却把睡觉也当作了工作。那天晚上，我要去学校辅导学生排练文艺节目，叫他帮助带孩子，他却说："今天夜里要出乘，现在是睡觉时间，还是请你辛苦一下吧。"我把孩子抱去学校，不一会儿，孩子睡着了。我找来两条板凳拼成个小床，为了减少干扰，我把孩子放在教室外面睡了。等我出来看时，见她嫩嫩的脸蛋上被蚊子叮了几个大红坨坨，把我做母亲的心都痛木了。

如此下去怎么能行！我发怒了，把结婚大彩照剪成了两半。

孩子一天天拉扯大了，我是既高兴又担心。俗话说：岁半岁半，翻坛揭罐。谁知道何时会撞出个祸来。

那是去年夏天的一个晚上，我们家那口子跑车去了，我在家里辅导两个准备高考的学生练习钢琴，让孩子一个人在床上玩。过了一会儿，我无意间看到孩子在往嘴里塞什么东西，掰开她的手一看，啊，原来是放在床头柜里的酵母片！夜里，孩子不舒服，老是翻身，我一摸她的肚子，哎呀，孩子的肚子胀得圆鼓鼓的。我急得一骨碌爬起床，把瓶子里的酵母片数了数，好家伙，少了20粒。天哪，这一夜我没敢合眼，抱着孩子坐到天明。

要说带孩子难，最难的恐怕还是喂孩子吃饭了。诸位不知有什么妙方没有，我可是软硬兼施，什么办法都想尽了。

那是一个难得的星期天。我们家那口子的机车熄了火，在家待命。吃晚饭时，我叫他给孩子喂喂饭。可没喂两口，孩子吓哭了。我说你耐心点，想想办法。他真想得出，说是买一点翠竹牌添加剂拌在饭里，保证她吃了以后能睡觉、皮发红、毛发亮、增重快。我是又好气又好笑，他把快速养猪的妙方也学来了，真是头蠢猪！

你们别嫌我说话啰唆，我可是憋在心里不吐不快呀。这会儿我感觉轻松多了。说心里话，我们家那口子心眼还不坏，要是能把跑车的精力分一点到孩子身上来就好了。你们说我过分吗？

哦，差点忘了，工会主席通知，叫我明天去分局参加安全

行车 1000 天表彰大会，还说要给我们俩披红戴花，到主席台上去"亮相"，这多不好意思。莫非那半边屋子的奖状里，还真有我的一半功劳？

（写于 1988 年）

我的同学是送水工

清明节前几天，有同学在微信群里提议，说多年不见，趁清明回家乡扫墓，大家聚聚吧。这一提议很快得到同学们的赞同。

香港回归那年国庆节，我们全班同学在衡山南岳聚过一回，那是毕业 27 年后的第一次聚会，正值风华正茂，人到中年。一晃，又有 19 年没见面了。从不惑之年到年逾花甲，每个人身上都藏了不少的故事，大家都期盼着能见上一面。

我其实最想见的是伍君同学，我要向他表达一份歉意，这份歉意已经装在我心里整整 10 年了。

那是 2006 年我在铁道报社做总编辑的时候。一天，我在办公室埋头审阅报纸大样，一个送水工悄悄走进我的办公室，换了一桶矿泉水便离开了。

过了一会儿，办公室主任进来对我说："刚才那个送水工你知道是谁吗？"

我说没在意，不知道是谁。

办公室主任告诉我："他说是你同学，不好意思和你打招呼就走了。"

"谁？叫什么名字？"我问办公室主任。

"我去看看，他在送水单上有签名。"

一会儿，办公室主任告诉我，他叫伍君，今天是第一次来报社送水。

"下次他来送水，如果我不在办公室，你把他留下来，我想见见他。"

从那以后，他再也没有来报社送水，他消失了。

估计是怕和我见面，他把工作给辞了，我心里一直感到很愧疚。

我猜想他的日子过得一定不是很好，不然50多岁的人了，谁还会背井离乡跑到广州来打这份辛苦工！我想与他聊聊，问他家里发生了什么情况；我想邀请他，没事到家里坐坐；我想告诉他，工作没有贵贱，劳动最光荣；我想……他却不再给我这个机会。

聚会这天中午，他没有来，我有些失望。问其他同学，都说通知他了。我想这么多年过去了，他是不是依旧记得这件事，仍然怕见到我。其实这事我一直没有和同学们提起，我觉得这样做是对一个人的尊重，只要他认为是"个人隐私"，我是永远不会说的，哪怕见到他，我也不会主动提及。

就在我担心这次同学聚会见不到他时，一个人走进了我的视野，尽管这个人门牙掉了一颗，脸上写满了岁月的沧桑，我还是一眼就认出了他。

"伍君，想死我了！"我迎上去，给他一个熊抱。他紧紧握着我的手，还没等我再说话，就主动提及当年送水的那件事："你知道吗，那年我到你办公室送过水！"

我说："知道。你后来去了哪里？怎么再也不见你来送水了？是不是因为遇见了我？"

他笑了笑，说："我原本在东山铁路局一带送水，熟人太多，后来我主动要求去东圃一带送水。"

我知道东圃比东山远了很多，他虽然没说是因为遇见我的原因而去了东圃，但我明白他是怕我自责。

握着他的手，我向他表达了装在内心 10 年的歉意。我们聊了好久，看到他满脸的笑容，我释然了。看得出，他的晚年生活很幸福。

劳动的人生是快乐的人生。祝福你，伍君同学！

（写于 2016 年）

人生路上，请珍惜一起看风景的人

一

小胖走了，他倒在牌桌上。

一个普通人，活得平凡，死得平常，没有轰轰烈烈，没有英雄壮举。

那天，我接到丫丫的电话，刚"喂"了一声，电话那头就传来了呜呜咽咽的哭泣声，我预感不好，急忙问出了什么事？她抽抽泣泣地说出了我最害怕听到的消息："我哥哥走了！"

我霍地瘫坐在沙发上。"这怎么可能？""这不是真的？""不久前他还给我打过电话，一个大活人，怎么说没就没了？"

丫丫是小胖的胞妹，从她断断续续的哭诉中，我不得不接受这个现实。前一天午饭过后，小胖像往常一样和几个退休老人聚在一起打牌，三点多钟，他突然捂着胸口倒在了牌桌上，邻居慌忙把他送往医院抢救，可惜医生无力回天，一个小时后他便撒手人寰！

他才64岁，临终前一句话也没留下。医生说他死于心肌梗塞。

人生，就像一座走动的钟表，随时可能停摆，没人能料到它会在哪一刻戛然而止。

二

放下电话，我禁不住潸然泪下，几十年的交情，像放电影一样，一幕幕在我眼前回放。

我和小胖是一起"玩尿泥"长大的发小，从小住在衡阳湘江东岸一个叫向荣里的铁路家属区，共同经历了难忘的童年、少年时代。中学毕业，我俩都下放到衡阳县农村插队落户，招工回城又同进了衡阳铁路机务段。后来我调到外地工作，几十年间一直保持着联系。每次回故乡，他都要开车到车站来接我、送我，陪我故地重游，带我去吃"小时候的味道"，俨然成了我的专职司机和导游。

60年不离不弃、情同兄弟的朋友能有几个？屈指可数！我决定赶回衡阳，送他最后一程。

坐在飞驰的高铁上，我无意欣赏窗外的风景，又想起了四个多月前我们最后一次见面的情景。

三

清明前两天，我回衡阳去乡下采访一位红军烈士的事迹，小胖开车陪我一同前往，半路上他突然感觉头晕，我赶紧让他在路旁停车休息。他告诉我，近一段时间血压不稳定，到医院检查又说没什么问题，打几瓶点滴血压就降下来了。看他脸发颤、手发抖，我很担心，严肃地对他说："这次回来你就去住院，一定要好好检查一下，问题不查清、血压不稳定就不要出院。"

从乡下回来后小胖就住院了。我去看他，他精神很好，与

我聊了很久，谈了很多对生活的憧憬和想法。

"下次你回来我陪你去衡阳保卫战张家山遗址看看。"

"今年冬天我们邀上几户好友到西双版纳去过冬吧"。

"明年我们一起开车去西藏自驾游。"

"我们同学正在策划一个抱团养老计划，以后哪个同学住院了，大家轮流去看护。"

……

临别时，我深情地对小胖说："多保重，把身体养好，我们还能在一起多玩几年。"

没想到，这次见面竟成了永别，他对美好生活的那些小目标还没来得及实现，人就匆匆走了。

四

过去小胖的身体一直都很棒，岂料一场突如其来的灾难改变了他的人生。2010年他来广州，我陪他一起去琶洲展览中心看车展，路上他说最近一只耳朵像堵了似的，听力有些下降。我劝他到医院去检查一下，看看出了什么问题。结果几天后噩耗传来，他患上了鼻咽癌。

小胖在妻子的陪护下，来到广州中山大学附属肿瘤医院治疗。其间，我每天都去看他，陪他聊天，我还将报纸上一些癌症患者成功战胜癌症的故事搜集给他看，鼓励他配合医生治疗，勇敢面对，战胜病魔。在他人生最痛苦的那段日子，我没有别的办法帮助他，我能做的就是多陪陪他，在精神上给他更多一些安慰和鼓励。

感谢医生的高超医术，半年后小胖病愈出院。我建议他回去后离开嘈杂的城市，去曾经下放的农村疗养一段时间，那里山清水秀，空气清新，对身体康复很有好处。

　　小胖在妻子的陪伴下，来到南岳七十二峰之一的岣嵝峰，在綦云村一户老乡家里住了下来，每天散步、种菜、养鸡，钓鱼……生活很是惬意。我每年夏秋时节都要去乡下看他，在那里小住一段时间。白天，我们一道外出散步、下地干活；傍晚，我们一道坐在竹林旁喝茶、聊天。三年过去了，小胖在妻子和房东的照料下，身体逐渐恢复。

　　后来，由于家庭一些情况发生变化，小胖返回城里。七年过去了，癌症再没有复发。或许是身体免疫力下降吧，加上操心家里的一些事情，这两年他的身体明显差了许多，几次患病住院。由于都是一些常见病，没能引起足够的重视。最终，可怕的癌症没有夺去他的生命，却倒在了从未发现的心血管疾病这个凶险的病魔手里。

五

　　告别仪式上，亲人来了，同事来了，朋友来了，邻居来了，同学来了……整个吊唁大厅鲜花簇簇，哀乐声声，挤满了前来送别的人。不懂事的小孙女在外婆的怀里不停地问："爷爷去哪里了？爷爷去哪里了？"那情景令人心酸，催人泪下。

　　一个普通人走了，为什么会有那么多的人来吊唁他？告别仪式上，单位代表的讲话以及同学、同事、邻居、亲友的追忆给出了最好的回答。

　　他工作敬业，勤勤恳恳，吃苦耐劳，干一行精一行。

　　他是一个热心人，每次老同学聚会，他都主动牵头，热情张罗。1999 年毕业 30 周年，当他得知同学聚会经费困难时，慷慨资助 1 万元。

他是一个好心人，除夕之夜，看到一个乞丐在垃圾箱翻拣食物，他停下车，走回乞丐身边递上几十元钱，让他去吃顿饱饭。

在岣嵝峰养病期间，他经常邀请同学们携家属来这里小住，他为大家免费安排食宿，倾其所有接待大家，把一个农家小院办成了一个同学聚会的"农家乐"。

一次，一位农家妇女下地干活被毒蛇咬伤，他立即开车几十公里，把她送进衡阳415医院，使伤者及时得到救治。

2009年国庆期间，几位在外地生活了几十年的发小相约回到故乡，他承担了全部接待工作。每天一早开车带大家去南岳、回雁峰、石鼓书院等地游玩，送大家去罗金桥、华夏陵园祭拜先人。在他的精心安排下，"小伙伴们"度过了一次难忘的故乡之旅。

房东家女儿出嫁，他不辞辛苦开车上千公里，把新娘一直送到河南的新郎家里。离开农村40多年，他从未忘记去农村看望房东家人。

他尊老爱幼，搬出铁路家属区后，还常常回去看望老邻居，对一些行动不便的耄耋老人，他将自己的电话记在小纸片上留给他们，说："用车找我！""有事找我！"

……

一个人的一生或许过得平平淡淡，没有什么丰功伟绩、惊人之举，但他走后人们怀念他、念叨他，他的人生就是无愧的人生！

小胖就是一个这样的人。

六

送别小胖，我坐上了返程的高铁列车，望着窗外渐行渐远的故乡，我突然有了一种不安的感觉，因为一个人走了，我似乎减少了一份对这座城市的眷念！

人生的路上，请珍惜一起看风景的人，或许在下一个转角，便会挥手告别。正如当下网络上一句流行语说的那样："好好珍惜对你好的人，弄丢了上百度都找不到，离开了互联网也联系不上。"

别了，小胖，一路走好！如果有来世，我们再做兄弟！

（写于 2017 年）

我与"老班长"小曾

八一前夕，我创作的纪实文学《"我的老班长"小曾》由中国铁道出版社正式发行，这是献给"军营民谣"诞生20周年及建军89周年的一份礼物。

2015年五一节这天，冯凡卡先生找到我，想请我帮忙完成纪实文学《"我的老班长"小曾》这部书稿。他说这个选题构想有两年多了，只是没有找到合适的人来写。没容我考虑，他又放出狠话："这本书想赶在7月出版，向八一献礼！"

两个月拿出一部书稿？我没吭气。

"小曾的歌在部队很有影响力，你可以不知道小曾的名，但你绝不会不知道小曾的歌！"冯凡卡语气坚定，不容置疑。

当天，我上网搜索了一下小曾的资料，对他有了个大体了解。小曾原名曾德洪，是一位创作型军旅歌手，也是"军营民谣"的发轫者和领军人物。19岁那年他报名参军，三年后告别军营回到家乡。退伍后坚持写军歌、唱军歌，下部队为战士义务演出600多场，足迹遍布大江南北、雪域高原、海岛边防、抗灾一线……离开部队18年后，他再次被特招入伍，成为成都军区政治部战旗文工团的一名创作员。

在查阅资料的过程中我发觉，2015年是"军营民谣"诞生20周年，20年来小曾一直守护在"军营民谣"这块园地，在他的辛勤耕耘和精心呵护下，"军营民谣"从一株稚嫩的幼苗成长为一棵参天大树，成为万紫千红文艺百花园中一朵奇葩。我突然想到，此时写一本书献给"军营民谣"20周年，通过讲述小曾的故事，让更多的人了解小曾，了解"军营民谣"的发展，不是一件十分有意义的事情吗！

于是我答复冯凡卡，你联系小曾，先近距离接触一下吧。

多年的新闻从业经验告诉我，这是一部20余万字的纪实文学，不像写一篇人物专访那样简单，采访、写作要花很多时间，小曾愿不愿意说？他有没有时间接受采访？我心里没底，加上出版时间很紧，我有些担心。

事实印证了我的担心不是多余的。就在此时，小曾接到通知，参加解放军总政治部组织的"四有革命军人采风团"，赴新疆边防部队进行为期40天的当兵锻炼及采风活动。

5月30日，采风活动还没有结束，小曾到广州出席广东影音展颁奖典礼。翌日，在他下榻的广东国际大酒店，我与小曾第一次见面。为了打消他的顾虑，我一再声明写这本书的目的不是为了个人出名，而是为了更好地宣传"军营民谣"，发展"军营民谣"。因为他第二天要赶回部队，我们简单寒暄了几句，直接就进入了采访主题。

第二天一早小曾走了。我整理采访笔记后便开始写作。到6月下旬，写完了前面几章，我提出要继续采访。小曾告诉我他在参加集训，等集训一结束就联系我。

这一等就是四个多月。他一直忙着下部队慰问演出，参加中央电视台八一特别节目《我是一个兵》录制，参加《解放军生活》杂志送文化到基层、参加抗战胜利70周年演出、八一慰问演出、为天津消防官兵录制新歌等一系列活动，直到11月9

日，小曾利用休假去天津慰问"8·12"大爆炸救援消防官兵和武警，我才得以有机会前去现场采访。

在天津两天，小曾的慰问活动安排得很满，就连晚上都要去医院慰问伤员，根本没有时间接受我的采访。我们只好约定，11月15日去成都采访。

三天后，我如约赶到成都。原以为他休假，这次可以完成整个采访计划，谁知他就给了我一天半的时间，17日一早又乘飞机赶去西安参加一个重要活动。

回到广州，我连续写作一个多月，把采访的素材写完。2016年元旦这天，我再次请小曾安排采访时间，他说尽快安排，还说这次他来广州。

我知道"尽快"是不可能的，因为春节前后是部队文工团最忙的时候，小曾除了要参加中央电视台《军营大拜年》剧组外出录制节目，还要频繁地下部队慰问演出。

一晃，又过去两个月。3月5日，小曾终于可以来广州了，而且这次是专程来接受我的采访，没有安排其他任何活动。

3月8日，在中国大酒店1491房间，我结束了对小曾的采访。在合上采访本的那一刻，我如释重负。此时距离第一次采访已经过去了近10个月。

从南到北，从西到南，纵横大半个中国，我终于完成了艰难的采访！

小曾一路走来，可谓历尽坎坷。

他从小就怀揣梦想，高中毕业，想进音乐院校，高考失利，梦想破灭！走进军营，想进部队文工团，没有机会，梦想再次破灭！退伍后，"南漂""北漂"18年，写军歌、唱军歌，不辞辛劳下部队义务演出一场又一场，竟然不能叫军营歌手……

一个人最痛苦的莫不是自己喜欢做的事欲干不能，欲罢不休！这么多年无论高潮还是低谷，小曾始终没有放弃"军营民谣"，他图的不是个人出名，为的是发展"军营民谣"事业！

　　小曾忍受着孤独寂寞，忍受着艰难困苦，忍受着冷嘲热讽，坚持下部队"为兵服务"。他挺过来了！退伍18年后，他再次穿上军装走进军营，这不能说不是一个奇迹！

　　每个人在年轻的时候都有过自己的憧憬，有些人干成了，有些人没干成，原因何在？热爱、激情、执着、坚忍不拔是打开成功大门的钥匙。

　　一个人把工作当作职业能干下去，一个人把工作当作事业才能出彩！"军营民谣"就是小曾20年来孜孜不倦追求的事业。

　　小曾说，最最要感谢的是那些战友们、歌友们，是他们给了我源源不断的创作灵感；是他们给了我跌倒了爬起来的力量；是他们给了我战胜困难的勇气；是他们给了我不断前行的动力！

　　小曾为战士们写了20年的歌，唱了20年的歌，虽然不及某些大腕明星出名，可是在战士们心中，他是最受欢迎、最受崇拜的偶像！正像一些歌友所说的："但凡你是一个战士，抑或是一名退伍军人，你或许不知道小曾的名，但你绝不会不知道小曾的歌！"

　　正是因为小曾的坚持和努力，使得他由早期的"军营民谣"灵魂人物之一，而一跃成为中国"军营民谣"的领军人物。20年来，"小曾"已经成为一个文化符号，"老班长"已经成为一个文化品牌。20年来，他质朴的歌声伴随一个又一个战士度过难忘的军旅生涯，送走了一茬又一茬的老兵，并在千万人中传唱不息。作为民谣，这是个奇迹，作为流行音乐，这是个神话，

这是小曾和千千万万战士创造的奇迹和神话，如今，这个奇迹和神话还在延续。

一个人的生命是有限的，一个人的精力和能力也是有限的，一辈子能干好一件事不容易。这需要坚强的毅力，需要锲而不舍的精神，需要矢志不移的信念！

小曾就是这样的一个人。

今天，他仍在不断地努力、不断地攀登！

就在《"我的老班长"小曾》这本书送审这段时间，我国南方发生了特大洪涝灾害，江西、江苏、湖南、湖北、安徽等 11 个省份 3100 万人受灾。洪魔肆虐，吞噬着我们美丽的家园，到处是水城和一片汪洋。风雨中又见绿色身影，人民子弟兵在抗洪一线冲锋陷阵，满身泥巴的兵用他们的一腔热血，为灾区人民筑起了一道安全屏障。此时正患重感冒和腰椎病复发的小曾再也坐不住了，他被一线抗洪抢险官兵的事迹深深感动，抱病谱写并录制了新歌《满身泥巴的兵》。此歌经各大媒体广泛传播，感动和震撼了亿万听众，给一线抗洪官兵送上了最高的奖赏和强大的精神动力，成为继 1998 年抗洪歌曲《为了谁》之后又一首真情奉献的好歌。

（写于 2016 年）

"我的艺术生命在中国"

"现在全摄制组停机在等我，于心不安呀！说实话，我真想现在就赶回去！"

今年3月，刘晓庆赴美国参加《刘晓庆电影回顾展》，在影展结束后便急赶回国，参加电影《芙蓉镇》的拍摄。

杜鹃花开时节，我们一行十几人驱车来到了电影《芙蓉镇》的外景地——湘西古镇王村，访问了著名电影演员刘晓庆。

在制片顾问姜友石的带领下，我们来到小镇深处的拍摄现场。只见一部装在汽车上的鼓风机正对着一堆烟火加劲地鼓风，风助烟势飘散开来，道路旁的树枝、小草也在大风中摇曳。雾氤氲，风凄惨。忽地从雾中走来一个女人，衣服凌乱，头发披散，眼中充满了泪水，目光呆滞。

"这不是刘晓庆吗！"我们惊喜地喊道。也许是剧中角色的需要吧，她比过去似乎胖了些。姜友石告诉我们："现在拍的是剧中人胡玉音去丈夫墓地哭坟。"只见她沿着山路向坟地跑去，惹得围观群众跟着流泪。一场戏下来，导演和摄影师都非常满意。

晚上七点多钟，摄制组一回到宾馆，我们便抱着"试一试"的想法"闯"进刘晓庆的住房。此时刘晓庆正和另一位女演员在下弹子跳棋呢。当我们说明来意后，刘晓庆即与我们聊起来：

"我已拍过 16 部影片了，但不管今后拍多少部影片，我决不拍相同的角色。"从她简短的话语中，我们看到了这位被外国人誉为"中国影后"的演员对艺术执着的追求。

话题转到《芙蓉镇》。

"你怎样把握胡玉音这个人物呢？"

"胡玉音是个温柔、善良、有着复杂经历的乡镇女人，要演好 18 岁至 40 岁的胡玉音确实有困难。过去我演过厉害阴险的慈禧，现在再演一个传统的、生活道路曲折的中国女性，很有意思。我希望能将自己的经历和胡玉音的经历融合在一起去表现她。"

"拍电影一定很辛苦吧？"

"辛苦！但我受得了。"她回答得很轻松，这使我们不禁想起姜友石讲的一段故事。

5 月的湘西，气候正是乍暖还寒时节，根据剧情需要，刘晓庆要在雨中淋两天。当时冷得她嘴唇发紫，只好喝姜汤坚持，终于拍成了一场感人的重场戏。

时间不早了，我们步出房来，想起刘晓庆在美国说的一段话："我的艺术生命在中国，离开了我的祖国和观众，艺术就失去了生命，明星也就失去了光芒。"

（写于 1986 年）

牵手 30 年　真情在恒远

金色的秋天是一个收获的季节。

在欢庆共和国 60 华诞的喜庆日子里，《广州铁道》报迎来了她的 60 岁生日。此时此刻，我作为一名与她牵手 30 余年的新闻工作者，思绪翩翩，感慨万千，千言万语汇成一句话：感谢你，伴我成长的《广州铁道》报！

20 世纪 70 年代中期，我招工走进了铁路。在车间干活那会儿，我常常会在班组的工作台上捡到一张残缺不全、沾满油渍的《铁路工人》报（《广州铁道》报的前身），从上面偶尔看到一些本单位的人和事。我想，这样的东西我也能写，便照葫芦画瓢，将身边工友的事写下来寄给报社。后来，报纸上真的出现了署上我"大名"的"豆腐块"。从此，我与这张报纸结下了不解之缘。

光阴似箭，岁月如梭。30 年过去了，《广州铁道》报伴我走过了"而立"，走过了"不惑"，走进了"知天命"。如果把《广州铁道》报当"恋人"，可以说，我们已经催生出"爱情"的果子；如果把《广州铁道》报当老师，可以说，她已成为自己的良师益友；如果把《广州铁道》报的发展历史作印证，可以说，自己也随着学习、思考、写作而使自己的人生伴着她的脚步在不断进步。总之，《广州铁道》报对于我来说，已经有一

种割舍不断、情牵梦绕的感觉。

30年，在历史的长河中，只是短短的一瞬间，但在一个人的一生中却不算短。这30年，对于我来说，是生命中最宝贵的30年，是人生最精彩的30年，是精力最旺盛的30年，是事业最辉煌的30年。我的青春年华是与《广州铁道》报牵手走过的。追忆那似水年华和峥嵘岁月，心中只有一种感觉：青春无悔!

30年悠悠岁月，有《广州铁道》报的陪伴，我坚守着新闻这块田地，用坚韧的毅力默默耕耘，篇篇稿件都饱含着我心中的激情，抒发着我对新闻事业无怨无悔的追求。30多年里，为了追踪一条有价值的新闻线索，我会不顾身体的劳累，不问路途的遥远，不管白天与黑夜，紧追不舍。缘于对生活的热爱和对铁路职工的深情厚谊，我将心中的激情凝聚于笔端，始终把"镜头"对准一线，尽情讴歌在平凡岗位上默默奉献的铁路职工。30余载新闻生涯，我走遍了广铁集团管辖的粤湘琼千里铁道线，用手中的笔，刻画了火车司机、列车员、客运员、货运员、值班员、扳道员、检车员、线路工等数十个一线工种、成百上千名铁路职工的光辉形象。一篇篇消息、通讯、评论、报告文学，一张张新闻照片，无不抒发着我对铁路职工的深情厚谊。

感谢《广州铁道》报给了我这样的机会，能用手中的笔去讴歌伟大的时代，去记录前进的历史，去弘扬社会的真善美，去鞭挞人间的假丑恶，这是何等之幸事!

人生虽坎坷，奋斗终有成。30年来，我沐浴着《广州铁道》报的阳光雨露茁壮成长，先后获得铁道部"全路优秀新闻工作者"等100多项荣誉。最让我欣慰的是，1998年和2007年我分别被铁道部和广东省高级职称评审委员会破格评为高级政工师、主任记者。30多年来，我从一个不知道什么是消息，什么是通讯的我，到出版几本新闻专著，发表几百万字新闻作品，获得100多个各类好新闻、优秀论文奖的我，两个"我"之间的变化，《广州铁道》报功不可没，没有她的启蒙，没有她的栽培，没有她这块沃土，就没有我的今天！

回顾30余年来与《广州铁道》报的交往，心潮澎湃。拉着《广州铁道》报的手，我不断朝前走，从一名普普通通的工人通讯员，直至走上报社总编辑的岗位。我的成长过程，无不倾注了《广州铁道》报的心血和帮助，点点滴滴当永远铭记在心。

前不久，一位通讯员在《广州铁道》报上看到我的文章时惊讶地说："你现在还写稿啊？"我回答说："是的，我与《广州铁道》报牵手30年，我会一直牵着她的手走下去，永永远远不撒手！"

（写于2009年）

旅途拾萃

那是一条神奇的天路

　　都说西藏是人间天堂，很久以前我就盼望能够到西藏去走一趟，由于山高路遥一直未能成行。2006年青藏铁路修到了拉萨，就像歌曲《天路》中所唱道"从此山不再高路不再漫长……"借助这条通往世界屋脊的天路，庚寅年初秋，我终于走进了这个令人向往的人间天堂。

　　从广州坐上开往拉萨的火车，经过30多个小时的长途跋涉，列车从平均海拔11米的滨海城市广州爬上了海拔4000多米的青藏高原！这已是旅途第三天的早晨，我在同包厢两个韩国人的惊呼中醒来，他们微笑着对我指点着窗外的景色，显得异常兴奋，手里不停地按动着相机的快门。我这才注意到天已大亮，列车早已经过格尔木驶入了青藏高原。此时，窗外的景色变得奇特异常，旅客们三个一堆五个一伙地聚集在车窗前，兴致勃勃地欣赏着高原的旖旎风光。

　　我顾不得洗漱，倚着窗口贪婪地看起来。只见湛蓝的天空中飘浮着大块大块的白云，远处的雪山在阳光映照下格外耀眼。铁路两旁的崇山峻岭光秃秃的，见不到一棵树，甚至连草都看不到。列车在戈壁荒滩和高山峡谷中穿行，不时跨过一座座长长短短、高高矮矮的桥梁。我知道青藏高原是长江、黄河、澜沧江的发源地，这里被称为"中华水塔"，终年白皑皑的雪山、

冰川就像一座座巨大的固体水库，为江河湖泊提供了丰富的水源。然而，在这里却几乎看不到大江大河，更多的是涓涓细流，呈树状在戈壁荒滩上流淌。

铁路旁有一条沥青路面的公路，一会儿出现在铁路的左边，一会儿又出现在铁路的右边，似乎与青藏铁路形影不离。我知道那便是著名的青藏公路，在这条铁路没有建成以前，它曾经是进出藏运输的主要通道，如今，伴随着青藏铁路的通车，青藏公路的负荷已大大减轻，一路上所见车辆极少，偶尔见到几辆大货车、油罐车和到青藏高原自驾游的汽车。

这是一条全封闭的铁路，在铁道两旁都设立了隔离栅栏，在青海境内是绿色的铁栅栏，在西藏境内则变成了水泥栅栏。整条铁路的道床高于路面，路基两旁均用片石和卵石堆砌。这条铁路从外观上看不出它的神奇之处，如果细心观察，你会发现许多奇特的地方。有一次我看到在列车前进方向的左边山坡上出现了一条铁路，坡度很陡，用眼睛都可以看出呈一条斜线。耸立在山坡上的桥墩一个比一个高，仿佛是一座天梯，把铁路送过了大山。开始我还以为是一条矿山的铁路，几分钟后，我发觉自己的判断错了，列车绕了一个大弯，回过头驶上了这座"天梯"，刚刚走过的铁路又出现在对面的山脚下。过去我只见过盘山公路，这回在青藏线让我见识了盘山铁路，这样的坡度和曲线真是罕见，难怪行驶在青藏线上的列车都得用两台大功率的机车牵引，我不由得从内心感叹这条铁路的神奇之处。

青藏铁路不少地段都是在高山峡谷中穿行，窄的地方两山之间相距仅有几十米宽，放眼望去见不到绿色，更见不到人迹。进入藏北羌塘草原后，视野逐渐开阔，宽的地方有几十公里，能建几十个飞机场。这里的荒原和山坡上长有一层绿茸茸的小草，但却仍然看不到树木。就是这片绿色给青藏高原带来了生机，展示了高原的生命力。蓝天白云下，一个个大大小小的湖泊，像一颗颗蓝色的宝石镶嵌在绿色的草原上。湖岸边、草地上，不时见到一两座牧民的毡房，一群群牦牛和绵羊在悠闲地吃草。眼前的这一切，构成了一幅和谐绚丽的高原画卷。

都说在青藏高原修建一条高海拔的铁路地质条件复杂，环境恶劣，可我们选了一个好季节进藏，看到的是晴空万里，蓝天白云，毡房点点，牛羊成群，青藏铁路展现给我们的是她温柔的一面。只有从铁路两旁密布的防风、防沙以及各种监控设施上，我们才感觉到这条铁路的不一般，那绵延数百公里的挡风墙、热棒（一种给冻土降温的设备），让我们领悟了高原恶劣气候留下的痕迹。

这些都是可以见到的，其实这条铁路还有一些神奇之处是见不到的。

青藏铁路由青海省省会西宁至西藏自治区首府拉萨，全长1956公里，其中西宁至格尔木段全长814公里的线路中，大部分路轨铺设在海拔3000米以上的路面上，有一段还要穿越世界罕见的盐湖区。格尔木到拉萨段全长1142公里，平均海拔4500米以上，线路所经大部分地区含氧量只有海平面的60%左右。青藏铁路是世界上目前海拔最高、线路最长的高原铁路。在这条铁路线上，唐古拉山南的安多是一个重要的地理分界点，由此往北是长达550公里的连续多年冻土地带。冻土，简单地说就是含冰的土。由于含冰，夏天阳光一晒，土就变成了泥，出现"翻浆"和"融沉"；冬天的高原寒冷彻骨，土里的冰凝结得非常坚固，将土顶起来，甚至形成一个个土包，叫作"冻胀"。如果不采取措施而将铁路修筑在冻土区上，火车就成了上

上下下的"过山车"。为了攻克冻土难题，铁道部组织科研人员对青藏铁路冻土工程展开科研攻关，采取了以桥代路、片石通风路基、通风管路基、碎石和片石护坡、热棒、保温板、综合防排水体系等措施，终于拿下了这一世界性难题。如今，旅客们坐在平稳的列车上穿山越河上高原，谁会想到列车是行驶在千年的冻土之上？这简直是一个奇迹！

青藏铁路由北向南，穿越了昆仑山、唐古拉山、念青唐古拉山等名山大川，跨越了沱沱河、清水河、通天河、拉萨河等无数大大小小的河流，沿途经过世界海拔最高的车站、隧道、桥梁，穿过可可西里、三江源和羌塘等国家级自然保护区。在这条高原铁路线上，由于环境恶劣，空气稀薄，沿途人烟稀少，有些地方甚至是无人区。列车经过的大多数车站都是无人值守车站，就是在安多、那曲、当雄等少数几个中间"大站"，我们也没有看到几个铁路员工，这情景无不令人感到惊奇。

美国火车旅行家保罗·泰鲁在《游历中国》一书中写道："有昆仑山脉在，铁路就永远到不了拉萨。"20世纪90年代，瑞士的一位权威铁路工程师来西藏考察地形时，更是断言在西藏修铁路"根本不可能"。但是被预言"不可能"修成的铁路，在几代中国人的不懈努力下变成了现实。

青藏铁路的通车，打破了古老而神秘的青藏高原千百年来的沉寂，一条钢铁巨龙在青藏高原上蜿蜒前行，它突破生命禁区，穿越昆仑戈壁，飞架裂谷天堑，一路所向披靡，直达青藏高原的心脏——拉萨。世界上再也没有哪一条铁路能如此给人以震撼和激动，它以无可争议的事实向世人宣告：青藏铁路是通往世界屋脊的一条神奇天路！

（写于2010年）

拉萨印象

　　离开西藏两个多月了，在高原上的那些情景还时常浮现在我的眼前。拉萨这座西域古城浓郁的佛教文化、独特的异域风光、新奇的高原都市生活给我留下了深刻的印象。

　　没有踏上青藏高原之前，西藏对我来说是陌生的。多少年来，我总期盼能走进西藏，撩开她那神秘的面纱。这个暑期，我终于如愿以偿。立秋的前一天，我从广州坐上了去拉萨的火车，列车向北、向西、再向南，绕了大半个中国，直到第三天傍晚才到达拉萨。走下车来，我兴奋地跺了跺脚，脚下是踏实的，这才相信自己站在了拉萨的土地上。

　　来接我们的小赵一见面就告诫大家，拉萨海拔3600多米，缺氧，大家在高原期间，要做到四慢：走路要慢，说话要慢，吃饭要慢，思维要慢。我有些纳闷："难道思维也要耗氧，也能够控制快慢吗？"更严厉的要求还在后面呢，到宾馆后小赵"命令"大家："为了防止感冒，今晚一律不得洗澡，否则后果自负！"嗨，坐了三天火车，原本打算到宾馆好好洗个澡，没想到这还成了一个奢望！为了不负这个"后果"，也只好将就点了。

　　未进藏之前就听人说过，西藏空气稀薄，含氧量只有内地的60%多，很多人来到西藏都会出现高原反应。我还听说一位

同事两年前到西藏来旅游，在贡嘎机场刚下飞机，就出现了强烈的高原反应，吓得他连机场都没有出就打道回府了。一些有经验的人说，到西藏的头几天要尽量多休息，少活动，待慢慢适应后再加大活动量。

拉萨昼长夜短，吃完晚饭差不多9点钟了，西边的天空还余晖满天。我感觉身体没有什么不适的地方，便走出宾馆在大街上逛了一圈，直到天完全黑了才回到宾馆。躺在床上，我还笑导游故弄玄虚，把高原反应说得神神乎乎，以我的感觉不过如此。想到明天还要出去游览，我得抓紧时间休息，可躺在床上，怎么都睡不着，我这才发现得意得太早了，高原反应向我悄悄袭来。我的头晕沉沉的，躺在床上翻来覆去，辗转反侧，无论采取哪种睡姿都无法入睡，简直一个活受罪！直到黎明前，才似睡非睡地迷糊了个把小时。早上起床一打听，大家昨晚集体失眠，有两位团友情况更糟糕，直接就到医院输液去了。随后在拉萨的几天，我夜夜失眠，没睡上一个好觉。听导游说，这算是最轻微的高原反应了。

拉萨藏语意为"圣地"，有人说她是世界上最具特色、最富魅力的城市，也有人说她是神仙居住的地方。我不是风水先生，但我还是认为，拉萨确实是青藏高原上的一块风水宝地。这里绿草茵茵，树木繁茂，空气清新，港汊纵横，就像江南的水乡泽国一样。美丽的拉萨河流到这里，突然变得豁然开朗，形成了一个巨大的河谷，孕育了这座城市。站在布达拉宫顶上眺望，全城风光尽收眼底。拉萨城周围是连绵起伏的高山，山上岩石裸露，光秃秃的，没有树，也几乎没有草，那荒凉的景色与山下绿树成荫、绿草茵茵的景色相比迥然不同。

拉萨河谷地势平坦，城区内耸立着两座独立的山峰，一座叫作红山，一座叫作药王山，著名的布达拉宫就建在红山之巅。我发现在拉萨不用担心找不到方位，无论你站在城市的哪个地方，都能够望到红山上雄伟的布达拉宫，这里成了拉萨城市的中心和坐标。在城市南面的山脚下，清澈的拉萨河由东往西穿城而过。靠城市的西北面，有一块辽阔的草地，这就是被誉为"拉萨城市之肺肾"的拉鲁湿地。拉鲁湿地过去是西藏贵族拉鲁家的领地，是一块水草丰美的天然湿地，现存面积6.2平方公里。拉鲁湿地起着调节气候、增加空气湿度和增加空气中含氧量的作用，对于拉萨这样缺氧、干燥的高原城市来说尤为难得，是大自然赐给拉萨人民的一块珍贵瑰宝。

拉萨是一座具有1300多年历史的古城，相传文成公主进藏时，这里还是一片荒草沙滩，后来人们在拉萨河谷平原上陆续修建宫殿，前来朝拜者络绎不绝，逐步形成了显赫中外的高原名城。如今，拉萨全市面积已达近3万平方公里，城区面积49.6平方公里，市区人口18万，是全国省会（自治区首府）人口最少的城市。

拉萨市区的街道很宽敞，大都是南北、东西走向。著名的金珠路、北京路横贯东西，有10多公里长；娘热路、色拉路、夺底路纵贯南北，也有好几公里。拉萨的街道干净整洁，走在大街上，可以几天不用擦皮鞋。街道两旁建有绿化带，树木花草郁郁葱葱，街头广场和大小公园环境优美，与内地的繁华城市相比毫不逊色。街道两旁的建筑物不高，一般都是三五层楼，最高的也只有十几层。我原以为拉萨地多人少，没有必要盖高楼，给我们开车的司机解释说，拉萨海拔已经很高了，越往高处空气越少，所以楼房不能建得太高，建高了没人愿意住。不知道司机是不是在调侃我们，不过想想这话，似乎觉得有几分

道理。

　　拉萨是地球上离太阳最近的城市之一，全年日照时间约3000小时，被称为"日光城"。在拉萨的日子里，我们每天早晨6点钟就看到东方的天空布满了朝霞（按时区算早了半小时）；晚上9点钟了，西边天空还是霞光万道。进藏之前，我们就听说西藏的太阳很厉害，大家做足了准备，太阳伞、遮阳帽、防晒霜、墨镜、口罩、长袖衣裤一样不少。

　　来到拉萨后才真正领教了高原上太阳的厉害。走在大街上，你只要看一眼行人的肤色，很容易区分出是当地人还是外地人，凡是当地人，太阳都在他们脸上烙上了一个特别的印记——高原红。如果说拉萨早晚的太阳还算温柔，白日的太阳可就威猛刚烈多了！虽然我们出门都是全副武装，也抵挡不住太阳光的强烈攻击，每到一处景点，一下汽车我们就往树荫下、屋檐下钻。别看白天的太阳那么厉害，可一到晚上，气候十分凉爽，不用开空调还得盖被子。

　　拉萨这座城市最大的特色在于她浓郁的藏传佛教文化。走在大街上，你随时可以遇到身着藏装、手摇转经筒的教徒，这成了相别于内地城市的一道独特景观。拉萨的宫殿、寺庙、名胜古迹甚多，驰名中外的有布达拉宫、大昭寺、小昭寺、哲蚌寺、色拉寺和甘丹寺，还有大大小小分布在城区内外的几十座寺庙，拉萨成了佛教徒心中的圣地。

　　在大昭寺，我们见到上千名佛教徒排队进寺朝拜的壮观场面，他们每个人手中都抱着或提着一个热水瓶、水壶或塑料容器，里面盛着各种植物油，据说是为上供准备的。在大昭寺门口，上百名教徒正在叩长头，他们表情凝重，神态庄严，重复着同一个动作，即双手合十、弯腰、跪下、匍匐前倾、张开双手、五体投地。我看到有些人的额头上都叩出了深深的血痕，却依旧如故，每一招每一式都非常到位，口中还念念有词，"扎西——秀"，那场景真令人感动。在大昭寺三层的房顶平台上，几十名男女信徒手持木棍在轮流表演藏族劳动歌舞，他们唱的歌词虽然我们听不懂，但我猜想离不开祝福吉祥这个主题，但愿佛祖能给他们带来幸福吉祥。

拉萨，是一个具有特色、富有魅力的城市，当你没有走近她的时候，她能让你无限神往；当你离开她的时候，她能给你留下久久不能忘怀的眷念。

（写于 2010 年）

林芝是个好地方

人们赞美西藏是人间的天堂，但是从自然环境上来说，西藏与内地还是有很大的差异。高原上空气稀薄，气候恶劣，缺少绿色植被，生活在"天堂"的人自然是少数，多数人还是宜居在"江南"，因此人们喜欢用"江南"来赞誉高原、戈壁、沙漠上的一方绿洲，这才有了新疆伊犁的"塞外江南"、陕西南泥湾的"陕北江南"、甘肃敦煌的"戈壁江南"之称。

西藏也有这样一个好地方，山清水秀、气候温和、植被茂盛、空气清新，她就是被人们誉为"西藏江南"的林芝。

这次到西藏的头几天，我们在拉萨和日喀则被高原反应折磨得夜夜失眠，导游总是这样安慰我们："到林芝就好了，那儿海拔低，氧气足，能睡个好觉！"

终于盼到了去林芝的这一天。清晨，汽车沿着川藏公路一路向东驶去，拉萨河陪伴着我们，起初还是一条大河，后来河道越来越窄，最后不知道在什么地方消失了。

三个小时后，汽车爬上了海拔 5013 米的米拉山口。米拉山口是一个重要的地理分界线，西面属拉萨地区，东面属林芝地区。米拉山还是拉萨河与尼洋河的分水岭，更重要的是它是雅鲁藏布江谷地东西两侧地貌、植被和气候的重要界山，从这里开始，我们将进入"西藏江南"了。

米拉山口氧气含量少，导游只给了大家15分钟游览时间。当地藏民在山头上和公路上拉上了很多绳索，上面系满了五色经幡。下车的游客有的在路旁的"米拉山口"石碑前拍照留影，有的在五色经幡前祈福，有的在山口浏览高原风光。米拉山与其他山相比也没有什么奇特的地方，山顶就像一个秃头，什么植物都没有。山口的风很大，很冷，尽管我们多穿了一件衣服，还是抗不住，一个个都提前溜上了车。

　　翻过米拉山口，我们进入了林芝地区。林芝位于西藏的东南部，按照大地域分，与拉萨一道同属于"前藏"，两地相距400余公里。由于受到印度洋暖湿气流的影响，林芝地区气候温和，雨量充沛，没想到这里的森林覆盖率竟然高达46.1%，为中国第三大林区，到过林芝的人无不惊叹她是藏在青藏高原的一座"绿色宝库"！

　　一路东行，海拔不断降低，景色也在不断地变幻。山谷里开始有了绿色的小草，草地上出现了涓涓细流，涓涓细流相互拥抱汇成了小溪，小溪在山谷里欢快地奔跑长成了小河，小河随着坡度的减缓逐渐成长为一条宽广的大河，最后在林芝县的则门附近汇入雅鲁藏布江。这就是全长307.5公里的尼洋河，林芝地区工布人民的"母亲河"。

　　我十分庆幸自己有机会见识了一条河流的孕育、诞生、成长、消失的全过程，这个过程也使沿途绿色植被不断地变化。尼洋河从米拉山到则门的江河汇合口，落差有2273米，随着海拔的不断降低，草地变成了灌木，灌木变成了小树，小树变成了大树，大树变成了森林。到后来，我们就仿佛置身在绿色的海洋里，只要张开双眼，满目青翠，就好似回到了江南。

　　在去林芝的路上有一处不得不去的地方，那就是被誉为藏

南明珠的巴松措。尽管去巴松措来回要多绕近百公里路程，可谁也不言放弃，大家都是一个心思，到"天堂"来一趟不容易，就是辛苦一点也要尽量少留一点遗憾。

巴松措又名措高湖，从高处看，湖形宛如镶嵌在高峡深谷中的一轮新月，湖心有一个小岛，由两座木桥与之相连。望着眼前风景如画的巴松措，我联想到游人如织的杭州西湖，更感觉巴松措像一位羞涩的姑娘，不炫耀自己美丽的天资，静静地躺在雪山森林的怀抱中，给人一种"养在深闺人未识"的感叹。登上小岛，微风吹拂，涟漪片片，翠绿的风光倒映在碧蓝的湖面，令人心旷神怡，陷入无限的遐想之中。

湖心的小岛叫扎西岛，岛上有建于唐代末期的错宗工巴寺，为土木结构，分上下两层。最特别的是在寺院门口有一组男女半身木雕像，男左女右分列两边。这组人体木雕像与其他地方人体木雕像不同，没有上半身，展现的是人体的下半身，木雕形态天然生成，雕刻的工艺十分粗糙，突出夸张的是男女生殖器。导游事先做了讲解，没有人大惊小怪，不少游客还取出相机在寺院门口拍照。其实，这是当地藏民的一种风俗，一种崇拜，也算是一种地方文化吧。

告别巴松措，我们继续向东行进，临近傍晚到达了林芝地区行署所在地八一镇。见天还没黑，导游带我们来到郊外的巴吉村参观巨柏林。之前在来林芝的路上，我就注意到在尼洋河的中下游一带河谷中，不时可以见到零星的柏树，这种树塔形的树冠以及挺拔的树干十分惹眼，没想到巴吉村的巨柏林这样集中，有100多亩，在海拔3000多米的高原上能见到成片生长的巨柏林，真乃一奇观。其中有一棵柏树高50米，干围18米，据说树龄已达2500年以上，被称为"活化石"。在这棵树下立有一块石碑，上面写有"世界柏树王"几个大字。我曾到过太原晋祠，那里有一棵周柏距今已有 2999 年，不知究竟哪棵树能称得上"世界柏树王"？不过不打紧，能经历上千年的风雨搏击，至今仍生机勃勃，仅此就值得世人敬仰，难怪来这里的游客都要围绕巨柏转上一圈，祈求好运，然后将身上佩戴的哈达取下，摆放在巨柏四周的围栏上。

这一夜，我仿佛回到了江南，睡得很香、很甜。

第二天一早，我们离开八一镇，前往中印边境，目的地是米林县的南伊沟。南伊沟是珞巴族居住的地方，是新近开发的一个旅游景点，景区内有群山环抱、云雾缭绕的珞巴民族村，有景色迷人、神秘莫测的原始森林。由于时间关系，为了到南伊沟，我们舍弃了去雅鲁藏布江大峡谷。

南伊沟地处边境，进入南伊沟要接受边防部队的检查，通过哨卡后才可到达。南伊沟是一条狭长的山沟，两边是连绵群山，茂密的绿色植被覆盖其上，举目四顾，除了头顶上的蓝天白云，整个世界都是绿色的。山沟里有一条小河，河水湍急，清澈见底。小河边新修了一条水泥便道，电动游览车载着游客沿着便道向大山深处驶去，每到一处景点就停下来，让游客下车观光拍照。一路上经过沙棘岛、董龙吊桥、南伊沟小拐弯等景点。最终，我们来到了 18 公里处的原始森林体验区，这里是南伊沟风景区的精华所在处。体验区修建了一段 1100 米长的木栈道，穿越原始森林、高山牧场及峡谷河流，游客沿途可以感受到雪域高原最原生态的神奇体验，呼吸到最新鲜的负离子空气，是放松身心，陶冶情操的最佳场所。

南伊沟植被茂盛，品种繁多，称得上是植物的"博物馆"。最奇特的是一棵被当地人敬为神树的"阴阳树"，树干形状酷似男女生殖器官，是珞巴部落、氏族原始宗教信仰的体现之一。据说心诚者在树下吐纳有滋阴壮阳之神奇功效，珞巴族人每年的节日都会在树下跳生殖器舞，以祈祷人丁兴旺。在这棵"阴阳树"上共寄生有五种植物，现在可以被辨认的三种分别是云南沙棘、束果茶藨子、少齿花楸，还有两种无花、无叶的植物暂时无法辨认。

南伊沟有绿草青青的天边牧场，矮小原始的珞巴小木屋散布在草地上，小木屋旁边插有红、黄、蓝、绿各色彩旗，几匹马在草地上悠闲地溜达，给珞巴人家平添了一片温馨和生气。草场上山花烂漫，泉水叮咚，四周群山环抱，云雾缭绕，置身其中，就仿佛来到了神话世界，恬静、惬意、飘飘欲仙。

天边牧场临近中印边境，我们的游览只能到此打止。

别了，南伊沟！别了，林芝！

（写于 2010 年）

高原上的温泉

在内地我去过很多地方的温泉，这些温泉功能单一，大都是用来泡温泉浴用的。这次到西藏见识了高原上的温泉，算是开了眼界，它不仅具有泡温泉的功能，还能用来发电，开发种植业、养殖业，发展生态旅游，尽其所能地造福于人类，它就是著名的羊八井地热温泉。

羊八井地热温泉距离拉萨市区约 90 公里，坐落在念青唐古拉山南麓山脚下的一个盆地。那日清晨，我们从拉萨出发，沿着一道河谷向北而去。河谷中的河水不深，许多岩石裸露出水面，从雪山上融化的雪水汇集到这里，形成了湍急的河流，浩浩荡荡地向印度洋奔去。与我们先前见过的拉萨河谷不同，这条河谷非常的狭窄，有的地方只有几十米宽，却容纳了青藏公路和青藏铁路两条进出西藏的大动脉。

一个小时后，汽车驶出了河谷，视野逐渐开阔，我们进入了当雄大草原。在一个岔路口，汽车离开了青藏公路，转而向西行驶，走了几公里就到达了羊八井镇。小镇的街道有 200 多米长，两旁大多是平房和两层小楼，其间有不少藏式民居。镇上人不多，显得很冷清，看不出温泉之乡的一点迹象。我想这要是在内地，有这么好的一个旅游资源，小镇早就成了人群熙攘、灯红酒绿的繁华之地了。

穿过小镇，景致开始有了变化，远处的山顶上覆盖着白雪，草地上不时可见到一团团冉冉升起的白色蒸汽，与蓝天中的白云融合在一起，分不清哪朵是云彩，哪朵是蒸汽。据此我们推断，这里很可能就是羊八井地热田的核心地带了。眼前热气腾腾的羊八井地热田被包裹在白雪皑皑的群山之中，这一冷一热的画面结合在一起，构成了世界屋脊上独特的自然景观，我不由得感叹青藏高原的神奇。

听导游介绍，羊八井是一个狭长的盆地，长近90公里，最宽处有10公里，窄的地方仅有1公里，盆地海拔4300米，周边的山峰均在五六千米以上，山顶发育有现代冰川。根据地质科学考察得知，在上百万年前，羊八井地区曾经发生过一次剧烈的地壳运动，使这里形成了一个巨大的断裂层，雪山上融化的雪水渗入地下，经过炽热的岩浆加温成了高温热水，在地壳深处的压力下，热水通过断裂层涌出地表，形成了羊八井地热田。

汽车在羊八井温泉宾馆门前停了下来。走进宾馆大院，路边矗立着一块巨大的石头，上面刻有"羊八井温泉"五个大字，鲜红的字体在蓝天白云的映衬下显得格外耀眼。工作人员把我们领到了一个热气腾腾的大水池旁边，池子里的水咕嘟咕嘟地沸腾着，就像一锅烧开的水。为了避免游客被烫伤，水池四周筑起了隔离栅栏，水池边撒满了碎石，从池子里溢出的水从这些碎石中流去。在一处碎石上放有一堆鸡蛋，在高温泉水的浸泡下几分钟就烫熟了。工作人员免费发给每位游客一个鸡蛋品尝，有人吃完了还想要，被告知五元一个。

正在大伙品尝温泉水煮鸡蛋时，水池里传来了"轰隆""轰隆"的爆炸声，吓得我们连忙往后躲闪。工作人员告诉大家不要慌张，这叫爆炸泉，你们来得时机好，很幸运看到泉水爆炸的奇观了。我立即举起相机，可是满池子浓浓的水蒸气，什么都看不清。据介绍，羊八井除了奇特的爆炸泉之外，还有规模宏大的喷泉、间歇泉、热泉、沸泉，更让人惊奇的是，在热田的东部，还有一个面积7350平方米的热水湖。隆冬季节气温零下20摄氏度时，湖水却保持30摄氏度至40摄氏度，人们可以在大雪天下湖游泳沐浴，尽情领略大自然之趣。热水湖终年湖水碧波荡漾，湖面热气腾腾，游客置身湖边，如身临仙境。

温泉宾馆有室内温泉和露天温泉提供给游客享用。露天温泉是一个大游泳池，人泡在温泉里，遥望远处雪山上皑皑白雪，蓝天上飘浮的朵朵白云，是一件十分惬意的事情。然而，宽大的游泳池内仅有三四个人在戏水，我向他们投去敬佩的目光，因为我知道，在高原的露天泳池里泡温泉是需要勇气和体力的，这里紫外线强烈，氧气含量稀少，高原反应大，一般人是消受不起的。

走出温泉宾馆，对面山脚下几幢现代化的厂房呈现在我们眼前，米黄色的墙体上写着"安全第一""预防为主"的大幅宣传口号，这里就是我国最大的地热电站——羊八井地热电站，也是世界上唯一一座利用地热浅层热储资源进行工业性发电的电厂。羊八井地热储量丰富，在我国已探明的地热田中居首位，在世界地热田中居第14位。1974年，国家把羊八井地热资源开发作为重点科技攻关项目，经过藏汉工程技术人员和建设者们的艰苦创业，1977年成功投产第一台1000千瓦的发电机组。经过30多年的开发建设，目前电站总装机容量已达2.5万千瓦，白白释放了千百万年的羊八井地热资源终于得到了开发利用，草地上汩汩冒出的热水转化成了取之不尽、用之不竭的清

洁能源。据有关部门统计，截至 2010 年 4 月，羊八井地热电站已累计发电超过 24 亿千瓦时，年发电量在拉萨电网中占据半壁江山。更为可喜的是，目前羊八井地热电站已开发的主要是浅层资源，而储藏于地表 1400 米以下的"大储量、高品质"的地热资源尚未开发，这部分深层地热的总装机容量估计至少为 3 万千瓦，未来开发潜力巨大。近年来，羊八井地热开发利用正向综合性方向发展，已建成了温室蔬菜基地以及温水鱼塘，昔日绿草茵茵的牧场上，如今矗立起了一座初具规模的现代化地热城。

羊八井是世界屋脊上的一座光明之城，希望之城，她用她那炽热的胸怀，给西藏发展带来了源源不断的动力，并将给西藏带来更加光辉灿烂的明天。

（写于 2010 年）

一湖好水，盈盈无竭

　　中国民间广泛流传着一句谚语："上有天堂，下有苏杭。"人们以此来赞誉苏州、杭州的美丽、繁荣与富庶。

　　苏州美，美在古典园林妩媚多姿；杭州美，美在湖光山色水秀山明。

　　其实，杭州的山并无特色，只因有了西湖的一湖好水，才衬托出了山的秀美。

　　西湖自古以来就有许多美丽的神话传说，金凤、玉龙与明珠的故事则是其中最为脍炙人口的一个。

　　相传远古时候，天河东边石窟里住着一条玉龙，天河西边树林中住着一只金凤，它们有一次在银河的仙岛上找到了一块璞玉，于是一起把璞玉琢磨了许多年，终于使璞玉成了一颗璀璨的明珠。这颗明珠光照到哪里，哪里的树木就常青，百花就盛开。这个消息后来传到了天宫，王母娘娘为了得到这颗宝珠，就派了天兵把明珠偷走。玉龙和金凤到处寻找，后来得知在王母娘娘手中，于是就赶去天宫向王母索取，王母不肯，护住明珠不放，玉龙和金凤上前去抢，于是明珠由天宫滚落到人间。明珠一落地，立刻变成晶莹碧绿的西湖。玉龙和金凤舍不得离开自己辛勤琢磨成的明珠，就变成两座山来守护它。这两座山，一座是雄伟的玉龙山（今玉皇山），一座是青翠的金凤山（今凤

凰山）。从此，它们永远守护在西湖之滨。杭州人民至今还在传诵着"西湖明珠从天降，龙飞凤舞到钱塘"的歌谣。

传说归传说，但西湖确是大自然赐给杭州百姓的一块瑰宝。数千年前，杭州的西湖还是与钱塘江相连的一片浅海海湾，由于海潮和河流挟带的泥沙不断在湾口附近沉积，使海湾与海洋完全分离，海水逐渐淡化才形成了今日的西湖。

据史料记载，过去西湖的水是由金沙溪等三条河流的水汇聚而来，水质甘纯。当时西湖的"身价"并不在观赏游玩，西湖水除了灌溉、饮用外，还用来酿酒。据历史记载，古代杭州百姓用西湖水来酿酒，造就了杭州长达几百年的"酒都"辉煌史。熙宁十年（1077），杭州所缴酒税仅次于京城开封和成都府，居全国第三。南宋建都杭州后，杭州酿酒业跃居全国之冠，在西湖十景之一的"曲院风荷"就辟有皇家专用酒坊。西湖，成就了杭州昔日的繁华和今日的昌盛。

记得上次到杭州是在 20 世纪 80 年代初，去了不少景点，给我留下印象最深的还是西湖。湖水波光粼粼，湖岸杨柳依依，湖面游船点点，湖心三潭映月。这些精美的画面，多少年过去了却始终难以忘怀，西湖美景已深深定格在我的记忆中。

清明携妻女回乡祭祖，路经杭州，西湖像一块巨大的磁铁，粘住了我匆匆的脚步，把我再次拽入了她的怀抱。

"未能抛得杭州去，一半勾留是此湖。"离别杭州多年，西湖变样了吗？说实话，我有些担忧。改革开放 30 年，许多地方的经济发展带来了环境的恶化，我想，西湖还能保持一湖好水清澈如故吗？

在杭州东站下了火车，坐上了开往宾馆的的士。司机是个本地人，十分健谈，一路上，我们谈论的话题离不开西湖。谈到杭州名菜西湖醋鱼，司机善意地提醒我们，西湖醋鱼这道菜杭州的每家宾馆饭店都有，但那都不是西湖产的鱼，要想吃到正宗的西湖鱼不是一件容易的事。他告诉我们，打捞西湖鱼是有时间的，每次打捞都会在报纸上公布消息，尽管西湖鱼的价格比市场上其他鱼高出一倍，但是前来购买的市民仍然是络绎不绝。司机此番话是真是假我不在乎，但我从中得到了一个令人欣喜的信息，西湖里的鱼能吃，说明西湖的水质还不错。

其实，我的担心并非多余。西湖在改革开放的进程中，的确遭到过伤害。据报载，早些年西湖景区内违法建筑屡禁不止，环湖周边工厂众多，湖水污染极其严重，水质一度沦为"劣 Ⅴ 类"，西湖频遭蹂躏，生态环境处于失衡边缘。

好在杭州市政府果断决策，2002 年开始，围绕"保护西湖、申报世遗"目标，连续 8 年实施西湖综合保护工程，开展了杭州历史上规模最大的一次西湖综合保护行动。2003 年，投资 6000 多万元从钱塘江引水注入西湖，使西湖日引水量达 40 万立方米，年引水量达 1.2 亿立方米，实现了西湖水"一月一换"，西湖水质恢复到 Ⅲ 类水体标准，平均水深由疏浚前的 1.65 米增加到 2.5 米，透明度从以前的 50 厘米提高到 73 厘米。通过疏浚底泥、截污纳管、溪流整治、生物防治、引配水"五管齐下"，恢复西湖水面 0.9 平方公里，使西湖形成了清水草型湖泊、清水池塘、浅水沼泽、溪流等生态系统，极大地增强了水体自净能力。西湖综合保护工程的实施，实现了杭州与西湖"城水合璧"。

盼望尽快与西湖见面，安排好住宿后，我们立刻沿河坊街奔向距离最近的西湖十景之一——"柳浪闻莺"。

春色浓浓的西湖，在离别 27 年后再次闯入了我的眼帘。

春天的西湖，在我看来是最美的，莺飞草长，鲜花盛开，

苏白两堤，桃柳夹岸。湖面上水波潋滟，游船点点；远处山色空蒙，青黛含翠。这一切，皆因有了西湖做底色，才构成了如此妖娆的画面。如果没有这一湖好水，那么一切都会显得黯然无色。

漫步在湖边，我被眼前的景色所惊叹，贪婪地睁大双眼四处眺望，我要抓住这难得的机会，尽情地把美丽的西湖看个够。

有人说，西湖的美景不是春天独有，夏日里接天莲碧的荷花，秋夜中浸透月光的三潭，冬雪后疏影横斜的红梅，更有那烟柳笼纱中的莺啼，细雨迷蒙中的楼台，均别有一番雅致。有言道："晴湖不如雨湖，雨湖不如雪湖"，尽管我没能全部观赏到，但我相信，有了西湖一泓好水，无论游客何时来，都会领略到西湖不同寻常的风采，这正如苏东坡《饮湖上初晴后雨》诗所云："欲把西湖比西子，浓妆淡抹总相宜。"

正值仲春时节，西湖到处都是踏春的游人，我原以为西湖就像北京的故宫，来游览的都是外地人，仔细观察，似乎还是以本地人居多。在满湖春色中，只见老人坐在岸边木凳上安静地看书读报，年轻的母亲推着婴儿小车漫步在湖边小径，几位长者在长堤的垂柳下悠闲垂钓，青春活泼的姑娘小伙在湖边草坪上三五成群嬉戏追逐。

我真羡慕杭州人，西湖那么近，一抬腿就到，他们的日子过得真惬意，就像生活在公园里，偌大一个西湖，随便进出，还不用买门票，这在全国66家5A级风景区中是唯一的一家。如果想环湖游览西湖，湖边还设有自行车站免费出借自行车。西湖真正是老百姓的西湖。

穿过"柳浪闻莺"，泛舟"三潭印月"，远眺"雷峰夕照"，近览"花港观鱼"。晌午时分，我们踏上了纵贯西湖南北的苏堤。

苏堤南起南屏山麓，北到栖霞岭下，全长近3公里。苏堤比我想象的要宽，约有30米，好似一条花园大道，沿堤栽植杨柳、碧桃等观赏树木以及大批花草，还建有6座单孔石拱桥。长堤卧波，给西湖增添了一道妩媚的风景线。南宋时，"苏堤春晓"被列为西湖十景之首，元代又称之为"六桥烟柳"而列入钱塘十景，足见她自古就深受人们喜爱。

我爱苏堤的景色，更为她的来历所感动。据史料记载，1089年，苏轼到杭州作太守，因数百年来屡遭战乱，灾害频频，西湖年久失修，葑草蔓蔽，加上贪官污吏，豪强侵占，淤塞严重。苏轼上任后，立即着手进行整治，"费工二十万，大力加以疏浚，清除湖中所有葑草"。并将挖出的葑根、淤泥在湖中由南而北堆成一条长堤，杭州人民为纪念苏轼治理西湖的功绩，把它命名为"苏堤"。据说，西湖的白堤、杨公堤也有类似的传说。

在苏堤中部有一处"碑林"，几十块石碑不是竖立而是平放着嵌入地面，上面记载了历朝历代治理西湖的故事，细细读来，犹如阅读一部保护西湖、治理西湖的千年史书，心中不由悄然起敬。"问'湖'哪得清如许，为有源头活水来。"如果没有历朝历代贤能人士的开明庇护，没有杭州百姓的参与治理，西湖可能早已在杭州的版图上消失。

有感于此，抄录其中一块碑文作为本文的结束语："未能抛得杭州去，一半勾留是此湖。先辈留绩湖上，后人奉为楷模，一湖好水，盈盈无竭，爱之者孜孜不倦，继之者代代相承，西湖之幸，杭州之幸，天下之幸也。"

（写于2009年）

纤秀婉丽瘦西湖

在中国的版图上，若论同名的湖泊，恐怕要以西湖为最多。

清代的《冷庐杂识》中说："天下西湖三十又六……"民国时期上海中华书局出版的《增订杭州西湖游览指南》一书序言中说："中国西湖共有三十一……"民间还有一种说法认为全国有 48 个西湖。

天下到底有多少个西湖？说法众多，但以 31 个的说法居多。2002 年，第三届杭州西博会举行前夕，杭州就曾派出 30 位"西湖使者"，奔赴 30 个其他西湖的所在地，向当地发出杭州人民盛情的邀请：金秋十月，欢聚西博。

在众多西湖中，哪个最美？北宋著名诗人苏东坡诗云："天下西湖三十六，就中最美是杭州。"也有人说："天下西湖三十六，独一无二瘦西湖。"

我想，把扬州瘦西湖与杭州西湖相比，就好比拿中国古代美人赵飞燕和杨玉环相比，她们体态不同，各有独特的风姿，正所谓"环肥燕瘦"。美人的肥瘦姑且各领风骚，风景何尝不是如此呢！扬州瘦西湖的一个"瘦"字，可谓是点睛之笔，绝妙地表现了瘦西湖纤秀、苗条、俊俏的风韵，从而同杭州西湖雍容、圆润、丰腴的丰姿有别，形成两种不同风格的美。

唐代大诗人李白"故人西辞黄鹤楼，烟花三月下扬州"的名句，让世人对扬州充满了向往。今年之烟花三月，我又一次来到古城扬州，再次领略了瘦西湖清秀婉丽的独特风姿。

瘦西湖名曰湖，其实原本是一条河。据资料记载，瘦西湖是隋唐时期由蜀冈山的水与其他水系汇合流入大运河的一段自然河道，原名炮山河，一名保障河。清乾隆时，因其绕长春岭（即小金山），又称长春湖。六朝以来，即为风景胜地。清朝初年，杭州诗人汪沆从钱塘来游扬州，深感扬州之湖与杭州之湖有异曲同工之处，于是诗兴勃发，欣然命笔："垂杨不断接残芜，雁齿虹桥俨画图。也是销金一锅子，故应唤作瘦西湖。"从此，"瘦西湖"之名被流传开来。

瘦西湖清瘦狭长，长约5公里，宽不及百米。隋唐时期，环湖沿岸陆续建园。及至清代，由于康熙、乾隆两代帝王六度"南巡"，形成了"两堤花柳全依水，一路楼台直到山"的盛况。其名园胜迹散布在窈窕曲折的一湖碧水两岸，俨然一幅"船行于水，人游画中，细雨如丝，烟水迷茫"的国画长卷。

瘦西湖风景区为我国湖上园林的代表，古典园林群融南秀北雄于一体，组合巧妙，互为因借，构成了一个以瘦西湖为共同空间，景外有景，园中有园的艺术境界。据导游介绍，瘦西湖历史上有二十四景著称于世，窈窕曲折的一湖碧水，串以卷石洞天、西园曲水、虹桥览胜、长堤春柳、荷浦熏风、四桥烟雨、梅岭春深、水云胜概、白塔晴云、春台明月、三过留踪、蜀冈晚照、万松叠翠、花屿双泉诸胜，颗颗明珠镶嵌交织在玉带上，形成了一幅秀色天然的立体山水画卷，而小金山、五亭桥、二十四桥景区是这幅画卷的神来之笔。

步入瘦西湖景区，最先映入眼帘的是长长的堤岸，这就是二十四景之一的"长堤春柳"。缓步慢行，沿途三步一桃，五步

一柳，桃花绽放，柳丝飘摇，狭长的湖面碧波荡漾，画舫柔橹轻篙，这景色正如诗云："西湖弯弯水迢迢，两岸绿柳夹红桃，画舫轻移拔绿水，湖中西子更妖娆。"此刻，你更能体会到，一个恰如其分的"瘦"字，既是瘦西湖外在的形态，又是内在的神韵，展现着其纤秀俏丽的风姿。

走完数百米的长堤，徐园坐落在长堤的尽头。

徐园原为清初韩园桃花坞的旧址，民国四年（1915）成为当地军阀徐宝山的祠祀，故名徐园。

徐园的园门形如满月，门楣上的徐园二字，"徐"字是行楷，"园"字则为草书，而那个园字的中间特别像一个老虎的"虎"字，从书法上看别有风味。听导游说这是扬州名士吉亮工在题写园名时出现了一点状况，他灵机一动，改成了草书，暗示把这只"老虎"关进园子，把徐宝山戏弄了一番。当然，这样的典故也未必真实，但听起来觉得有点意思，不必认真。

徐园规模不大，小巧精致。园中有黄石叠砌的荷池，外有曲水，内有池塘，池水与湖水相通。过池是馆轩，取杜甫"两个黄鹂鸣翠柳，一行白鹭上青天"之意，而称听鹂馆。整个院落工整而又具变幻。园内陈列铁镬两具，相传为南朝萧梁时镇水之物，并立有《徐园铁镬记》碑文，距今已有1400多年。徐园是园中之园，其园林艺术特色在于它犹如庭院中的影壁、厅房中的屏风，转过"影壁"，拉开"屏风"，显露出藏在后面的精华，游人不由得感叹瘦西湖构园艺术的高超。

穿过徐园，眼前的湖面豁然开阔，瘦西湖最主要的观赏景区呈现在眼前。站在小虹桥上，东面一座楼便是著名的景点"四桥烟雨"了。每当风雨潇潇时，四桥就忽隐忽现，所以取名为"四桥烟雨"。登上四桥烟雨楼，南面的大虹桥，北面的长春桥，近处的春波桥和西边的五亭桥尽现眼前。这几座桥不仅将瘦西湖景区分成了各具特色的不同区域，使每一风景区都呈现出各自独特的韵味，还把分割的景物相互衔接起来。据说，乾隆每次来扬州都要登临四桥烟雨楼，凭窗眺望，欣赏这里的美景，并亲笔题写了"趣园"两个字。

与徐园隔山相对的是小金山，实为湖中一小岛。岛上东端置有"月观"，西头设有"吹台"，十分别致。月观坐西朝东，是待月佳处，室内挂着画家郑板桥楹联："月来满地水，云起一天山。"吹台俗称钓鱼台，相传清乾隆南巡时曾在此钓过鱼。透过吹台园洞，五亭桥、白塔映入眼帘。

五亭桥又称莲花桥，桥身跨越湖面，桥上建有5座桥亭，中间一亭最高，南北各有二亭互相对称。亭顶覆黄色琉璃瓦，檐漆为绿色，典雅瑰丽。桥下纵横大小15个桥洞，船只出入，别有风味。每当月圆之夜，桥洞衔月，投影湖中，宛如仙境。

走过五亭桥，桥头的山包上耸立着一座白塔，好似京城北海的白塔，只是感觉上小得多。白塔高27.5米，与一旁的五亭桥相映成趣。相传在1784年，乾隆皇帝第六次坐船游览扬州瘦西湖，从水上看到五亭桥一带的景色，不由遗憾地说："只可惜少了一座白塔。"说者无心听者有意，财大气粗的扬州盐商当即花了10万两银子跟太监买来了北海白塔的图样，连夜用白色的盐包堆成了一座白塔。这就是在扬州流传至今的"一夜造塔"的故事。

离开北塔，沿湖西行，不知不觉中我们进入了二十四桥景区。"二十四桥"出自唐代著名诗人杜牧的诗句："青山隐隐水迢迢，秋尽江南草未凋。二十四桥明月夜，玉人何处教吹箫。"二十四桥由落帆栈道、单孔拱桥、九曲桥及吹箫亭组合而成，

景色十分宜人。关于二十四桥到底指哪座桥，至今众说纷纭，不得而知。我想游人们无须去考证，来到这儿就尽管品味杜牧诗句中那"只可意会，不可言传"的朦胧意境吧，这或许更有韵味。

没有到过瘦西湖的朋友，也许无法想象在"淮南江北海西头"的扬州，竟有这般美丽的地方。来吧，朋友，无论是烟花三月的春季，还是二分明月的秋天，瘦西湖都会浓妆淡抹欢迎你的到来。她那一湾清清的碧水，一湖两岸的红花绿柳，镶嵌在湖光山色中的亭、台、桥、塔，定会成为你美好的回忆，时常伴你进入甜蜜的梦乡。

（写于 2009 年）

走进太原

"人说山西好风光，地肥水美五谷香。左手一指太行山，右手一指是吕梁。站在那高处望上一望，你看那汾河的水呀哗啦啦地流过我的小村旁……"

这首歌是 20 世纪 50 年代末电影《我们村里的年轻人》中的插曲，歌词写得很美，旋律婉转流畅，打小我就从这首歌里认识了山西，憧憬着有一天能够走进她的怀抱，看看那巍峨的太行山，听听那哗啦啦的汾河水……

己丑年立夏刚过，中国铁路记协在太原举行全路好新闻评选活动，我有幸踏上了黄河流域的黄土高原。

进山西我选择了走石（家庄）太（原）客运专线。这是我国首条开工建设的铁路客运专线，全长 189.93 公里，是从河北进入山西的一条捷径。

列车向西疾驰，穿越全长 27.8 公里的太行山隧道后进入山西境内。太行山为重要地理分界，山以东为黄淮海平原，以西为黄土高原。

动车组风驰电掣，一个小时后停靠在太原火车站。

走出火车站，一条宽阔笔直的大马路由东向西延展开去，这就是太原著名的迎泽大街。晋阳饭店、唐明饭店、三晋国际饭店、并州饭店、龙城国际饭店耸立在街道两旁，这些饭店的

名称浓缩了这座城市 2000 多年的历史，仅从这一点上，就能让人感受到这座城市悠久的历史和厚重的文化底蕴。

太原是山西省的省会，简称"并"，别称并州，古称晋阳，也称"龙城"，是一座具有 2500 多年悠久历史的古城，2003 年迎来了她建城 2500 周年的辉煌庆典。从太原的市徽就可以看得出，菱形的图案内容为双塔、"并"字、煤层和火焰，象征太原是一座历史悠久、煤炭资源丰富的能源重化工基地的中心城市。太原以其悠久的历史、灿烂的文化、丰富的资源而闻名天下。

刚刚下榻太原铁道大厦，就收到朋友发来的一条短信，那是一条灯谜，谜面是："用圆规画地球（打一歇后语）。"谜底是："太原（太圆）。"其实，太，古通"大"，太者大加一点，犹言比大还大，表示大之不尽，或谓很大、极大。原，指宽广平坦的地形。太原，意指很大的一块平原。太原西、北、东三面环山，东有太行山阻隔，西有吕梁山作屏障，太原城坐落在两大山脉间的河谷平原上。

安顿好后，时间尚早，我想去看看汾河。太原的朋友说，沿着迎泽大街一直往西行，走到迎泽大桥就能见到汾河了。当地人说，在太原你不用担心搞不清方向，城里东西走向的马路叫"街"，南北走向的马路叫"路"，十分简便易记。

位于太原城市中轴线上的迎泽大街宽 70 米，长 10 公里，是太原最长、最宽、最壮观的街道。我原以为迎泽大街是为了迎接毛泽东主席到太原起的名，事实上毛主席一生没有到过太原。后来听当地人说，迎泽大街的得名，是因为当时这条街由古太原城垣的承恩门起始，经由迎泽门，直至西南城角汾河东坝，而这两座故城的城门以迎泽门规模、影响为大，从而赢得迎泽大街之名。

漫步在迎泽大街上，游人能够观赏到太原城市之精华。这里荟萃了太原的高楼大厦，还有最美的迎泽公园、汾河公园、街心花坛、广场草坪，以及沿街的城市雕塑。入夜，造型奇特的街灯和五颜六色的霓虹灯，把整条迎泽大街装点得绚丽多彩，雍容雅致。

一个小时后，我终于见到了向往已久的汾河。河水很清，却不见流动，感觉更像是湖水，全然没有歌中唱到的那种"哗啦啦"的流水声。几个年轻人正在往水中抛撒食物，引来许多红色的金鱼。河边的草坪上，有不少市民在悠闲地放风筝，从他们脸上的灿烂笑容看得出，那高高飞翔的风筝，放飞了他们的好心情。

碧水蓝天，花红草绿，汾河的风景是美丽的，而我内心却有一种莫名的惆怅，原来汾河水十多年前就已经断流了，眼前这一切都是人工创造的景观。汾河是山西的母亲河，也是黄河的第二大支流，全长716公里。据史料记载，汾河水资源曾经十分丰富，水流量很大，战国时有秦穆公"泛舟之役"；汉武帝曾乘坐楼船溯汾河而行；从隋到唐、宋、金、辽，山西的粮食和管涔山上的奇松古木经汾河入黄河、渭河，漕运至长安等地。古籍中描述当时的盛况用的词是"万筏下汾河"。直到20世纪四五十年代，汾河仍可放排运木。而近几十年来由于挖沙、开矿、伐木等各种原因，汾河水量大减，许多地方都已经断流。我担心如此下去，美丽的汾河有一天会从人们的视野中彻底消失。

好在这种状况已经引起了人们的关注。太原市政府为了恢复汾河景观，投入巨资，拦河蓄水，在2000年9月建成了6公里长的汾河风景带。太原人民以水为墨，以绿为彩，绘就了一

幅新的汾河画卷。据悉二期工程还要再建 6 公里长的汾河风景带，相信明日的汾河会更加美丽宜人，哗啦啦的汾河水定会重新流过小村旁。

（写于 2009 年）

晋祠览胜

或许我孤陋寡闻，没想到在这少雨缺水的黄土高原上，竟然还有这样一处泉水叮咚、小桥流水、古树参天、亭台楼榭林立，恰似江南风光的地方——晋祠。太原的朋友说了，不到晋祠，枉到太原。

晋祠位于太原市西南郊22公里处的悬瓮山麓。据资料记载，晋祠是为纪念晋国开国诸侯唐叔虞而建。叔虞励精图治，利用晋水，兴修农田水利，大力发展农业，使唐国百姓安居乐业，生活富足。叔虞死后，后人为纪念他，在其封地之内选择了这片依山傍水，风景秀丽的地方修建了祠堂供奉他，取名"唐叔虞祠"。叔虞的儿子燮父继位后，因境内有晋水流淌，故将国号由"唐"改为"晋"，这也是山西简称"晋"的由来，祠堂也改名为"晋王祠"，简称"晋祠"。

游晋祠，我归纳有三大看点：一树、二水、三建筑。

先说树。晋祠内树木繁茂，尤以参天古树给人以深刻的印象。这里千年古树就有20余株，至今枝繁叶茂、郁郁葱葱，向游人讲述着晋祠悠久的历史。著名的有周柏、隋槐。周柏相传为西周时所植，位于圣母殿左侧，树身向南倾斜约与地面成45度角，形似卧龙，又称卧龙柏。2003年太原建城2500年时专家测得它的树龄为2991岁，比太原城还年长491岁。这株树虽

然历经数千年，树皮皴裂，但依然树干挺直，生命顽强，令人悄然起敬。宋代文学家欧阳修赞曰："地灵草木得余润，郁郁古柏含苍烟。"900多年前诗人就如此赞叹它的古老了，至今它依然苍劲挺拔，堪称晋祠一绝。与它同岁的还有晋祠关帝庙前的一棵长龄柏。除周柏外，晋祠内还有4株隋代所植槐树，7株唐槐。其中关帝庙中的槐树最为高大，老枝纵横，盘根错节。这些生机勃勃、郁郁苍苍的古树为晋祠增添了无尽的秀色和活力。

再说水。晋祠是以泉渠水系构景的典范，泉上有亭，亭中有井，桥下有渠，路边有溪。泉水在古老的建筑间蜿蜒曲折，叮咚作响，与亭台楼阁交织在一起，组成一幅幅美丽的风景，给庄严肃穆的祠庙平添了几分灵气与动感。

在圣母殿南面，有一座亭子，八角攒尖顶，一泓泉水从亭下石洞中滚滚流出，常年不息，昼夜不舍，这就是晋水的主要源头。北齐时有人取《诗经·鲁颂》中"永锡难老"之句起名"难老泉"，亭上悬挂着清代著名学者傅山写的"难老泉"三个字。难老泉泉水晶莹透明，泉水从石洞中滚滚流出后被一道人字堰南北三七分流入渠，水中浓翠的草蔓和水底五色斑斓的石子，在阳光的映照下光彩夺目，蔚为奇观。当年唐朝著名诗人李白来到这里，赞美不绝，写下了"晋祠流水如碧玉""微波龙鳞莎草绿"的佳句。难老泉泉水出自断层岩，常年不息，水温保持在17摄氏度，灌溉着附近数万亩稻田。北宋诗人范仲淹的诗句："千家灌禾稻，满目江乡田""皆如晋祠下，生民无旱年"就是咏颂晋祠泉水的。

最后说建筑。晋祠山环水绕，古木参天，在如画的美景中，历代劳动人民建筑了近百座殿、堂、楼、阁、亭、台、桥、榭。

在苍郁的树木掩映之下，清澈的泉水环绕之间，历史文物与自然风景荟萃一起，使游人目不暇接，流连忘返。

晋祠内建筑很多，主要分为三大部分，中部水镜台、会仙桥、金人台、对越坊、献殿、鱼沼飞梁、圣母殿排列于主轴线上。南部胜瀛楼起，有白鹤亭、三圣祠、真趣亭、难老泉亭、水母楼和公输子祠。北部文昌宫起，有东岳祠、关帝庙、三清祠、唐叔祠、朝阳洞、待风轩、三台阁、读书台和吕祖阁。这些建筑或依山、或临水，亭桥殿阁、水榭楼台布局合理，自然美与人工美交织在一起，构成一幅晋祠的山水画长卷。

说到晋祠的建筑，均可圈可点，赞誉最多的有两处，一处是圣母殿，它建于宋天圣年间，重修于宋崇宁年间，这是全祠的主殿。殿外有一周围廊，是我国古建筑中现存最早的带围廊的宫殿。殿高约19米，面宽7间，进深6间，极为宽敞，却无一根柱子。原来屋架全靠墙外回廊上的木柱支撑，廊柱略向内倾，四角高挑，形成飞檐。殿前廊柱上的木雕盘龙，是我国现存最早的盘龙雕柱，雕于宋元祐二年（1087）。8条龙各抱一根大柱，怒目利爪，周身风从云生，一派生气。距今虽已近千年，鳞甲须髯，仍然像要飞动，不能不叫人叹服木质的优良与工艺的精巧。屋顶黄绿琉璃瓦相间，远看飞阁流丹，气势十分雄伟。殿内供奉着43尊彩塑，是我国现存宋代泥塑中的珍品。主像是圣母邑姜，其余42尊是宦官、女官和侍女。圣母凤冠蟒袍，端坐在凤头椅上，两旁的侍从都是各有专职，身份、性格也是无一雷同，举手投足，顾盼生姿，世态人情，纤毫毕现。宋代彩塑与周柏、难老泉被人们称为"晋祠三绝"。

另一处建筑是鱼沼飞梁。古人圆者为池，方者为沼。沼上架起了一个十字形的飞梁，下面由34根八角形的石柱支撑。桥

边的栏杆和望柱形状奇特，人行桥上，可以随意左右。这种突破一字形的十字飞梁，在我国古建筑中也是罕见的，它对于研究我国古代桥梁建筑很有价值。建筑学家梁思成先生说："此式石柱桥，在古画中偶见，实物则仅此一孤例，洵为可贵。"

晋祠内还有一块特别珍贵的名碑，为唐太宗李世民亲自撰写并手书的《晋祠之铭并序》碑。因为唐太宗和他的父亲唐高祖李渊是从太原起兵的。李渊原是隋代的太原留守大臣，他乘天下大乱的机会，带领 3 万人马，起来讨伐隋炀帝这个昏君，并且顺利地打下了首都长安，建立了大唐帝国。在起兵时，李渊父子曾到晋祠来祈祷。大唐立国之后，李世民为报答唐叔虞的保佑，特地立了这块石碑。全碑 1200 多字，书法行草，骨骼雄健，笔力奇逸含蓄，有王羲之的书法神韵，是书法艺术的珍品。

晋祠，有看不完的风景，讲不完的故事，不愧为中华大地上的一颗璀璨明珠。

（写于 2009 年）

中国古代县城的"活化石"——平遥

　　在自然界，有一类生物处于停滞进化状态，在几百万年时间内几乎没有发生变化，同时代的其他生物早已绝灭，只有它们独自保留下来，生活在一个极其狭小的区域，被称为"活化石"。位于黄土高原东部、太原盆地西南的晋中古城平遥，完整保存了明清时期古代县城的原型，犹如一座中国古代县城的"活化石"。

　　一直盼望有机会能走近平遥，目睹她那历经沧桑的容颜。今年夏天到山西参加一个会议，恰巧主办方安排了一天时间，组织大伙到平遥古城和邻近的祁县乔家大院转了一圈。

　　清晨，我们登上旅游大巴，沿着汾河向南驶离了太原城。路况还不错，90公里的路程一个多小时就到了。汽车停在古城的南门门口，放眼望去，一堵灰色的高大城墙横亘在我们面前，那气势用"雄伟壮观"四个字来形容一点都不为过。

　　进出城门的门洞比我想象的要狭窄，只容过一辆大车。青石板铺就的路面上，留下几行深深的车辙，那是岁月留下的痕迹，印证了古城的悠久历史。透过那深深的车辙，我仿佛看到了几百年前古城那车水马龙、市井繁华的景象，让人唏嘘不已。

　　来平遥之前，我查阅了一些资料，得知平遥古城是一座具有2700多年历史的文化名城，与四川阆中、云南丽江、安徽歙

县并称为中国"保存最为完好的四大古城",也是目前我国唯一以整座古城申报世界文化遗产获得成功的古县城。

据史料记载,平遥古城始建于公元前827年—前782年间的周宣王时期,为西周大将尹吉甫驻军于此而建。自公元前221年,秦朝政府实行"郡县制"以来,平遥城一直是县治所在地,延续至今。平遥古城历尽沧桑、几经变迁,成为国内现存最完整的一座明清时期古代县城的原型。现在展现在游人眼前的古城,是明洪武三年(1370)进行扩建后的模样。扩建后的平遥城规模宏大雄伟,城周长6.4公里,是山西也是中国现存历史较早、规模最大的一座县城城墙。

人称平遥有三宝,古城墙、镇国寺、双林寺。两寺不在城内,我们因赶时间只好放弃。

从南城门登上古城墙,居高临下,视野开阔。城外是平遥新城,阡陌桑田;城内是古宅民居,庙宇街巷。一堵城墙把平遥县城隔为两个风格迥异的世界,折射出古代和现代两种完全不同的时代背景。

建城之初,古城墙夯土而成,规模较小。到明朝洪武三年才扩建成现在的规模,墙体夯土外用青砖砌成。由于年久失修,如今多处墙体坍塌裸露出黄土,不过在游人看来倒觉得更贴近原始。古城墙高约12米,墙顶宽3米至6米,宽处可并排行驶两辆大车。墙顶外则建有一人多高的挡墙,以抵挡敌人进攻时的乱箭。城墙上还建有3000个垛口、72座观敌楼,或许是巧合,或许是儒家思想的深远影响,传说这象征孔子三千弟子及七十二贤人。

据说,从空中鸟瞰平遥古城,更令人称奇道绝。整座城墙形如龟状,6座城门,南北各一,东西各二。南城门为龟头,门外两眼水井象征龟的双目。北城门为龟尾，是全城的最低处，城内所有积水经此流出。城池东西四座瓮城，双双相对，上西门、下西门、上东门的瓮城城门均向南开，形似龟爪前伸，唯下东门瓮城的外城门径直向东开，据说是造城时恐怕乌龟爬走，将其左腿拉直，拴在距城10公里的麓台上。这个看似虚妄的传说，闪射出古人对乌龟的极其崇拜之情。乌龟乃长生之物，在古人心目中自然如同神灵一样圣洁。它凝示着希冀借龟神之力，使平遥古城坚如磐石，金汤永固，安然无恙，永世长存的深刻含义。

漫步古城墙上，抚摸着坚实的挡墙，从垛口朝外眺望，我仿佛看到当年金戈铁马，兵临城下的壮烈一幕：眼前战旗猎猎，耳边战马嘶鸣，城墙上下刀光剑影。随着时光的流逝，多少沧桑岁月，风流人物，都如过眼烟云，无影无踪。唯有古城墙上那一尊尊盔甲满身的古代将士铸像，似乎还在向今天的人们讲述那昨天的故事。就在那一刻，我忽然产生一种厚重的历史感悟：几千年来，人类都是在烽火战争中走过，这是人类历史发展的必然规律吗？什么时候人类才能驱散战争的阴霾，实现世界永久的和平？

沿着古城墙，我们向东一路游览，经奎星阁转北，到上东门走下城墙。我估摸着最多走了整个城墙的四分之一，也许其他地段还没有修缮，处于"原始风光"，到此只能让"游客止步"。

城墙是古城的精美外壳，城里才是古城的精彩内核。要了解平遥，不可不进城。

古代县城是个什么样，来到平遥古城你就知道了。有人说："走进平遥，就如同走进一座大型的历史博物馆。"这话说

得比较贴切，古城内文物很多，有中国宋金时期文庙的罕见实物——文庙大成殿；有始建于唐显庆二年，国内古建筑中罕见的"悬梁吊柱"奇特结构的清虚观；有中国第一家现代银行的雏形"日升昌"票号；有威震四方的华北第一镖局；有当年最大的带地下银库的票号"协同庆"；有乾隆五十六年（1791）开店待客的天元奎客栈；还有保存完好的古代县衙、市楼、民居等等。

　　游览平遥古城，你能感觉到这是一座完全按照中国汉民族传统城市规划思想和布局程式修建的县城。在封闭的城池里，以市楼为中心，有4条大街、8条小街及72条小巷经纬交织在一起，它们功能分明，布局井井有条。城内古居民宅全是清一色青砖灰瓦的四合院，轴线明确，左右对称，特别是砖砌窑洞式的民宅更是具有很浓的乡土气息。全城现存四合院民居3797处，其中有400余处保存相当完好，每一处都称得上是历史文物，都能生财。在一处私宅院内，我拿出相机拍了几张照片，主人便要收费，陪同游览的当地人吓唬她说我们是县长请来的客人，主人便不再吭声。城池内还建有一些大小庙宇，老式铺面亦是鳞次栉比，这些古老建筑原汁原味地勾勒出明清时期市井繁华的风貌。

　　古城的街道不宽，漫步古道大街，见不到什么现代元素，如果不是人们时髦的穿着和偶尔见到一两辆自行车外，一切就像回到了明清时代。两侧的店铺一个挨着一个，屋檐下大红灯笼高挂，铺面门庭高大，檐下绘有彩画，梁上刻有彩雕，古色古香。几百年过去了，这些建筑物显得还是那么结实。城池中心耸立着一座百尺之高的市楼，飞檐翘壁，流金溢彩，平遥的绝大多数老字号都集中在这一带。其中南大街最为繁华，自古以来就是平遥古城的商业中心。现在这里的店铺经营的商品主要有两种，一种是旅游纪念品、古董、漆器，包括20世纪二三十年代的影星图片，毛泽东、华国锋、林彪的画像；另一种就是牛肉干。平遥的大街小巷到处都挂满了写着"平遥牛肉"的招牌，形成古城一道独特的景观。

到平遥，有一处景点不可不去，那就是坐落在衙门街西端的平遥古县衙。过去，我们仅仅是在电影和电视剧里见到过县衙，以为县衙就是断案的地方，如同现在的法院。其实不然，县衙规模很大，相当于现在的县政府，各种职能一应俱全。平遥县衙占地2.6万余平方米，坐北朝南，中轴线上六进院落。依次分别是大门、仪门、大堂、二堂、三堂和大仙楼，左右两侧尚有土地祠、戏台、粮厅、督捕厅、牢狱等建筑，共有房屋200余间，庭院深处，还藏有一处小巧玲珑的后花园。综观整个县衙，其建筑群之庞大，布局之精致，保存之完美，令人叹为观止。

游览平遥古县衙，有一点引起了我的兴趣，姑且称之为"官场文化"现象吧。过去民间百姓常道："天下衙门朝南开，有理无钱莫进来""一任清知府，十万雪花银"。但是在古县衙主要建筑上的牌匾、楹联却无不在宣扬一个公正、亲民、爱民的思想，如大堂楹联："吃百姓之饭穿百姓之衣莫道百姓可欺自己也是百姓；得一官不荣失一官不辱勿说一官无用地方全靠一官。"二堂楹联："与百姓有缘才到此地；期寸心无愧不负斯民。"此联中"愧"字少一点，"民"字多一点，意即对民多一点爱，少一点愧。内宅联："治赋有常径，勿施小恩忘大体；驭官无制法，但存公道去私情。"大仙楼楹联："柴米油盐酱醋茶，除却神仙少不得；孝悌忠信礼义廉，无有铜钱可做来。"粮厅

联："万事莫苛求，只要大家共守此法；一心惟清白，期与斯民相见以天。"当然这些无非是封建时代的官员为表白自己而撰写的溢美之词，在封建社会究竟能有几个真正清正廉明、与民做主的"父母官"呢？据说明清两代，共有149任知县在平遥县衙为官，他们当中又有多少是百姓爱戴的清官？在中国历史上，各朝各代贪官不少，老百姓盼望清官，所以才会有包拯、海瑞的故事千古流传。

新中国成立后，平遥县衙曾经是平遥县人民政府办公所在地，直到1997年开发旅游时县政府才搬出古县衙。

古老的平遥是辉煌的，今天的平遥更是充满了魅力。在时下市场经济大潮的冲击下，国内许多文化古城为追逐商业利益而被肢解破坏的时候，平遥古城却完好无缺地保存下来，至今依然屹立在晋中大地上，实属难能可贵，令炎黄子孙骄傲。其巨大的价值正如联合国科教文组织所评价："平遥古城是中国汉民族城市在明清时期的杰出范例，平遥古城保存了其所有特征，而且在中国历史的发展中为人们展示了一幅非同寻常的文化、社会、经济及宗教发展的完整画卷。"

（写于2009年）

走马五台山

很早就知道山西有个五台山。

幼时读《水浒传》，鲁智深大闹五台山的传奇故事给我留下了深刻的印象，此次到太原，决意一行。

我的好友《太原铁道》报郭总编很是热情，不但为我安排了进山的汽车，还专门派了一位同人作"地陪"。

太原距五台山 240 公里，郭总说了，就是不登台顶，一般也要在五台山住一晚。我因为时间紧，又不想放弃这难得的机会，便打算一天来回，即便是走马观花，也算是"到此一游"了吧。

为了赶时间，第二天我们起了个大早，晨曦初露时汽车已经跑出了太原城。司机老王说去五台山有两条路，一条是平坦的大道，一条是崎岖的山路，山路近 20 公里，看我们时间紧，老王选择了走山路。

来五台山之前我做了点功课，搞清楚了两个问题，其一，五台山为什么叫五台山？这要从地形上说，五台山方圆约 300 公里，"五峰耸出，顶无林木，有如垒土之台"，故名五台。其二，为什么说五台山位居佛教四大名山之首？这得从历史上说，五台山最早的寺院建于东汉永平年间，距今已有 1900 多年的历史，与洛阳的白马寺同为中国最早的佛教寺院，唐朝鼎盛时五

台山寺院多达 360 多座，现存的寺院还有 124 座。五台山以其建寺历史之悠久和规模之宏大而位居佛教四大名山之首。

汽车在崎岖的山区公路上奔跑了三个多小时，一座彩色的牌楼倏然出现在眼前，上有赵朴初先生题写的"佛教圣地五台山"七个镏金大字，牌楼为四柱三门，上面雕龙画虎，琉璃瓦金碧辉煌，十分气派。汽车穿过牌坊，我以为这就算进了五台山的山门了。

没来五台山之前，我对五台山的印象来自《水浒传》第四回中的一段描写："鲁提辖看那五台山时，果然好座大山。但见：云遮峰顶，日转山腰。嵯峨仿佛接天关，崒嵂参差侵汉表。岩前花木，舞春风暗吐清香；洞口藤萝，披宿雨倒悬嫩线。飞云瀑布，银河影浸月光寒；峭壁苍松，铁角铃摇龙尾动。宜是由揉蓝染出，天生工积翠妆成。根盘直压三千丈，气势平春四百州。"当汽车进入五台山后，我发现眼前的景象完全不是"水浒时代"的五台山了，放眼望去，虽不说是荒山秃岭，然树木稀疏，且看得出都是近年来栽植的幼林，不像晋祠内周柏隋槐参天古树随处可见。我想，这可能是近代五台山战乱频繁，加上人为的乱砍滥伐，使森林资源受到极大的破坏。如此的绿色资源环境，与五台山"世界佛教五大圣地之一""中国佛教四大名山之首"的称谓实不相符，至少可说是一个遗憾。

汽车驶进了五台山的中心——台怀镇，抢入眼帘的是一片片红墙黛瓦的寺院，数量之多、规模之大超乎我的想象。走下车来，环顾四方，五台山就像一个半握的手掌，五台犹如五根手指，东台、北台、西台、中台为一列山脉，南台独立为峰，台怀镇好似手板心，从地形上看，台怀镇是一个盆地，被五台环抱怀中，我猜这大概就是镇名的由来吧。

望着众多的庙宇寺院，我们不知道该从哪里看起，老王请当地的朋友帮忙找来一个导游姑娘，她得知我们当天要赶回太原，建议我们先登黛螺顶，再到有代表性的菩萨顶、显通寺、塔院寺看看就行了。

　　黛螺顶位于台怀镇东清水河旁山巅，背靠东台高峰，面临台怀盆地，寺院始建于明成化年间。说到黛螺顶，有这样一个传说。以前，凡到五台山朝拜的人，都要到五个台顶寺庙朝拜五个不同法号的文殊菩萨，五个台顶相互之间相隔数十里山路，且台顶的气候变化多端，要到五个台顶去朝台不是件容易的事。相传乾隆皇帝当年来朝台，屡欲登台顶进香朝拜，都被风雨阻隔，但笃信佛教的乾隆总想了此心愿，遂召黛螺顶的老和尚撂下一道难题："五年后我再来时，既不登五个台顶，还要朝拜五方文殊。"

　　到了第五个年头，老和尚还是没有想出一个好办法，他把这个难题交给了一个偷吃供品的小和尚。也许是五台山的文殊菩萨显灵，小和尚仅用了三天便想出了一个办法：将五个台顶的五方文殊合塑于黛螺顶的正殿，登黛螺顶等于登五个台顶，进正殿朝拜五方文殊等于朝拜五个台顶的五方文殊。老和尚听后十分满意，遂即照办。待到乾隆五十一年（1786）三月，乾隆再次来到五台山时，终于在黛螺顶实现了"既不登五个台顶，还要朝拜五方文殊"的心愿。

　　当地人说："不登黛螺顶，不算朝台人。"我观察到五台山来的一般为两种人，一种是香客，一种是游客。香客到五台山朝拜有"大朝台"和"小朝台"之分，登五个台顶，拜过五个台顶的文殊菩萨为"大朝台"；不登五个台顶，只上黛螺顶为"小朝台"。我想，这大小朝台之说，无非是善男信女们为不能

去五个台朝拜而找个自我安慰的说法罢了。

如今登黛螺顶可徒步攀登，也可坐缆车直达山顶，但凡香客是不会坐缆车的，我们沿路看到蒙、藏少数民族佛教徒朝拜时，行的是"五体投地礼"，即头和四肢同时趴俯于地，十分恭敬和虔诚。我们纯属游客，加上要赶时间，便乘缆车一步登顶了。

登上黛螺顶，凭栏眺望，台怀镇尽收眼底。那一座接一座的梵宇寺院，掩映在绿树花丛之中，蓝天白云，红墙白塔，构成一幅独特壮美的画卷，让人不由得发出"此景只有五台有"的感慨。

黛螺顶的站坛殿内供有五方文殊像，分别为孺童文殊、无垢文殊、智慧文殊、聪明文殊、狮子吼文殊。寺内中殿檐台下左侧立有石碑，正面刻有乾隆十五年冬御制黛螺顶碑记，对黛螺顶做了较详细的叙述。碑背面又有乾隆五十一年暮春月登黛螺顶御笔题诗："峦回谷抱自重重，螺顶左邻据别峰。云栈屈盘历霄汉，花宫独涌现芙蓉。窗前东海初升日，阶下千年不老松。供养五台曼殊像，阇黎疑未识真宗。"石碑正面和背面所描述的黛螺顶，时隔36年，景象却迥然不同。

从黛螺顶下来，我们按计划游览了菩萨顶、显通寺、塔院寺几个主要的寺院。导游带我们走的游览线路和一般的游客相反，是从最高处的菩萨顶往山下游览，据说是为了不走回头路。

菩萨顶位于五台山的灵鹫峰上，是五台山最大的喇嘛寺院，也是国务院确定的汉族地区佛教重点寺院。菩萨顶始建于北魏孝文帝时，极盛时期是在清朝。顺治十三年（1656），菩萨顶由青庙（和尚庙）改为黄庙（喇嘛庙）。与其他寺院不同，菩萨顶的主要殿宇覆盖黄色琉璃瓦，山门前的牌楼也修成了四柱七楼的形式，这反映其地位之崇高。据说，康熙皇帝先后去菩萨顶朝拜过5次，乾隆皇帝去过6次。菩萨顶牌楼上的"灵峰胜境"，文殊殿前石牌坊上的"五台圣境"是康熙皇帝亲笔题写的。院内两座石碑上用汉、满、蒙、藏四种文字刻写的碑文是乾隆皇帝的御笔，描写了他上五台山的感受。

从菩萨顶下来要经过108级陡峭的石阶，导游很认真地说，世间有一百单八种烦恼，每走过一级石阶就会消除一种烦恼，当108级石阶都走过了，就再也不会产生烦恼了。我想，人生在世，凡夫庶民，哪会没得个烦恼，这个说法不过是为了丰富游览的内容，满足人们一种美好的愿望而已，对我们这些游客而言，权当娱乐，不会当真。

当地人说，到五台山，不到显通寺，就像到了北京没有到故宫。显通寺是五台山最大、最古老的一座寺院，始建于东汉永平年间，与河南洛阳白马寺同为中国最早寺庙。寺内院落重叠，苍松翠柏，肃穆安宁。全寺大小400多间房屋大都为明清建筑，中轴线上从南到北有7座大殿，依次为观音殿、大文殊殿、大雄宝殿、无量殿、千钵文殊殿、铜殿、藏经楼。此外还有钟楼及配殿，建筑式样各异，堪称明清寺庙建筑典型。

白塔是五台山的标志性建筑，古人称誉此塔"厥高入云，神灯夜烛，清凉第一胜境也"。塔院寺因为有了白塔，成为游客到五台山游览的必到之处。白塔高75.3米，通体洁白，塔上悬有200余个铜铃，微风吹拂，铃声清脆悦耳。塔基外围是走廊，设有法轮120个，是诵经用的，呈圆桶形，转动自如。在导游的演示下，我们按照规则，嘴里念着"唵嘛呢叭咪吽"（六字大明咒），右手转动法轮，顺时针绕塔三圈，听导游说如此这般可消灾避邪。那一刻，我们不看僧面看佛面，个个规规矩矩地做

了一遍。白塔的东边有一座小白塔，相传此塔内藏有文殊菩萨显圣时遗留的金发，因此又称文殊发塔。

走出塔院寺，时候不早了，我们草草结束了五台之行。导游说，要想游遍五台山非十天半月不可，如此说来，我们只能等待下一次了。

（写于 2009 年）

游鼓浪屿

少时读书，就闻知厦门有个鼓浪屿。打那时起，我就梦想有一天能够到此一游，日睹她的芳姿倩容。进入而立之年，一曲《鼓浪屿之歌》，更增添了几缕向往之情。

机会终于来了。金秋十月，我来到厦门，有幸游览了神往已久的鼓浪屿。

鼓浪屿与厦门市区仅一箭之隔。她是九龙江入海口的一座小岛。从市区的客运码头登船，仅一支烟工夫，就踏上了鼓浪屿。走下船来，这才发现鼓浪屿比我想象中的要大得多。听知情人说，小岛面积有 1.77 平方公里，岛上住有两万多居民，还有医院、学校、剧院、商店，俨然就是一座设施齐全的小城。

沿着岛中心一条弯曲狭窄的小街前行，但见一间间装潢精美的小店里，陈设着各式服装，尤其是那临街的海鲜店，更是富有南国风味。那些用桶或盆养着的龙虾、鳗鱼等海鲜，吸引了不少好奇的游客驻足观赏。小街宽丈余，游客如织，但你却尽可以放心，这儿绝无车祸之虑，因为岛上没有汽车，甚至连自行车也难得一见，整座小岛笼罩在一派恬静的温馨中。

沿小街向小岛腹地走去，约莫半小时光景，便来到了一道嵯峨而立的峭壁前。啊，"日光岩"，三个遒劲大字赫然入目。日光岩，原名龙头山，也有人叫"晃岩"，是鼓浪屿的最高峰，

海拔不到百米，因上有一块如蒙古包式的岩石得名。这儿是鼓浪屿的游览中心，据说当年民族英雄郑成功曾选择这里操练水军。登上其顶，顿觉劲风扑面而来，放眼望去，厦门风光以及星罗棋布的岛礁尽收眼底。海阔天空，心旷神怡，令人情不自禁地放声吟诵起《日光岩铭》中的诗句来："日光岩，石磊磊，环海梯天成玉垒，上有浩浩之天风，下有泱泱之大海……"此时，你极目远眺大海，仿佛进入了仙境，忘记了尘世间的一切烦恼与忧虑。

在日光岩上，有一架高倍数的军用望远镜，如果你有兴趣的话，花上一元钱买上个铜板塞进去，便可以一睹小金门岛上的风光。那军营、军旗、碉堡依稀可见，还有那"三民主义统一中国"的巨幅字样清晰入目。此情此景，不禁使人感慨万千，待到何时，两岸的炎黄子孙能够自由来往呢？

从日光岩下来，我们踏上了环岛游览线。沿着大海边的水泥路款步而游，更是别有一番情趣。这里有借山藏海、巧夺天工的菽庄花园，有细浪吻沙的天然浴场，有夜闻涛声的海滨酒楼。在栈桥附近的大海边，我坐在石礅上小歇，忽听得"嘭"的一声响。起初，我以为是岛上传来的鼓声，继而留心静听，不时传来"嘭、嘭"的声响，我这才发现，是海浪撞击着海岛某一个部位发出的响声。我蓦然想到，鼓浪屿是不是因此而得名的呢？

信步而游，不觉来到了小岛的东南角。爬上制高点，一座十余米高的郑成功石像巍然矗立在岩石上。只见他甲胄鲜明，按剑而立，威严的目光直视大海。300多年前，郑成功在这儿训练了一支能征善战的"水上雄师"。1661年，38岁的郑成功挥师东渡，一举收复了祖国的宝岛台湾，为中国历史写下了壮丽的一页。

　　深秋夜来得早。还是下午五点多钟，夜幕就拉开了。停泊在水面上的海轮已亮起了无数灯灯火火。我要离开小岛了。听人说，每当"海上明月共潮生"的夜晚来临，岛上的500多架钢琴，还有更多的吉他、风琴、琵琶乐曲声，会穿山渡水而来。踏着清涛拍浪，听着悠扬乐曲，你会觉得"此曲只应天上有，人间能得几回闻"。这是一种多么高雅、甜美的享受啊！然而，我还是带着遗憾离开了小岛。

（写于 1989 年）

厦门行

新通道，新感觉

阳春三月，春暖花开时节，我随广东记者采访团来到了美丽的海港风景城市——厦门。

我曾两次到过厦门。虽说广州到厦门直线距离不过五六百公里，但那时粤闽间没有直通铁路，火车走湖南，经江西，绕了一个大圈才到福州。下了火车，还要再转乘汽车到厦门，路上折腾两三天，饱受舟车之劳，令人疲惫不堪。由此我感叹道：厦门风光好，旅途真辛劳。

这次去厦门，走的是粤闽铁路新通道，感觉就完全不一样了。去年10月19日，广东梅州到福建坎市修通了铁路，结束了乘火车去厦门要绕湘过赣的历史。这条铁路，为广东开辟了第四条进出省通道，一下子把广州与厦门的距离拉近了许多。今年3月1日，广州至厦门间开行了直通旅客列车，火车走粤东，经闽西，直达厦门，比走京广线、浙赣线、鹰厦线缩短了910公里路程。

晚上8点30分，我们从广州东站上车，列车沿广深铁路南行至东莞站后，又沿着广梅汕铁路东行。

一觉醒来，列车进入福建省永定县境内。一些游客准备下车，他们是来这里参观永定土楼和领略客家民俗风情的。据说永定土楼是世界上独一无二的山村民居建筑，被中外学者誉为"世界建筑的奇葩"，永定客家人大家族的独特生活方式以及客家的民俗风情更令人陶醉。据列车上介绍，这条铁路沿途旅游资源丰富，游览景点很多，比较著名的还有永安的桃源洞、鳞隐石林，河源的万绿湖等自然风光。

列车在闽西的崇山峻岭中穿行，望着窗外的青山碧水，我情不自禁地对同行的伙伴赞叹道："一夜睡行上千里，真快呀！"一同去厦门的广梅汕铁路公司朱先生在一旁说道："将来这条铁路还要提速，再减少一些停车站，使列车从广州到厦门实现夕发朝至，到那时，人们去厦门就更快捷了。"

最温馨的城市

列车经过长长的海上大堤进入厦门市区。据说厦门原来是个海岛，1954年修建鹰厦铁路时，在海上筑了一道大堤，将厦门岛和大陆连接起来，使厦门变成了一个半岛。

厦门濒临台湾海峡，面对金门诸岛，独特的地理位置对我们这些外地人来说有一种神神秘秘的诱惑感。厦门岛面积约132.5平方公里，是福建省第四大岛屿。古时厦门是个小渔村，行政建制始于宋朝，称"嘉禾屿"，隶属泉州府同安县辖下，因传说远古时为白鹭栖息之地而被称为"鹭岛"。"厦门"之名出现始于明洪武二十年（1387）。当时为防御倭寇，江夏侯周德兴筑城于此，号"厦门城"，意寓国家大厦之门。

乘大巴前往厦门宾馆下榻，导游小姐告诉我们，厦门城市有"两净（静）"，一是干净，二是安静。厦门还是全国最早禁止汽车、火车鸣笛的城市，而且大街上还见不到交通警察。她

的这番话在我们后来两天的考察中得到了验证，厦门的确不愧为国家卫生城市和国家环保模范城市。

厦门最具魅力的是独特的海岛风光，"城在海上，海在城中"构成了厦门作为旅游城市的最大特色。历史上，厦门曾有"大八景""小八景""景外景"等二十四景。经过多年的建设，现在则形成了鼓浪屿、万石山、南普陀、集美、同安等十多个各具特色的旅游景区。

这几年，厦门市政府大做旅游文章，基础设施发展很快，继厦门大桥之后又新建了海沧大桥，打通了厦门进出岛的第二条通道。最令我们羡慕的是那条新建的环岛路，沿途风光秀丽，蓝天、白云、碧海、青山，以及蜿蜒曲折的沙滩、星罗棋布的岛屿，宛如一幅五彩缤纷的油画。路旁的绿化带铺植了马尼拉草，其间种植了南洋杉、假槟榔、海枣、鱼尾葵、七里香、美人蕉等热带植物，整个路段整洁、美观，充满了现代气息，成为厦门一道亮丽的风景线。据导游介绍，环岛路全长26.84公里，总投资12.5亿元。环岛路建设本着"临海见海，把最美的沙滩留给老百姓"的原则，充分体现了亚热带风光的特点，也使游客领略到了厦门市政府创建优秀旅游城市的大手笔。

海峡情思

厦门之行最令我不能忘怀的是海上眺望金门岛。

厦门与台湾、金门诸岛隔海相望，距高雄165海里，与金门相距仅2000多米，真可谓近在咫尺。

记得13年前我第一次来厦门，那时还没有实现"小三通"，我只能在鼓浪屿的日光岩上，花一元钱换一个铜板，在高倍望远镜里一睹金门岛上的风光。想到这次我将走近金门，看个真真切切，激动得我很晚才进入梦乡。

翌日，大伙乘汽车沿着新建的环岛路朝东方驶去，右边是烟波浩渺的大海，左边是巍峨耸立的高山。汽车穿过厦门大学校园，来到了著名的古战场——胡里山炮台。

在胡里山炮台脚下，我们登上了开往金门岛的游船，看得出这是一个新开发的旅游项目。大家都涌向上层，想看个清楚。没想到海上风很大，虽是阳春三月，但薄薄的衣裳依然抵挡不住略带寒意的海风，一个个又缩到了船的下层。

游船继续朝海上驶去，波涛拍打着船舷，激起朵朵浪花。不知是谁最先叫了一句："快看，金门岛！"大伙争先恐后跑出船舱，挤到了船头的甲板上。凭栏眺望，远处海上朦朦胧胧出现了两座岛屿。其实这不是金门岛，左边这座是大担岛，右边那座是二担岛，同属金门县管辖。金门岛在大担、二担的后面，据说比厦门岛的面积还大。最先清晰入目的是大担岛上的巨幅宣传牌，它与厦门环岛路左边山上的"一国两制统一中国"的巨幅宣传牌形成鲜明的对比。渐渐地，岛上的碉堡等也清清楚楚地进入我们的视野。游船开始减速，在距大担岛几百米的地方似乎停了下来。我们取下头上的帽子使劲地挥动起来。望着岛上一片绿树葱茏的景象，不禁使人感慨万千：两岸同胞同为炎黄子孙，为什么要人为地被一条海峡分隔开呢！

历史是向前发展的，谁也阻挡不住。曾记否，二十多年前，这里还是炮火连天的战场，现在已是一派和平的景象，在厦门东海岸距小金门 4600 米的地方，一座占地 47 万平方米的厦门国际会展中心已傲然耸立在东海之滨。

游船驶离了大担岛，我们涌向了船尾，最后看一眼即将

逝去的岛屿。这时，大伙心里都在想：什么时候才能够登上金门岛？

我想，这一天不会太久。

（写于 2001 年）

碧水丹崖龙虎山

　　入秋，几位朋友要去江西龙虎山考察，邀我一道同行。龙虎山是中国道教发源地，原名云锦山。东汉中叶，正一道创始人张道陵曾在此炼丹，传说"丹成而龙虎现，山因得名"。龙虎山由红色沙砾岩构成，形成了赤壁丹崖的"丹霞地貌"。2010年8月，龙虎山成功申请世界自然遗产。有机会去此地旅游，何乐而不为。

　　从鹰潭市乘汽车向西南行20公里，就进入了龙虎山风景区。午宴上，鹰潭市旅游局和景区管委会的领导向我们简要介绍了龙虎山的概况。从他们的介绍中，我归纳龙虎山主要有两大看点，一是悠久的道教文化，二是碧水丹崖的自然景观，可谓"碧水丹山秀其外，道教文化美其中"。

　　接下来的考察观光活动基本上按照两大看点安排。当日下午，风景区管委会办公室的小万姑娘陪同我们来到上清古镇参观大上清宫。大上清宫初为祖天师张道陵的草堂，第四代天师张盛在此置传箓坛，演教布化。早年大上清宫规模宏大，气势磅礴，后因年久失修屡遭灾毁。近年来经过修复，其规模也还不到原来的一半。我们一行人游览了重建的福地门、龙街、下马亭、棂星门、天一池、东隐院等景点后来到了伏魔殿。从外观上看，这座殿宇规模不大，偏置于一隅，然而名气却不小，

中国古典名著《水浒传》的故事便起源于此。《水浒传》第一回《张天师祈禳瘟疫 洪太尉误走妖魔》，讲述的就是发生在伏魔殿的事情。宋嘉祐三年，京师瘟疫盛行，仁宗天子差太尉洪信来龙虎山请张天师临朝祈禳瘟疫。洪太尉不听上清宫住持真人劝阻，强令众道人打开伏魔殿锁闭的大门，掘开镇妖井，放出了三十六天罡、七十二地煞，从而演绎出一部"轰动宋国乾坤，闹遍赵家社稷"的水泊梁山故事。如今伏魔殿正门四扇门仍然关闭，上面交叉贴着几张写满伏魔咒语的黄色封条，左边两扇门已经打开，但凡游客到此，都忍不住要进去探一探伏魔殿的神奇，镇妖井的玄秘。

出大上清宫沿泸溪河边的上清古镇步行一公里，便来到了嗣汉天师府。祖天师张道陵于龙虎山修道炼丹大成后，从汉末第四代天师张盛始，历代天师华居此地，世袭道统63代，奕世沿守1900余年。据说龙虎山地区在道教兴盛时，先后建有10座道宫，81座道观，50座道院，10座道庵，其繁荣景象可见一斑。然自汉至今，桑海靡常，多数宫观早已废圮，至今保存完好的唯有号称"南国第一家"的嗣汉天师府。

嗣汉天师府坐北朝南，占地4.2万余平方米，尚存古建筑6000余平方米，其规模宏大，雄伟壮观。府第以府门、二门、私第为中轴线，修建有玉皇殿、天师殿、玄坛殿、法局和提举署、万法宗坛等，从而把宫观与王府建筑合为一体。院内豫樟成林，古木参天，浓荫散绿，环境清幽。庭院正中镶嵌着八卦太极图。八卦代表宇宙间的"天地水火风雷山泽"，太极图显示阴阳对立统一的辩证法和动态平衡的哲理内蕴。府门上一对抱住楹联："麒麟殿上神仙客，龙虎山中宰相家"，形象地表达了历代天师既是"神仙"，又是"宰相"的双重显赫地位，阐明了天师道与历代皇权的密切关系以及对追求成仙的渴望。

到龙虎山考察道家文化，还有一处不得不去，那就是祖天师张道陵来龙虎山炼丹的地方——正一观。汉和帝时，张道陵携弟子王长游淮入鄱阳后，溯信江来到这里，建草堂，炼"九天神丹"，初创道教，成为中国道教的鼻祖。正一观最早的名称叫"祖天师庙"，是第四代天师张盛自四川回龙虎山"永宣祖教"，为祭祀祖天师而建的庙宇。现在的正一观是2000年在被毁正一观原地上按宋代建筑风格新建的，占地60余亩，坐东朝西，南北对称，主要包括七星池、正门、仪门、钟鼓楼、元坛殿、从祀殿、祖师殿、玉皇楼、丹房、红门、廊庑以及生活用房等。整个建筑群灰瓦白墙，古朴典雅，气势雄伟。鲁迅先生曾经说过：中国的根底全在道教。而中国道教的发祥地就在龙虎山的正一观原址。

考察完龙虎山道教文化景观，第二天我们开始了自然景观的考察。龙虎山风景区管委会特地给我们安排了一位导游作解说。

龙虎山风景区方圆200平方公里，境内峰峦叠嶂，树木葱茏，碧水常流，如缎如带，并以二十四岩、九十九峰、一百零八景著称。其最具特色的丹霞地貌集中分布在龙虎山和仙水岩景区约40平方公里的范围内。景区内有泸溪河流过，一江碧水把龙虎山的奇峰、怪石、茂林、修竹串联在其两岸，形成了"碧水绕丹山，山水云天共争秀"的天然美景。

在龙虎山附近的九曲洲，我们登上了一只竹筏，顺泸溪河而下。为了保护一江翡翠般清莹碧透的河水，这里行的都是用人工撑的竹筏，小竹筏可坐6人，大竹筏可坐十几二十人。竹筏荡漾在泸溪河上，河水波光粼粼，碧绿清澈，两岸山峰秀美多姿，茂林修竹葱茏碧绿，令人惬意悠然。

从九曲洲乘竹筏顺泸溪河而下的 20 里山水景色宛若仙境，令人流连忘返。一路上导游指点奇峰异石，讲述着一个个古老神奇的传说故事，还不时让我们在崖壁上寻找诸如"九虎一龙"等千奇百怪的图像。那沿河耸立的骆驼峰、夫妻峰、试剑石、丹勺岩等几十处景点让人目不暇接，想象驰骋。一江碧水，两岸丹山，游人坐在竹筏上，就像穿行在一幅水墨画中。清清的泸溪河水碧绿似染，清新甘甜。河水急时浪击飞舟，缓时款款而行，水浅处河床清晰，水深处碧不见底。

竹筏行至一河水平缓处，河面上漂泊着几只窄窄的竹筏，每只竹筏的小竹椅上都坐着一位头戴斗篷的村妇，村妇身前的竹筏上置有一火炉，火炉上架有一口铁锅，身后摆放一竹筐。村妇、竹筏、丹山、碧水，动静结合，人景合一，构成一幅特别的画面。导游告诉我们，她们是在向游客兜售龙虎山特产板栗粽子。我们一招手，一只竹筏靠了过来，递上 10 元钱，换来一串粽子。粽子很小，碧绿的粽叶用细细的竹篾扎得紧紧的，看起来就像是一件精致的工艺品，让人不忍心入口。

顺流而下，我们来到了仙水岩景区。仙水岩诸峰峭拔陡险，岩壁光滑平展，岩下便是泸溪河，临水悬崖绝壁上布满了形状各异的岩洞，这就是神秘的崖墓。这些崖墓大多是 2500 多年前春秋战国时期古越人的悬棺，其葬位离水面 20 米至 50 米以上。岩壁上的洞穴星星点点，或高或低，或大或小，数以百计。龙虎山崖墓是中国历史最悠久，数目最多，安置位置最险要的崖墓葬群。

在导游的精心安排下，我们到达仙水岩时正好赶上"吊悬棺"表演。表演者自峰顶腾空跳起，沿着垂直悬挂至江面的绳子滑下，灵活的身躯在空中表演出许多惊险动作。当下滑到接近峭壁上的岩洞时，表演者剧烈地晃动绳索，借着惯性迅速蹿入洞中。这时地面上捆扎好的棺材在唢呐声中缓缓升空，接近洞口时，岩洞里的人用短索牵引，地面的人则大幅度地摇晃绳索，借着棺材在半空中左右晃荡的惯性，上下合力把棺材送入洞中。此时岸上观看表演的人掉头便走，船家也掉转了竹筏，问这表演还没完怎么就回头了啊？导游笑嘻嘻地说："都是来看'升官'的，哪有人愿意看'掉官'的呀！"一句话，让我们恍然大悟。

其实游人看到的"吊悬棺"表演，是现代人凭想象模拟出的一种崖葬方式，最初古人到底是如何把棺材送进崖壁洞穴内的，至今没有得到一个入情合理的解释。龙虎山管理局悬赏40万元奖金，期待有识之士来破解这千古悬棺之谜。

弃筏上岸，回首河对岸，一块矗立在河边的岩石酷似鲁迅的头像，被称之为文豪岩。沿"一线天"幽径前行数十米，便来到了著名的"仙女岩"。"仙女岩"是官方的称呼，游人更喜欢称其为"大地之母"。只见在山崖的崖壁上裂出一长条缝隙，雨水顺着缝隙削蚀溶解，逐渐冲刷演化成一幅岩石壁画。该壁画高数丈，居中往两边张开，相互对称，酷似女性的外生殖器与臀部。面对这幅壁画，"男人看了笑哈哈，女人看了羞答答"。"仙女岩"隐匿在幽深的峡谷里，似女性般害羞与含蓄，不像韶关丹霞山风景区的阳元山那般张扬，数里之外便可见到其勃勃雄姿。"仙女岩"的美学价值为国内外丹霞地貌景观中绝无仅有，被誉为"天下第一绝景"。

走出"一线天"，我们乘船渡过泸溪河，坐上了返回游客中心的环保车。两天的考察活动结束了，龙虎山悠久的道教文化与碧水丹崖的自然景观给我们留下了深深的印象。

（写于2011年）

崇文重教在梅州

　　阳春三月，沐浴着春雨，我与同人结伴踏上了粤东梅州这块神奇的土地。

　　梅州是历史上客家民系的最终形成地、聚居地和繁衍地，也是全世界客家人的祖籍地和精神家园，被尊为"世界客都"。

　　春天里的梅州，景色秀美，令人陶醉。我却更被她那厚重的文化底蕴所打动。客家人崇文重教早有耳闻，此次梅州之行虽然来去匆匆，浮光掠影，却也算是开了眼界。

　　旅游大巴在市区宽阔的马路上行驶，导游黄先生向我们介绍："在梅州，最漂亮的建筑，一个是政府机关，一个是学校。"言语中透露出几分自豪。

　　当汽车经过一片现代建筑群时，导游告诉我们，这里是全国重点学校东山中学，每年的高考录取率在广东省名列前茅，它的前身是闻名遐迩的东山书院。这座书院是共和国元帅、全国人大委员长叶剑英的母校，也是全国人大常委、香港金利来集团董事局主席曾宪梓，全国政协副主席叶选平的母校。

　　东山书院是清朝嘉应州知州王者辅于乾隆十一年（1746）建造的，迄今已历经260多年的沧桑，成为梅州文风鼎盛、喜学重教的一个象征。1904年，清末著名爱国诗人黄遵宪在此兴办东山初级师范学堂。1913年，叶剑英、冯懋度等师生、乡贤在这里创建了东山中学。二百多年来，这里英才辈出。从古老的书院到现在的东山中学，一脉相承，弦歌不绝。

更令人惊叹的是梅州人办教育的大手笔、大气魄。在城区东山片，我们看到了新建成的一座现代化的东山教育基地，包括东山书院、东山中学、院士公园、客家名人广场、广东汉剧院、剑英图书馆等。据导游说，还将从嘉应学院到秀兰大桥以南，建成一个大的教育文化带，打造成一个集高等教育、职业技术教育、高中教育、初级义务教育为一体的综合教育基地，一个传承客家崇文重教优良传统的载体，一个展示客家文化底蕴的平台，一个集教育、文化、旅游于一体的城市新亮点。

客家人崇文重教有着优良的传统和悠久的历史，据考证，自宋代以来，梅州地区私塾、书院遍及城乡，有"十室之邑，必有一校"之说。乾隆年间，梅县境内共建有9座书院，城中有4座，即培风书院、东山书院、崇实书院和周溪书院。如今城区仅存东山书院。1964年，大文豪郭沫若到梅州考察，曾写诗夸赞："文物由来第一流"。

梅州，被誉为客家的正宗。客家人在千年迁徙中顽强守住自己的文化品位，崇尚文化，重视教育，以兴学为乐，以读书为本，以文章为贵，以知识为荣，成为一种社会风气。曾在嘉应州（清代梅州称嘉应州）传教20余年的法国籍天主教神甫赖里查斯在1901年出版的《客法词典》自序中说："在嘉应州，这个不到三四十万（人）的州，都有祠堂，那是祭祀祖先的所在，而那个祠堂，也就是学校，全境有六七百个村落，就有六七百个祠堂，也就有六七百个学校，这真是一个全不虚假的事实。不但全国没有一个地方可以与它相比较，就是较之欧美各国，也毫不逊色。"

梅州自古文风鼎盛，自隋开科取士，梅人即有致力此者。宋时起，参加科举人数即为全国之冠，清乾隆、嘉庆年间，读书者占总人口的三分之一。据《嘉应州志》载："士喜读书，多舌耕，虽穷困至老，不肯辍业，近年应试者万余人……文风极度盛。"据统计，在有着"文化之乡"美誉的梅州，自唐代起，进士等者就达76人；"自宋以来，代产伟人"；到清代，钦点翰林16人，钦赐翰林6人，清代举人621人，明清两代合计秀才3679人。从宋朝至清朝，一共有文武进士234人。

清朝末年，废科举，办新学之风刚兴，嘉应州便起而应之。至20世纪20年代初，梅县城乡有中学30多间，小学600余间，教育事业之发达，为当时全国之冠。从1945年国民政府教育部的一份全国教育普及报告来看，当年的梅县名列第二。1946年，广东省教育厅考查全省国民教育成绩，梅县名列第一。事实上，在此之前，史学家、客家学先驱罗香林在1930年左右曾做过一份调查，得出的结论是"梅县的教育普及率高达百分之八十以上"，这个数字令当时文明程度最高的英国人看了都感到大跌眼镜。

据《梅县教育志》记载：1949年，全县人口42万，有小学618间（所），学生51752人。新中国成立后，教育事业大发展，至1988年止，全梅州市共有小学2321间，有普通中学246间，还有高等学校如嘉应大学、嘉应教育学院、梅州电大以及十多所中等师范、专业学校。全市各类学校师生总数达105万人，占全市总人数的21.9%。

近年来，梅州市以超前的眼光发展教育事业，高等教育逐年提升。特别是高中阶段教育在校生由2002年的7.8万人增至2007年的16.08万人，其中各类职校在校生由2.7万人增至4.8

万人，毛入学率由 24.1% 提高到 59.9%。2002 年以来共输送大学生 12.01 万人，相当于 1977 年恢复高考至 2001 年 25 年间上大学人数的 1.2 倍。梅州市的高考分数及录取率，一直处于全省前列。

梅州既是"文化之乡"，又是"将军之乡"。在市区的客家公园内，就专门建有大学校长馆、将军馆。大学校长馆共展陈了 228 位梅州籍大学校长的生平事迹、学术成就及主要贡献；将军馆展陈的从 1911 年到 2007 年的梅州籍将军达 473 位。

梅州地处山区，经济相对欠发达，学风为何如此之兴盛，在梅州城区的陈家祠堂，我们似乎找到了答案。

陈家祠堂是一座典型的客家围龙屋民居，前半部为半月形池塘，后半部为半月形的房舍建筑。走进大门，正屋大堂上面悬挂的一条横幅，上面写着"新年祭祖暨发放奖学金"。据说，过去，客家人的祠堂都专门设有"学田"或"学谷"用来鼓励学生读书，谁读书成绩好，谁就可以获得资助。现在，这种制度取消了，但一代又一代的客家人仍然把教育当作一种重大责任。

在陈家祠堂我们了解到，客家儿童从小就被灌输崇文尚学的观点。在客家的民间童谣、谚语中，不乏这方面的内容："有田要养猪，有儿要读书""子弟唔读书，好比没眼珠""不识字，一条猪""山瘠栽松柏，家贫好读书""穷莫丢猪，富莫丢书"……这些童谣、谚语，是一股强大的社会舆论，是整个客家家族的共识。客家人把读书先于一切、重于一切、高于一切，与南来的中原士族带来华夏文化传统是不可分割、一脉相承的。

据导游介绍，过去很多客家土楼的祠堂前，都树立着条条灰色的石杆，这些石杆不是随便可以立的，他必须是读书人中

举后做了品官，才拥有这种资格。石杆，不仅仅只是建筑奇观，更是客家人崇文重教的历史见证。

走出陈家祠堂，华灯初上。抚摸着祠堂前的石杆，我突发一种新的感悟：客家人不愧是华夏的一支杰出民系，值得学习！

（写于 2009 年）

回忆韶山行

　　说来有缘，这辈子我到韶山去过四次，分别是 20 世纪 70 年代、80 年代、90 年代和 21 世纪的 10 年代。

　　记得第一次去韶山是 1974 年 4 月。当时我是个下放知青，那时候，"韶山是世界人民向往的地方"，自然也是我们革命青年向往的地方。那年夏天，我和大队的两个知青趁着回城休假，悄悄爬上了开往韶山的火车。一路上，凭着一张"知识青年上山下乡光荣证"，我们几经周折来到了韶山。

　　那时候的韶山还是原始风光，不像现在到处都是人工雕琢的景观，最核心的景点是毛泽东故居，几间农家小屋掩映在青山翠竹之中，故居门前有一口荷塘，不远处的稻田里秧苗泛着绿波，一派恬静的田园风光。几十年过去了，这张图画深深地印在了我的脑海中。

　　当时到韶山参观的人很多，人气很旺，商品经济却不发达，吃饭和购买纪念品都要到指定的几家国营饭店和商店，就连照张相也是国营照相馆设的点，照完相要留下地址，十天半个月以后才寄来。记得那天我们的中餐是在故居山后面的一家食堂吃的，有钱还不行，还要有粮票，饭菜很简单，也很便宜，几角钱就能吃饱一顿饭。离开韶山时，我们三人在火车站前照了一张合影。

第二次到韶山是 1989 年春天，我和工人日报记者到娄底机务段采访，任务完成后乘汽车去长沙赶火车，路上我们顺道拜访了韶山，没想到这次韶山之行让我得到了一个意外的收获。

参观完毛泽东故居后，我们来到荷塘对面的一家农家小饭馆，接待我们的是一位 60 岁左右的农家妇女，这个小饭馆就是后来红极大江南北的"毛家饭店"，农家妇女就是后来赫赫有名的毛家饭店发展有限公司董事长汤瑞仁老人。

说来故事有点戏剧性，同行的工人日报樊记者模样长得酷似毛泽东，一进门就吸引了汤瑞仁老人的目光。樊记者极富表演天赋，即兴用湘潭方言表演了一段毛泽东 1949 年在天安门开国大典上的讲话，汤大妈激动地握着樊记者的手端详了半天，眼中闪着泪光，仿佛又回到了 30 年前见到毛主席时的情景。当她回过神来后，立刻招呼我们坐下，给我们沏上了热茶，还端上了几碟坛子泡菜，说是当年毛主席喜欢吃的。老人家指着墙上一幅放大了的照片告诉我们："这是毛主席 1959 年回韶山时和乡亲们照的合影，主席身边那个抱小孩的妇女就是我。"谈起当时的情景，汤大妈十分激动，幸福的笑容挂满了脸庞。

听汤大妈讲起办毛家饭店的经历，还真有一段曲折的故事呢！

1983 年夏天，汤大妈经过激烈的思想斗争，做起了卖稀饭的生意。第一次走出家门，在路边摆了个粥摊，汤大妈只觉得脸发热，心在跳，一见有人，就连忙躲进路旁的小树林里，游客问她："稀饭多少钱一碗？"她低着头嗫嚅道："随便给多少都行！"直到第五天，汤大妈才沉住了气，正经经营起稀饭生意。1987 年初，汤大妈看到参观故居的人那么多，附近的饭店又那么少，打算在家里办个饭店，接待参观毛主席故居的客人，三个儿女都很支持她这个想法，那年的阳春三月，毛家饭店正式开业。

听了汤大妈的一番讲述，我们打心里敬佩这位老人，要知道在那个年代，一位韶山冲的农家妇女要冲破传统思想的藩篱需要多大的勇气啊！看看时候不早，我们起身告辞，汤大妈要留我们吃晚饭，我们因为要赶火车执意要走，她只好将一只宰杀好了准备招待我们的野兔包起来送给樊记者。临别之际，汤大妈握着樊记者的手说："你比毛主席矮了一点点，下次来把鞋底垫高几公分就更像了。"我们走出很远了，汤大妈依旧在饭店门口目送着我们。当年5月8日，《工人日报》刊登了我撰写的通讯《毛家饭店》，还获得了"身在改革中"征文一等奖。

一晃六年过去了，1995年秋天，我再次踏上了韶山这块热土。韶山经过纪念毛泽东诞辰100周年大型庆典活动，开发了许多新的参观景点，这时候商品经济的大潮席卷了整个中国，韶山的面貌也随之发生了巨大变化。走进韶山冲，到处都是个体商贩开的商店、饭馆、摊档，一些集贸市场也在这里搭建起来了。韶山的市场经济红火了，游客吃饭、购物很方便，但是让人感觉有些杂乱，我相信这有一个发展的过程。

2010年7月，在中国共产党诞生89周年之际，单位组织开展红色旅游，我在时隔15年后又一次来到了韶山。韶山冲正在进行大规模的基本建设，除了毛泽东故居、滴水洞等一些老的参观景点外，改造后的韶山冲面貌我感觉有些陌生。在故居对面，我再也找不到当年的毛家饭店了，旧时的毛家饭店已改造成了警卫部队的营房。

在毛泽东纪念园旁边，我们找到了新建的毛家饭店，从楼面外部式样、门头，到内部厅堂、包厢均展示了多彩的毛家文

化，包厢都是以毛主席曾经生活战斗过的地方命名。在饭店的墙上，张贴有一张毛家饭店全国分布图，上面标得密密麻麻，有二三百家。这次我没有见到汤瑞仁老人，算算她也有 80 岁高龄了，应该退居二线了。汤大妈开店赚了不少钱，成了韶山劳动致富的带头人，听说她致富不忘报效国家，不忘回报社会，二十多年来，她热心公益事业和济困扶贫救灾，累计捐款达数百万元，还资助 1000 多名失学儿童重返校园，收养了 100 多名孤儿。一桩桩善举，让我们对这位老人更加悄然起敬。

毛家饭店的兴旺，引来了当地人纷纷效仿，在毛泽东故居、毛泽东纪念馆、毛泽东铜像、毛泽东纪念园、毛泽东诗词碑林等景点周边，"毛泽红饭店""毛泽祥饭店""毛泽柱饭店""毛泽慧饭店"等以"泽"字为招牌的餐馆比比皆是，我随便数了数就有 20 多家。除了餐馆外，出售毛泽东塑像的商店特别多，这些商店的里里外外摆满了毛泽东各种款式的塑像：站着的、坐着的、全身的、半身的、金属的、石膏的、镏金的、镀银的……令人目不暇接，据说这样的商店韶山有 300 多间，生意都还不错。许多到韶山的游客都要请一尊毛泽东塑像带回家，或缅怀他老人家，或祈求伟人的庇佑。走在大街上，几乎所有宾馆、商店的电视里都在播放当年毛泽东接见红卫兵时人们那热泪盈眶、万众沸腾的纪录片，几乎随处可听到《东方红》的歌声和带有韶山乡音的伟人声音："中国人民从此站起来了……"

（写于 2011 年）

北江飞来峡游记

汽车离开清远市区，沿着北江大堤向东驶去。两岸新建的高楼一幢接一幢向城外延伸，从路旁那些巨幅楼宇广告上看得出，精明的开发商无不打的是北江"美丽江景"这张牌。

汽车穿过新建的京广高铁北江大桥，停靠在古老的渔村码头。在这里我们换乘上一艘游船，真正开始了我们的北江之行。

珠江有三大支流，分别是东江、西江、北江。其中北江以其优美的自然风光和众多的人文景观受到游人的青睐。北江有两个源头，东源浈水出江西省信丰县，西源武水出湖南省临武县，两源在广东省韶关市汇合后始称北江，途经韶关，曲江、英德、清远，在佛山三水同西江相通，经珠江三角洲流入大海。

北江最美的一段在飞来峡。飞来峡位于清远市东约 11 公里处，长约 9 公里，两岸各有 36 峰，参差对峙，千姿百态，气势雄浑，霞蒸雾绕。这里"风光誉南国，古迹遍峡山"，是人们寻幽探古、休闲度假的好地方。

游船沿北江溯流而上，江面开阔，碧波荡漾，一阵江风吹来，让人感到舒适惬意。随着游船缓缓移动，我们的心情也松弛下来。进入飞来峡景区，放眼望去，两岸青山叠嶂，一江碧水潆洄。连绵不断的山峰倒影在江中，构成一幅"一水远赴海，两山高入云"的大自然美景。这里虽然没有长江三峡的雄浑险

峻，却胜在山青水碧，还有那深藏在岸边绿林中的古寺禅院，红墙碧瓦点缀着峡江风光。古代南来北往的名人骚客经过此峡，无不吟诗作赋，把峡山风光赞咏一番。宋代大文学家苏东坡当年游览飞来峡后留下"天开清远峡，地转凝碧湾"的绝佳诗句。

大约一顿饭的工夫，游船行至苏东坡诗中写到的那个叫作凝碧湾的地方，左岸一座宏大的寺院展现在我们的眼前，这便是被誉为峡江明珠的飞来寺，她与韶关的南华寺、肇庆的白云寺合称为"岭南三大古刹"。八年前我曾经来过飞来峡，因为时间仓促，加之古寺正在修葺之中，因而未得登岸游览，只是在江中匆匆瞥了一眼，游船便掉头驶上了归程。这次重游北江，我决定进寺游览一番，以弥补多年前留下的遗憾。

但凡来飞来寺的游人都会提出一个疑问：这座寺院为什么叫"飞来寺"？我"百度"了一下，叫"飞来寺"的寺院中国至少有四座，云南有两座，江苏和广东各一座，各地的"飞来寺"有各自的典故。在来北江的路上，导游给我们讲述了北江飞来寺的传说。

相传古时候，轩辕黄帝的两个庶子太禺和仲阳隐居在飞来峡。一个月明之夜，他们边饮酒、边欣赏眼前这峰峦叠嶂、江水凝碧、渔火点点的夜色时，总是感到有点美中不足，缺少点什么东西？猛然间醒悟：对，就是缺少一个道场。当即，他们驾起祥云，来到安徽舒州上元的延祚寺，对住持贞俊禅师说："峡居清远上游，千峰拱主，悉若佑命，所称福地是也。吾欲建一道场，立胜概，师居乎？"贞俊禅师不好拒绝，也不好作答，只是微点了下头。夜静，太禺与仲阳作法，一时行雷闪电，风雨大作，把整座延祚寺凌空拔起搬往广东。次日，贞俊禅师早起，发现寺院已在清远峡山，心中不悦，口中念念有词："寺能飞来，胡不飞去？"空中传来话语："动不如静！"从此，这寺院就落地生根，留在了飞来峡。

传说终归是传说，但飞来寺历经坎坷，长达千年却是事实。《清远县志》有记载，飞来寺始建于梁武帝普通元年（520），由广庆寺（飞来寺旧址）、飞来古寺、帝子祠、六祖殿、观音殿等组合而成。此后，经历代不断修复、完善、扩展，成为岭南三大古刹之一。

走进山门，我们依次游览了几大殿，然后沿着台阶费力地向山顶攀去。不到半个时辰，我们到达最高处的"飞来禅寺"牌坊前，据说这座牌坊是整个寺院唯一现存的古建筑了，大伙纷纷在此拍照留影。回首眺望，北江水在山脚下静静流淌，寺院的建筑由下至上建在两峰之间的一条山沟里。

虽说建寺选址讲究风水宝地，但在建筑物的布局上可是大有讲究。飞来寺被道家称为第十九福地，然而，倘若违背了自然规律，福地也会转化为祸地。据《重建飞来寺》石碑上记载，1997年5月8日，飞来寺遭受了一场横祸，一场千年不遇的特大山洪引发泥石流袭来，顷刻之间整座寺院大部分建筑被冲毁、掩埋，多尊菩萨塑像被冲入江中流走，造成11人失踪或死亡，现场一片狼藉，惨不忍睹。此番劫难正应了老子那句话："祸兮福所倚，福兮祸所伏。"

后来在社会各界人士的援助下，飞来寺得以重建，2004年5月，一座崭新的飞来寺又重新展现在人们面前。伫立在《重建飞来寺》石碑前，联想到飞来寺的前世今生，我暗自冥思，福与祸、乐与悲、苦与甜都是对立统一的矛盾，它们相互依存、互相转化，坏事可以引出好的结果，好事也可以引出坏的结果，这是符合辩证法思想的。自然界尚且如此，人世间又何尝不是

这样呢!

　　飞来峡景区古迹遍布，除飞来寺外，时间充裕还可去游览飞霞洞、藏霞洞、锦霞禅院等峡中古迹。如果在江中泛舟，还可览金锁潭、白花潭、钟潭等景点。我们因当日下午要赶回广州，便匆匆结束了飞来峡之行。

　　回到游船上，船家已经为游客准备好了特色午餐——北江河鲜晏。美其名曰河鲜晏，可能有些夸张，但产自北江的鲜鱼不少，我数了数有四大碟，"河水煮活鱼"，美哉! 当然了，还有一道菜少不了，那就是皮脆肉嫩的清远白切鸡。也许是大家辛苦了，也许是大家心情特爽，这顿饭吃得特别香，船到码头了，众人才匆匆放下手中的碗筷。

（写于 2012 年）

逛三亚农贸市场

　　三亚，是海南岛最南端的一座美丽的海滨城市，不久前，我得到一个出差海南的机会，慕名到了这里。

　　汽车沿着宽阔平坦的海滨公路奔驰。时值春末，在祖国内地的江南，秧苗才刚刚抽出绿茸茸的新芽，这儿的田野里却是一片金黄，稻浪翻滚，农民已开镰收割。透过车窗，公路两旁大片大片的椰树林、橡胶林、甘蔗林不断向后闪过。胡椒、咖啡、香蕉、芒果、橄榄以及许多叫不出名的植物长满了山丘原野。透过椰林，幢幢小巧玲珑的砖房瓦屋替代了昔日低矮阴暗的棚寮。海滨林带郁郁葱葱，枝叶婆娑；近海渔船白帆点点，浪拍海滩……

　　三亚旖旎的热带风光令人迷恋、陶醉，这没的说。出人意料的是，这里的农贸市场使我们这些内地人也眼界大开，游趣平添。

　　这天上午，我们浏览了三亚市最大的农贸市场。首先步入的是水果市场，这里有西瓜、芒果、橄榄等水果，最多的是椰子和香蕉。街道边放着一排载重自行车，车架上挂满了足球大的椰子和一串串绿中泛黄的香蕉。大的香蕉一只竟有半斤！椰子4角钱一个，香蕉3角钱一斤，不少外地人和我们一样，买了椰子、香蕉，边走边喝边吃，大饱口福。

　　继续往前，我们来到了海产品市场，这儿有晒干的海虾、

海蜇、海参和各种海鱼，还有海星、海马等海生药材。更吸引内地人的是那五光十色、形状迥异的海螺、海贝、海石花等大海的艺术杰作，精心选购一件，留着纪念，倒也不虚海南一行。

再往前，便是蔬菜市场，这里又别有一番情趣。卖菜的多是黎族姑娘，如今黎族姐妹脱下了布衣粗裋，装束时髦、讲究起来。她们上身穿大绿大黄的艳色镶边斜排便扣衣裳，头上包裹着一条花头帕，下身却穿着笔挺入时的喇叭裤，色调多为黑色，被太阳晒黑的一张张脸上挂着幸福的笑容，楚楚动人，很吸引游人注目。

最富有海南特色的要算那热闹的鱼市了。这儿卖鱼的、买鱼的人熙熙攘攘，十分拥挤。鱼市靠近渔港，渔民们把刚刚捕捞的各种鲜鱼、海虾从渔船上卸下来，担到这里出售。那身穿金甲袍的黄鱼，一身灰溜溜的鳗鱼，银色颀长的带鱼，浑身无鳞无甲的鲳鱼，头比身子大的鲅鯟鱼，龇牙咧嘴的鲨鱼，一筐筐、一箩箩、一条条，堆满鱼市两旁，足足有百十米长。还有那些长嘴巴的、小脑袋的、身上长满花斑的等一些叫不出名的鱼，不下二三十种。小的两寸长，大的几十斤、上百斤一条，海虾、海蜇、墨鱼等海鲜也很丰富，尽你选购。这里仿佛在举行海洋水产品博览会，花上个把小时围绕鱼市一游，你会感觉置身于海洋标本馆，各种海生动植物会使你丰富很多的知识，令你目不暇接，流连忘返。

两天后，我们启程环岛东行。当汽车再次驶入椰林中的公路时，我情不自禁地扭过身来，最后望了一眼渔港边那个兴旺的市场，心里默默地祝愿这座海滨城市更加繁荣美丽。

（写于1985年）

猎德：渐行渐远的岭南水乡

提起水乡，人们脱口说出的是江苏的周庄、浙江的乌镇。其实，在我们身边的广州城中也有一座古老美丽的水乡——猎德村。

就如有些老北京人没有去过故宫一样，我也和很多广州人一样没有去过猎德。直到报纸上传出猎德村要全拆的消息，才赶在国庆假期匆匆来此游了一圈。

猎德村是广州市天河区街属下的行政村，位于珠江新城南部，南临珠江。村东与誉城苑社区居民委员会为邻，南与临江大道紧靠，西与利雅湾接壤，北与兴民路及花城大道相连，村址面积470亩，另有发展经济用地约350亩。猎德涌从村中流过，将村庄分为东、西两村，沿岸绿树婆娑，景色秀美，鸟语花香。

在沿江大道旁的猎德涌与珠江的交汇处，我寻访到了猎德村的南村口。

正午时分，太阳当空。沿着河涌漫步来到古老的猎德桥，涌水从桥底静静流过。涌的两旁，居民在悠闲地娱乐，或纳凉聊天，或搓打麻将。绿树掩映间人来人往，梁氏宗祠、宾阳李公祠、芳芝李公祠悄然坐落在河涌的两岸。

猎德村名极雅。西汉著名思想家扬雄在其著作《法言义疏·学行》中有"耕道而得道，猎德而得德"的句子。猎德的

意思是追求完美的道德的意思，村人认为这就是村名的来源。

猎德地理位置得天独厚，水网交错，土地肥沃。祖辈以农业耕种为主，少部分人经商，极少数人海外谋生。猎德村民风淳朴，崇尚礼仪文化，其先辈从粤北珠玑巷南迁，最后落籍猎德村，从宋朝开村，至今已有 800 多年历史，经历代繁衍生息，如今发展至 4000 余人，姓氏有李、梁、林等共 81 个。

祠堂建筑是猎德村独具特色的文化。破旧的墙壁告诉我们这一切历经了时光的洗礼。猎德村的文化底蕴浓厚，青石板、古庙宇、百年祠堂等都诉说着那逝去的日子。望着眼前的一切，我与游客们一样不免有些担心，这些古老建筑将在改造中被拆除，传统文化也会随之消失吗？

带着不舍的留念，手里拿着相机、摄影机到即将拆迁的猎德村游览的市民络绎不绝，在古榕婆娑的猎德涌两岸，在有百年历史的龙母庙、古祠堂里，结伴前来的游人们纷纷留影拍照。一位游客感叹道："猎德村的水乡风貌是珠江三角洲河涌文化的代表，猎德不应该全拆。拆完了，广州就没有河涌文化了。"

猎德村世代以农业为生，盛产杨桃、甜橙等水果，是有名的水果产地和集散地。随着广州城区东扩，珠江新城建设后，村全部农田被国家征用，猎德周边已城市化，成为"城中村"。政府已将猎德纳入城市建设规划范围，村民成为城市居民，猎德村将成为历史。

待到猎德村改造完成后，昔日猎德古老美丽的水乡风情还会再现吗？

但愿猎德不会成为历史，成为记忆……

（写于 2007 年）

百年沧桑话农林

　　来广州生活快30年了，头两年住在三元里附近的走马岗，后来搬到东山共和村，此后又搬过几次家，我却再没有离开过东山。过去广州有句民谚，"东山少爷，西关小姐"。其实东山没有山，只有几座地势稍高点的岗地，诸如龟岗、烟墩岗、蟾蜍岗、竹丝岗、马棚岗、猫儿岗、松岗等。东山之名，起源于明代的东山寺，地点在今天的越秀图书馆（东山百货大楼对面）这一地块上，清初，因寺名而渐次将寺四邻成片的岗台地区泛称东山。

　　20年前，我家搬到东山迤北的猫儿岗，楼下这一片是现在的农林小区，它由3条南北走向的经路与9条东西走向的纬路组成。3条经路分别叫农林下路、农林上路、农林东路，农林上路是小区的中轴线，9条纬路由农林上路衍生而成，分别叫农林上路一横路至农林上路九横路。

　　农林小区是广州的一个普通街区，从外表上看，看不出它有什么特别之处。然而如果你放慢脚步，静下心来慢慢品读，你会发现它老迈的骨子里长满了故事——在中国近代史上，这里上演了一幕幕波澜壮阔的大剧。

农林路的由来

　　如今，农林下路高楼大厦鳞次栉比，车水马龙，已成为

广州一条繁华的商业街。农林上路两侧，罕见高层楼宇，但见六七层的住宅楼和两三层的老旧别墅，塞满在纵横交织的农林路方块之中。

每天傍晚，附近的街坊都喜欢到这里来遛弯，我也常常在夜色中来这里散步，放松疲惫的身心。漫步在农林路上，既不见农田，也不见树林，为何这里叫农林路呢？它又是如何跟"农""林"二字挂上了钩？每当我走在这条路上，脑子里经常会冒出这个问题。

时光追溯到 100 多年前，农林路一带属于广州东郊的荒丘野冢和农田菜地。1908 年 9 月，清廷设立广东劝业道，掌管全省农工商业及交通事务，负责这事的是广州知府陈望曾。他上任后创办了官立蚕业学堂，并筹集资金在此建立农事试验场。此时，留学美国康奈尔大学获农学博士的唐有恒以及留学英国、专攻化学的刘寅学成归来，陈望曾聘请二人分别筹办农事试验场和附设农业讲习所之事。唐有恒任试验场筹办处主任兼农艺师，当即派人勘定广州东门外鸥村前面（今区庄）犀牛片右侧为场址，并购地 98 亩，印尼华侨张振勋捐地 80 亩，合计 178 亩。同年 10 月，唐有恒主持的农业讲习所成立，成为华南农业大学百年名校最早的奠基石，这是广东创办的第一所近代高等农业学校，为广东现代农业科技培养了最早的一批拓荒者。

1909 年 10 月，清廷批准设立"广东省农事试验场及其附设农业讲习所"。为增加试验项目决定扩大试验范围，在试验场南边相连的马玉水、猫儿岗、竹丝岗购地 150 亩，场地扩大至 320 多亩。随后，根据全场土质地势，统一规划农区、林区。他们积极引进外国的农业技术，在场内设农业、圃学、畜牧、蚕桑、化学、气象六科；又建蔬菜、花卉、果树、蚕桑、造林和畜牧等试验区；进行选种、土壤、施肥、防治病虫害等方面的试验和鉴定；对各县的种植、物业、农业经济和教育状况进行普查。林业试验区下分四区一圃，分别营造单纯林、混合林、同龄林、异龄林，以为全省推广人工造林之模范。原广东全省农事试验场，自此改名为广东全省农林试验场，"农林"之名由此而来。

当时的农林路一带，到处都是蔬菜、花卉、果林、蚕桑和畜牧等试验区。在这里，马铃薯从国外被引入广东，广州现在到处可见的细叶桉，也是在农林试验场首先培育出来的。试验场还建立了气象观测所，揭开了广州现代气象观测史的第一页。

民国时的"模范住宅区"

广州建城始于公元前214年，如同其他历史文化名城一样，其发展也是以传统核心城区为原点，渐次向外延伸。

广州城市的原点位于今天的人民公园广场，其后历经沧桑不断拓展，到清朝初期，形成北倚越秀山镇海楼，南临五仙门靖海门，东抵大东门、西达西门口的城垣格局。1918年广州市政公所成立后，实施拆城墙筑马路，自此拉开了广州大规模的市政建设。

民国时期先是由一些广东籍华侨归国置业，在大东门外一带建起了极具模范效应的新式房屋，商贾一时纷纷效仿，尔后军政官僚也跟着到此营建官邸。逐渐，仿效之风扩展到百子路、菜园西、竹丝岗、新河浦、农林上路和梅花村一带。最终，形成了20世纪20年代至60年代的广州文物标志——"东山别墅区"。

东山的花园别墅多是"独院式"单栋住宅建筑，具有"榕树婆娑，小筑清幽"的独特风貌。此类"独院式"住宅，多为二三层，平面布局灵活多样，建筑造型深受西方风格影响，有

古典柱式，也有少量采用中国传统形式，室内装修较好，地面多铺优质水泥花阶砖，门廊用水磨石喷涂等高档材料。

东山一带在这之后，开始了较大规模的开发，其中重点就是"模范住宅区"的建立。1927年6月，时任广州市政委员会委员长的林云陔倡建"模范住宅区"。1928年"广州市模范住宅区委员会"成立，市政府公布了相关章程，集中在东山一带建设供达官贵人和华侨富商居住的"模范住宅区"。

1929年，广州市第一任工务局长程天固在模范住宅区基础上提出建设松岗住宅区，范围在"东山安老院（即今梅花村省委机关幼儿园及省委工程队）之南、广九铁路（即今中山一路）之北、东至自来水塔、西至仲恺公园（即今公交车东山总站）"。按照这个区划范围，松岗住宅区囊括了农林上路所在的猫儿岗，成为广州市政府推出的首个"模范住宅区"。1932年，松岗住宅区大体建成，广东军政委员包括陈济棠、孙科、林直勉、徐景堂、李扬敬、刘纪文等在松岗住宅区建筑官邸私宅。1932年5月，松岗住宅区更名为梅花村。

农林上路一带原来是农业试验场，风景秀丽，自然吸引众多华侨和军政要员在这里跑马圈地，盖起了自己的宅邸。农林上路二横路1号原是宋庆龄的弟弟和宋美龄的哥哥、时任中华民国财政部部长、中央银行行长宋子文的住所，人称"宋公馆"；三横路1号是李宗仁任总统时期迁都南下广州时的中国银行行长的宅院，再早些，是侵华日军在广州的宪兵机关；位于七横路7号的小洋楼，是中国近代第一代著名建筑师黄玉瑜自建的花园别墅；八横路16号的那座日式两层洋楼，是侵华日军驻粤指挥官的别墅；农林上路14号那栋带花园的"模范住宅"，传闻是国民党一个军长的宅院；农林上路路口，今地铁东山口站 D 出口对面那栋别墅（现在改建成美容院），早年是广九铁路 8 号楼（其余 1 号至 7 号楼在马路对面的小东园），日军占领广州后，这栋楼驻扎日伪铁路保安队……这里的每一栋洋楼，就如一间间小博物馆，都有着自己的故事。

解放初期南下干部的栖息地

1949 年 10 月 14 日，具有光荣革命历史的名城广州迎来了解放。10 月 21 日，叶剑英率华南分局机关迁驻广州市，开始了城市接管和建设工作。

20 世纪 50 年代初，主政华南分局的叶剑英请求中央将分配在北方地区的广东北撤干部调回广东充实各部门，于是大批干部南下来到广州。当时华南分局机关设在梅花村，华南分局党校设在农林下路，国民党军政要员和资本家、华侨解放前夕离开大陆时留在这一带的房产，就成了南下干部及其家属的临时住所。

位于农林上路二横路 1 号的那栋淡黄色别墅，坐北向南，拥有一个别致的小花园。别墅高三层，二层、三层建有半圆形的阳台，护栏花纹精美，左边一条台阶从室外花园直通二楼。20 世纪二三十年代，宋子文曾在此居住。如今院子门外悬挂着"宋子文旧居"和"广东省宋庆龄基金会"的牌子。1949 年 10 月，叶剑英南下广州后就居住在这栋楼里。

20 世纪五六十年代，农林上路成了省厅级高干和南下干部的聚集地。曾在农林上路居住过的还有时任华南分局常委兼广东省副省长林锵云；广东省副省长安平生、郭棣活；新华社香港分社社长梁威林以及华南分局、广东省委、省政府、华南分局党校等一大批南下干部。

20 世纪 60 年代，农林上路还是一条土路，却是令人羡慕

的一处"世外桃源"。南下干部徐云（原名钮昭）的儿子、资深媒体人钮海津先生在《家住农林上路》一文中给我们描绘了当时的情景："20世纪五六十年代，我家居住在农林上路那些年，农林上路给我的感受是宁和温馨，炊烟袅袅；绿树成荫，鸟语蝉鸣；街道洁净，行人恭谦；小楼优雅，院静篱馨。从一横路到九横路没有一座院楼的外观是COPY的。由是，但凡进入农林上路的外人，都会自然而然地放轻脚步做深呼吸，享受着白兰花的清香和满街凤凰花的火红，偶尔还能听到猫咪们在院墙内传出来的荡漾春声。"

广州市历史风貌区

自20世纪初清政府在此建立农林试验场，到如今沧海桑田已过百年。农林上路的名称依然叫农林上路，然而，此农林上路已非彼农林上路了。

据钮海津先生回忆，20世纪60年代初，中南局从武汉南迁广州，各部分办公地址和来自中南五省的干部职工家眷的居处均设在梅花村和农林上路以及三育路，这片区一时增添了上千人。之后的六七十年代，恬静的农林上路越来越热闹，到了80年代热闹更甚。1980年后，历次政治运动中受害的广东几百名厅级和省级干部得以平反，落实政策的最主要的实体体例就是解决住房。然而此时农林上路已无"空屋"，栖身问题压力庞大，于是省府机关在农林上路（省委机关在梅花村）见缝插针、拆低建高，加盖了良多楼房，解决了大量住家的燃眉之急，但也把农林上路都塞满了。农林上路五横路盖起了一座省长楼，三横路1号前院盖起了一座"厅长楼"，留下的另一半两层别墅之后也被拆除盖了新楼。农林上路八横路16号那座日式两层洋楼也被拆除改建高楼了。现在，整个农林上路民国期间建起的花圃洋楼所剩无几。据广州市第一批历史建筑普查结果，如今农林街道仅存16处老房子被挂牌为"广州历史建筑"。

昔日"模范住宅区"的一栋栋花园别墅，是前人留下的宝贵遗产，具有很高的历史文化价值，是这座城市记忆的实物保存。令人遗憾的是，20世纪60年代以来，农林上路一带不少民国时期的"独栋洋楼"已被陆续拆除。如今走在农林上路，如果留意观察，你会发现农林上路9条横路中竟然没有六横路，这条路不知何时已经整体消失。一些原本横贯东西的农林上路各条横路，如今很多都成了断头路。

1994年11月，广州市文化局对东山一带的"独栋洋楼"进行了普查，一些老旧别墅挂上了"近代别墅群"的标牌，确定为广州市文物保护单位（内部控制待公布）。2000年8月15日，农林上路被广州市列为内部控制历史文化保护区。就在这之后，我还亲眼目睹了农林上路几栋老旧别墅遭到了拆除，那大型机械发出的"吭吭吭"的破拆声，震撼人心，令人痛心疾首。还有一些老旧别墅被重新装修，红砖外墙被贴上了亮丽的现代建筑材料，失去了昔日的建筑风貌。

2014年11月，农林上路升格为广东省人民政府确定的"广州市历史风貌区"，省政府在农林上路旁竖牌公示。尽管这个省级历史风貌保护区来得有些晚，但不失为农林上路的一个福音。但愿此举能唤醒人们对历史文化遗产的保护意识，让历经沧桑的农林上路从此受到有效的保护，给子孙后代留下一份不可多得的历史文化遗产。

（写于2018年）

走进俄罗斯

俄罗斯在历史上发迹较晚，她是以莫斯科大公国为基础发展起来的，到 15 世纪末得以形成统一的独立的俄罗斯中央集权国家。站在历史之巅，她 500 多年的成长只是一位翩翩少年。然而，这 500 多年的历史又以其纷繁的事件而颇显丰富而庞杂。进入 20 世纪，规模巨大的革命和社会动荡席卷了俄罗斯整个国家，就像是暴风雨摇曳着一条船。20 世纪的俄罗斯经历了所有的一切：既有崇高的荣耀也有惨痛的损失，还有戏剧性的历史转折。

"要想了解俄罗斯，请到莫斯科来。"这是俄罗斯一位历史学家的建议。今年 6 月，我随铁道部宣传干部考察团横跨亚欧大陆，从太平洋之滨的符拉迪沃斯托克（海参崴）到俄罗斯平原的莫斯科，再到波罗的海芬兰湾东岸的圣彼得堡，历时 10 天，行程 2 万多公里，算是对俄罗斯这本大书匆匆地浏览了一遍。

初识俄罗斯

上午 9 点 45 分从我国东北绥芬河乘火车出境，一路上火车都是在林海中穿行。突然，有位团友兴奋地喊道："看我们进入俄罗斯了。"隔窗望去，山岭上一条宽阔的森林防火带将中俄两国边界隔离开来。到达俄罗斯边境小镇格城已近中午 12 点，短短 28 公里路程火车跑了两个多小时。格城车站楼顶上的时钟已指向下午 2 点 57 分，俄罗斯远东地区与北京时间有两小时时差（夏季 3 个小时）。

在格城我们换乘了一辆旅游大巴，前往俄罗斯远东第一大城市符拉迪沃斯托克（海参崴）。从格城到符拉迪沃斯托克有 270 多公里，汽车沿滨海地区平原上的公路朝东行驶，一路上人烟稀少，很少看到村庄，公路两旁大片肥沃的土地上长满了荒草。望着窗外的景色，我们才领悟到俄罗斯的地多人少。尽管 1991 年原苏联解体，乌克兰、哈萨克斯坦、立陶宛、白俄罗斯等 15 个加盟共和国相继宣布独立，俄罗斯仍然是世界上面积最大的国家，在 1707.54 万平方公里的土地上，生活着 1.488 亿人，其中约四分之三的人口集中在俄罗斯的欧洲部分，土地广袤的西伯利亚和中亚沙漠地区人口稀少，每平方公里还不到 1 人。

车过乌苏里斯克（双城子），进入了丘陵地区，公路两旁全是茂密的森林，汽车仿佛走不完这硕大的"绿色通道"。看来俄罗斯的森林资源的确十分丰富，据说森林覆盖率约占全国总面积的 45%。

临近符拉迪沃斯托克，路上的车辆逐渐增多，大多是各式各样的小轿车。在郊外的山坡上，密密地矗立着一座座人字形屋顶的木板房，看上去十分简陋，这是俄罗斯人的别墅村。每座别墅四周都用木栅栏隔离开来，栅栏内有几块菜地。前苏联时期，市政府在郊外的山坡上、林边、水旁为每个干部职工提供一块地，供建别墅用。这种别墅大小十几平方米，一般内部陈设简单，方便搬动。外部涂着鲜艳夺目的色彩，饰有各种图

案。俄罗斯城里人几乎家家户户都有别墅。夏天，每逢周末，俄罗斯人开着小轿车或乘坐郊区电气列车来别墅度假。轻松、休闲的别墅生活解除了快节奏城市生活带来的紧张和不适。他们在别墅的园地里种菜，即可放松身心，又可弥补城市供应的不足。夏天一过，这里便一片安静。别墅村是俄罗斯在地多人少的地理环境下造就的一种特殊的建筑。

越近市区，汽车越多，几乎见不到一辆摩托车。俄罗斯小轿车较为普及，大街上跑的多是"伏尔加""莫斯科人""拉达"和"日古利"牌等国产小轿车，偶尔也见到"奔驰""宝马""沃尔沃""林肯"等外国名牌车。俄罗斯汽车价格便宜，"俄罗斯人"小轿车据说才一千多美元一辆，买台普通轿车就像中国人在国内买件高档家用电器，难怪俄罗斯每户家庭都有一至两台小轿车。在俄罗斯，买车用不着担心"养不起"，这里没有公路收费站，汽车可靠街边摆放。我们乘坐的汽车从格城到符拉迪沃斯托克，近300公里路程没有见到一个收费站，在后来的10天行程中，所到城市也没有看见收过一次过路费、过桥费、停车费。

海参崴断想

当地时间19点40分（北京时间16点40分）我们抵达符拉迪沃斯托克，下榻于阿穆尔湾宾馆。

符拉迪沃斯托克俄文的意思是"控制东方"。早在一百多年前，这里还是中国的领土。1858年，沙俄强迫清政府签订不平等的《瑷珲条约》，将外兴安岭以南、黑龙江以北60多万平方公里的中国领土割给俄国，乌苏里江以东的大片中国领土划为中俄"共管"。仅仅只隔了两年，沙俄政府再次强迫清政府签订不平等的《北京条约》，将中俄"共管"的乌苏里江以东直到海边的40万平方公里的中国领土划入了俄国的版图。1864年，沙俄又强迫清政府签订《中俄勘分西北界约记》，强占了中国西部44万平方公里的领土。在第二次鸦片战争时期，以不同面目出现的侵略中国的强盗帮中，沙皇俄国实际上成了获取赃物最多的一个强盗。即使不去说俄国在《天津条约》《北京条约》和《中俄勘分西北界约记》中得到的其他好处，只是《瑷珲条约》就使它像恩格斯在当时所指出的"从中国夺取了一块大小等于法德两国面积的领土和一条同多瑙河一样长的河流"。

漫步在符拉迪沃斯托克的街头、车站、海湾、军港，我心中有一种难以名状的感受。脚下这片肥沃的土地，茂密的森林，天然的良港，原本就是中国的领土，如今却划入了他国的版图，成了我们出国考察的对象。中华五千年悠久历史，自秦始皇统一中国至今也有2200多年。到18世纪末，中国的经济总量居世界第一位，人口占世界的三分之一，对外贸易长期出超。清帝国不顾时势，安于现状，人为地隔绝于世并因此竭力以天朝尽善尽美的幻想自欺。最后，在短短的一百多年时间里，就大大落后于西方国家，直至在西方列强的坚船利炮面前不堪一击。这个变化，马克思称之为"奇异的悲歌"。历史教训令人刻骨铭心，闭关锁国，不思进取只能堕入落后挨打境地。

七座小山之城

符拉迪沃斯托克火车站坐落在景色秀丽的海边，与客运海港相连，是西伯利亚大铁路的终点站。站台上有一座里程碑，上面镌刻着一组阿拉伯数字"9288"，标志从莫斯科到此铁路长9288公里，坐火车要六天六夜才能到达。

我们是乘飞机飞赴莫斯科的。当地时间 13 点 30 分，飞机从符拉迪沃斯托克机场起飞，穿越西伯利亚和欧亚分界的乌拉尔山脉，飞行近 9 个小时后降落在莫斯科一号国际机场，此时莫斯科时间是下午 1 点，两地时差竟然有 8 个小时，俄罗斯疆域真是辽阔广大。

接待我们的是一位叫于杰的中国姑娘，她来莫斯科已有八年，算得上是一个"俄国通"。据她介绍，环绕莫斯科城 30 公里至 40 公里的半径内建有 6 个民用机场，众多的航线与世界 100 多个国家连接在一起。市区内还建有 9 个火车站，每天约有 200 万乘客进出。与国内不同的是，在莫斯科你绝对找不到莫斯科火车站，所有火车站都是以列车到达站来冠名的，如圣彼得堡火车站、喀山火车站、白俄罗斯火车站等。莫斯科的火车站虽然很多，但是乘客乘车非常方便，绝对不用担心上错车。

我们下榻于俄罗斯饭店，这家饭店有 4000 间客房，据说是欧洲最大的饭店。它坐落在美丽的莫斯科河畔，距克里姆林宫仅百米之遥。饭店的设备十分陈旧、简陋，却十分干净卫生。在俄罗斯，宾馆是不为客人提供洗漱用具和拖鞋的，也不送开水，想喝水得自己找楼层服务员要。幸亏出国前组织者已向我们交代，否则我们真还把自己当作"上帝"。

莫斯科是俄罗斯联邦的首都，也是世界著名的国际大都市，它位于东欧平原中部，宽阔清澈的莫斯科河绕城蜿蜒 80 公里，从城南缓缓而过。莫斯科的地形为低丘陵，城市建在七座小山之上，称之为"七座小山之城"。市区面积 994 平方公里，人口 1100 万，其中本地居民约 900 万。

据文献记载，莫斯科创建于 1147 年，至今已有 855 年的历史。作为历史名城的莫斯科，有许多名胜古迹，其中最重要的当推克里姆林宫和红场。克里姆林宫和红场位于莫斯科的市中心。克里姆林宫是俄国历代君王的宫殿，也是现在俄罗斯联邦总统的办公地点，它是俄国历史和文化的伟大丰碑。

入夜，莫斯科仍然像白昼一样，搅得人夜不能寐。此时红场上传来报时的钟声，看看表已是午夜22点。几个团友睡不着，索性结伴来到克里姆林宫外的红场。克里姆林宫1156年始建于莫斯科河畔的波罗维茨低丘上，最初只是一个不大的木结构城堡，经过几个世纪的不断改扩建，发展成为欧洲最大的城堡之一。

克里姆林宫的东墙外面是著名的红场。红场的意思是"美丽的广场"。漫步红场，并没有我们想象的那样雄伟宽广，它南北长约700米，东西宽约130米，大体呈长方形，地面全铺着一块块黑色鹅卵石。在红场西侧正中，是著名的列宁墓。陵墓后面，紧靠克里姆林宫墙，安葬着加里林、捷尔任斯基、斯维尔德洛夫、伏龙芝等革命家的灵柩，墓碑上有他们的半身像。斯大林的半身石像在列宁墓的右后侧。红场附近的无名烈士墓和升天大教堂均为著名建筑，克里姆林宫的建筑群构成莫斯科的心脏。

俄罗斯人说，克里姆林宫的历史就是莫斯科的历史，城市发展和建设起源于克里姆林宫。莫斯科的城市布局是以克里姆林宫和红场为中心，一环套一环地向四周辐射伸展的。最外一环叫大环，也叫环城高速路，建于20世纪50年代末60年代初。大环全长109公里，距市中心红场"零公里"处半径20公里至25公里，大环以内是市区，大环以外是郊区。第二道环线叫花园环路，全长29公里，环内是市中心区。从花园环路往里5公里是第三道环线，叫林荫环路，建于16世纪，第四道环

线长约 2 公里，环内是莫斯科的心脏克里姆林宫。除了环线外，莫斯科还有 14 条主干线由市中心向外延伸。

在我们乘坐的市内交通工具中，最值得一提的便是莫斯科的地铁。莫斯科自 1935 年 5 月 15 日建成第一条地铁以来，一直没有停止过地铁建设，目前已建成 11 条地铁线，总长 262 公里，日客运量 800 万人次，成为世界上规模最大的地下交通网。今年 5 月 9 日，莫斯科建成第 164 个地铁站。每个地铁站各有独特的建筑风格，艺术家们用五彩玻璃创作出各种浮雕、壁画，各式各样的吊灯、壁灯把车站点缀得富丽堂皇，犹如地下宫殿。

莫斯科的大型建筑很多，但高层建筑很少。在莫斯科，26 层以上的楼房才算高层建筑，这样的建筑共有 7 座，包括著名的莫斯科大学主楼。莫斯科的建筑风格各不相同，游览莫斯科，你会感觉置身于童话世界。莫斯科河这条蓝色飘带，同它的湾流，它如画的两岸，宽阔的河岸大道以及精雕细刻的桥栏一起，成为莫斯科一道美丽的风景。

莫斯科的教育、文化、科技十分发达，全市有 700 多个科研院所，79 所高等院校，500 多座图书馆，各种剧院近 200 座，还有 1600 多个体育场馆。这些形状迥异的建筑物，不仅折射出莫斯科厚实的文化底蕴，而且把莫斯科装扮得婀娜多姿，分外妖娆。

"北方威尼斯"

幽幽的涅瓦河边坐落着一座古老的名城——圣彼得堡。它位于涅瓦河通往芬兰湾的入海处，坐落在无数的岛屿上，故这座古城被誉为"北方的威尼斯"。

圣彼得堡是俄罗斯第二大城市，也是我们此次考察的最后一站。凌晨 1 点 45 分，我们从莫斯科乘坐火车，经过 8 小时的旅行到达圣彼得堡。

在圣彼得堡接待我们的是一位俄罗斯姑娘，她的中国名字叫佳琳娜，是圣彼得堡一所大学的中文教师，当导游兼翻译是她的第二职业。佳琳娜曾在中国留学，其间拍摄过电影《俄罗斯姑娘在哈尔滨》，她的汉语讲得非常棒，对中国客人非常热情。

圣彼得堡的天气变化真大，刚下火车时还下着大雨，一会儿已是艳阳高照。佳琳娜说我们的运气真好，圣彼得堡的阳光非常珍贵，一年大约只有 35 个晴天。每逢晴天，圣彼得堡的男女老少就会来到涅瓦河边，光着膀子躺在沙滩上晒太阳。对此有一种说法，晒太阳能把皮肤晒黑，皮肤黑说明这个人家里有钱，能经常出去旅游。

三百年前圣彼得堡还是涅瓦河边的一块沼泽地，属于瑞典的领土。当时俄国缺少出海口，对沙皇向外侵略扩张极为不利。为此，彼得一世发动了"北方战争"，从瑞典人手中夺下了涅瓦河口。1703 年 5 月 16 日，他在被芬兰人叫兔子岛的地方修建了圣彼得堡要塞，后来城市的名字就按要塞的名字叫圣彼得堡，5 月 16 日就成了圣彼得堡的建城之日。1713 年，彼得一世决定把首都从莫斯科迁到圣彼得堡。在以后的二百余年内，它一直是俄罗斯帝国的首都。1914 年它被改称彼得格勒。1924 年列宁逝世后，为纪念列宁，它改名为列宁格勒。1991 年苏联解体后，它又恢复了原名圣彼得堡。

彼得一世非常喜欢圣彼得堡这个地方，他从全国各地招募了大批建筑工人，并聘请了一批外国的优秀建筑师和美术家，在涅瓦河两岸建起了许多巨大的石结构建筑。在以后的二百多

年间，圣彼得堡发展很快，不仅成为世界最大的城市之一，还是很短时间内从自然森林和沼泽的地方成长出来的特别豪华的城市。

佳琳娜告诉我们，圣彼得堡的名胜古迹有 8000 多个，如果全部游览一遍要一年多的时间。其中最有名的是坐落在市中心涅瓦河边的冬宫，其规模之大，建筑之豪华令人惊叹。冬宫过去是沙皇的官邸，十月革命后，冬宫成为全世界最大的博物馆之一。进入冬宫参观时，佳琳娜就告诉我们，游览冬宫要走 7 公里路，宫内有 1050 个房间，存有 300 多万件展品，其中很多是稀世珍品。佳琳娜调侃我们说，如果你们一分钟看一件，要 15 年才能看完。

圣彼得堡的市区很美，它的郊区更美。我们乘车来到了芬兰湾边的皇家夏日行宫彼得宫。彼得宫也叫夏宫，分为上花园和下花园，分别按法国和英国风格建设。喷泉是夏宫的灵魂，园内安装有 148 个多种多样的喷泉，最受游客欢迎的是玩喷泉。藏在绿丛中的机器突然射出水，喷泉就往客人身上喷上去，不管是大人还是小孩都觉得很好玩。在夏宫花园中，最主要的是下花园，这里有著名的喷泉大瀑布，它呈现巨大的阶梯形状，连接运河直达海边，令人惊叹。

圣彼得堡被人们称作露天博物馆，无论是在市区还是郊区，放眼望去，目力所及的古建筑，道路两旁及桥头上各式各样的街灯、广场和街心花园里的雕像都是艺术精品。逛大街就像参观博物馆一样，给人一种美的享受。

圣彼得堡不仅有引人入胜的名胜古迹，它的自然风光也十分美丽。涅瓦河横贯全市，60 多条支流和运河纵横交错，500 多座千姿百态的桥梁横跨河面。入夜，站在我们下榻的莫斯科宾馆窗前眺望涅瓦河两岸风光，城市的街灯五彩缤纷，风景很美丽，但是印象最深刻的就是被灯光照亮的大桥。大桥白天不动，夜间打开，让大船通行。涅瓦河打开的大桥成为圣彼得堡一道很独特的风景。

圣彼得堡的"白夜"，给这座迷人的城市增添了奇异的色彩。这里，漫长的冬季和短暂的夏季相接。白夜每年从6月11日起延续到7月2日，此时圣彼得堡是旅游的最佳时期，我们有幸目睹了这种奇特的自然现象。白天显得特别长，夜晚在不知不觉中降临，夕阳好像不情愿似的迟迟不没入地平线。虽日暮黄昏，却阳光灿烂，天空明亮近似白天，不待落日的余晖消逝，黎明的曙光紧随而至。

圣彼得堡是俄国革命的摇篮，也是一座英雄城市。停泊在大涅夫卡彼得滨河上的阿芙乐尔号巡洋舰，如今成为俄罗斯海军博物馆的分馆。85年前的11月7日，就是从这艘舰上发出的"一声炮响"，列宁领导的十月革命推翻了资产阶级临时政府，建立了世界上第一个社会主义国家。第二次世界大战期间，这里发生了著名的列宁格勒保卫战，全市人民团结一致抗敌，粉碎了德国法西斯900天的封锁，为苏联卫国战争的全线胜利立下了不可磨灭的功绩。

明年是圣彼得堡建城300周年，对于圣彼得堡人来说是一件盛事，城市里很多建筑物都搭起了脚手架开始整修装饰，准备迎接大庆。佳琳娜在送我们登上火车时，热情邀请我们明年再来圣彼得堡，与他们一道参加圣彼得堡300周年城庆。

（写于2002年）

湘西览胜

啊，沱江

　　凤凰，是湘西的一座边城，被誉为中国最美的小城之一。我曾有机会去过几次，小城的确很美，四面青山环抱，一江碧水绕城而去。城内老街那印迹深深的石板路和那栋栋青砖黛瓦的明清古建筑，散发着古朴沉香，蕴藏着一个个古老的故事。

　　游凤凰，给人印象最深的还是城墙脚下那条清澈见底的沱江，她像一个多情的苗家少女，总是打扮得分外清纯动人，把自己最美的面容展示给世人。

　　虽说来过几次凤凰，但每次都是来去匆匆，留下几许遗憾。今年中秋节前全家商议外出度假，我提议去凤凰，大家一致赞成，并且决定不参团，休闲游，自由行，只有一个选项，那就是一定要住在沱江边的吊脚楼上，与沱江来个亲密接触，把沱江的美景看个够！

　　我们下榻的客栈坐落在古城北门外的沱江边上，这里依山面水，是沱江观景的最佳地段之一。客栈是一栋三层砖木结构的建筑，客房内与一般的宾馆别无二致，外观上却形似苗家吊脚楼，最具特色的是房间临江一面有一个延伸出去的木制阳台，上面摆放有两张当地带靠背的木椅子，坐在阳台上，沱江美景便可一览无遗。客栈大门左右两边各有一个纳凉和观景的平台，出门就是沿江的红岩石板路，石板路临江的一面是用青石板铺

就的台阶，一级一级直达沱江水中。

我曾查阅过中国有三条沱江，最长的是四川沱江，全长712公里；其次是湘西沱江，干流131公里，其中在凤凰县境内长96.9公里；最短的是洞庭湖沱江，位于湖南省岳阳境内，水路蜿蜒60.5公里。三条沱江中，风景最美、知名度最高的当属湘西沱江。这条江从西至东流经凤凰县境中部地区9个乡镇，至芦溪县河溪会武水，在武溪镇汇入沅江。

沱江堪称凤凰的母亲河，世世代代哺育着凤凰儿女。就在这座边陲小城，沾着沱江的灵气，喝着沱江的水，先后走出了民国第一任总理熊希龄、大文豪沈从文、大画师黄永玉等六七位名人，这真是沱江创造的奇迹。

凤凰美，美在沱江。

清晨，站在客栈的阳台上看沱江，仿佛欣赏一幅绝佳的水墨画。一江碧水贴着古城缓缓流淌，两岸参差不齐的吊脚楼倒映在水中，一只渔船摇曳在水面上，划出一道道涟漪。江边垂柳树下，女人们在青石板上用木槌敲打着衣物，不时传来"哪哪"的响声。还有那岸边垂钓的老翁、写生的学生，都成了画中的元素。

行走在沱江边上，就像行走在画中。凤凰古城有四个城门，只有北门紧邻沱江，走出巍峨矗立的北门，便是有名的沱江跳岩。沱江跳岩始建于清康熙四十三年（1704），由一高一低两排方正的石磴组成，一字形摆放江中，成为古代进出凤凰的通道。清末跳岩被洪水冲毁，后在原址上游20米处再造一石磴木桥，15个红砂石磴耸立江中，上用木板铺盖，再以铁链固牢。十多年前，县政府在原址修复了老跳岩，如今人在石上跳，影在水中摇，行人摇摇晃晃擦身而过，倒也成了一种乐趣，跳岩也成了沱江的一道风景。

在北门码头，可以乘船泛舟沱江，欣赏两岸风光。这里的河道很浅，水流缓和，碧波中水草随波摇曳。两岸的吊脚楼层层叠叠，一根根木桩立在水中或岩石上，支撑着上面的楼宇。这里的吊脚楼大多有百年历史，显得有些陈旧，不少经过装修或重建后挂上了客栈、饭店、茶楼、酒吧的招牌，檐下挂上了挑眼的大红灯笼。

船到东门附近，迎面是横跨沱江的虹桥。虹桥上有两层木制建筑，覆有黛瓦，称得上是一座风雨桥，能够为来往行人遮风避雨，打坐休歇。虹桥为三孔石拱桥，三个半圆的桥洞，与水中倒影合成三个圆。过虹桥，人已出城，进入沙湾景区，两岸耸立的万寿宫、夺翠楼、万名塔，还有那古朴的吊脚楼，与水中倒影相映，呈现给游人的是又一幅恬静淡雅的水墨画。

傍晚，沱江变得热闹非凡，江边石板路上游人摩肩接踵，路边摆满了摊档，苗家妇女一边做着手工，一边兜售着绣品、银饰。天渐渐黑了，放河灯成了沱江边的又一道风景，游客们花上几块钱，买上几盏当地人用彩色蜡纸做的河灯，点燃灯芯的蜡烛，许上美好的心愿，然后小心翼翼地放入沱江，目视着河灯摇曳着飘向远方，放灯人心情格外惬意。暮色中，沱江两岸的酒吧迎来了一天的黄金时段，歌声、笑声、鼓乐声交织在一起，凤凰成了不夜的小城。

夜深了，喧闹了一天的小城恍惚累了，渐渐沉寂下来，小城人陆续进入了梦乡。我又一次伫立在阳台上，欣赏着沱江的夜色。江面上弥漫着一层薄雾，整个小城笼罩在黛色中，朦朦胧胧，恍恍惚惚，一切都是那样的安宁，只有江水在静静地流

淌，吊脚楼上那高高挂起的红灯笼和霓虹灯倒映在水中，一闪一闪的，构成了一幅绝妙的沱江夜色图。

啊，沱江真美！

（写于 2010 年）

王村古镇风采

从怀化乘坐火车，四个小时便到了罗依溪。换搭酉水机班船逆水上溯，我们还来不及对两岸景色展开联想，船已驶抵一色青石岩岸的湘西王村码头。

首先映入眼帘的就是挂在王村小河畔悬崖峭壁上的吊脚楼。远远望去，似有重庆山城的气势。码头边小溪上的王村瀑布，高60米，宽40米。瀑布分三级，以下一级较为壮观。宽大的瀑布经过上两级的跌撞，怒不可遏，咆哮着，铺天盖地般飞流直下，轰隆隆地砸在礁石上，飞珠溅玉，雾气迷蒙，弥漫半空；再看那川壑里的浪花，真如白雪纷飞，呼啸奔腾，直泻酉水。

踏上码头，踩着青石板路，我们来到了镇上。镇上的吊脚楼是王村的一大特色，其堂屋在地，房悬于空，桐油涂壁，黄灿光亮。吊脚楼悬着的两根柱头底端，雕有圆而鼓瓣的木金瓜。吊脚楼的木栏杆上，雕刻着怒放的小花、吉祥的喜鹊和吐泡的金鲤银鲫。

王村因得酉水之利，舟楫方便，在历史上是湘西沅水之上的重要码头，上通川黔鄂边界，下通洞庭长江，素有"楚蜀通津"之称。秦汉时，酉阳县城曾设立于此，列入文物保护的古迹古墓就有好几处。最著名的是国家重点文物——溪州铜柱。铜柱高近2米，重约1500公斤，上刻有土司王彭士愁当年与楚

王马希范置战立柱封疆的原始文字。虽经千余年风雨洗刷，仍然没有剥蚀磨损，是我国古代铸铜稀有的艺术珍品。1935年，贺龙将军曾在这里建立红色政权，五里长街有他潇洒的英姿，吊脚楼上有他访贫问苦的足迹。红军挥师北上，不少儿女追随贺龙将军闹革命、打江山、转战南北。马忆湘在《朝阳花》中描写的三女找红军就曾辗转到王村古镇。

王村古镇，有她灿烂的历史。枝柳铁路的通车，又给古镇带来了更加繁荣的景象。那一座座新崛起的砖楼，新建的学校，来这里拍电影电视的制片人员和旅游者络绎不绝，它向人们展示了这里洋溢着现代文明的活力。

（写于1986年）

奇峰开洞天门山

在枝柳线上的湘西大庸境内，有一座雄浑峻峭的山峰。假如你有机会乘坐由襄樊开往怀化的 415 次旅客列车，就可以饱赏这座奇峰上大自然所雕塑出的旖旎风光。当列车从大庸站徐徐开出后不一会儿，凭窗南望，远处山峰的悬崖峭壁上，有一个巨大的穿山孔洞，形似一只硕大的白瓷花瓶。透过孔洞，还可以窥视到山后的一片蓝天白云。大自然鬼斧神工般地把孔洞雕凿得如此雄伟壮观，真叫人拍手叫绝！据说，天门山便是根据这座孔洞的形状而取其名的。

天门山属武陵山脉，距大庸县城 15 余公里，是湖南有名的游览胜地，面积约 33 平方公里，主峰海拔 1518 米。天门洞高约 131.5 米，宽 57 米，纵深 60 米。在天气晴朗的日子里，大庸县境内有很多地方都能够窥望到这"天门洞开云气通"的壮丽自然景观。

自古以来，围绕天门山的这座洞门，流传着许多优美的民间传说。

据说在很久以前，大庸县是一个富庶的山乡，人们勤劳耕耘，丰衣足食。有一日，突然狂风大作，暴雨滂沱，山上飞沙走石，澧水河里洪水暴涨。这样连续了三天三夜，第四天，风息雨停，人们惊奇地发现在那座叫作"壶头山"的山崖上，出

现了一个巨大的孔洞，酷似一扇天门。外出避难的人们扶老携幼返回家园，见到的却是满垄黄沙，房子坍塌湮没了，家禽、家畜和值钱的东西一点也没留下。有人说这些都是叫洞门里来的天兵天将掠夺走了。从此以后，大庸这地方变得山穷水尽，老百姓连年挨饥饿、遭灾祸。

为了消灭灾难，天门山脚下有一位青年，跋山涉水，四处打听堵洞的办法。一天，青年来到一个三岔路口，见路旁的大树下坐着一位白发老翁，便礼貌地向老人打听。老人从怀中掏出一颗小石子放在手中对青年说："你把这颗石子拿去便可以把那个山洞堵上。"青年不相信，老人生气地把小石子往天空中一扔，立即变成一只老鸦，在天门山上空盘旋了一阵，落下来便变成了一座山。现在大庸另一游览区玉皇洞前的一片田里，有一座拔地而起的小山，这座山就叫作老鸦山，就是当年老人扔出的小石子变的，用它恰好能够把天门洞堵上。

传说毕竟是传说。天门洞的诞生是有它的科学记载的。据地质部门考察，天门洞是第三纪喀斯特溶洞。三国时期的吴永安六年（263），湘西大庸一带发生强烈地震，天门山峭壁崩裂，岩石滚落，便形成了这座天然石洞。

天门洞构成后，成为南北通途。天门洞两侧，有龟、蛇二小洞，古人将洞中的岩石，雕成龟、蛇，形象逼真。天门山终日云雾缭绕，山上曾建有云梦寺、赤松寺、灵泉寺等著名寺庙，随着时光的流逝，这些寺庙已先后圮废。1972年，在天门洞顶的寺庙遗址上出土了4尊铜佛和一柄4公斤重的宝剑，剑柄上刻有"天门山玄帝祖"六字，字迹清晰可见。位于云梦岩上的祖师古刹，左右各悬有一口高丈余、重千斤的大铜钟。漫步寺庙遗迹，可想当年天门山香火鼎盛的情景。古代不少文人名士来此游览，给天门山留下咏叹的笔墨和激情横溢的诗篇。

登天门山，沿途山高林密，溪水潺潺，令人有无处不成景、处处都是画之感。最著名的有"鬼谷清流""仙径云梯""断山虹石""石门凝碧""天漕瀑布""高远鸣钟""丹灶飞烟""玉堂霁雪"八处，号称"天门八景"。登上天门山，极目眺望，四周群峰竞秀，层峦叠嶂。玉堂、玉壶、箭杆、高远、笔架、老僧、金匮、丹灶、将军、猿点、弩牙、漆园、负儿、簸箕、天姥、鸡笼16座山峰，以天门山为中心，形成一山兀立、众峰来朝的格局，当地人们把天门山的这16座"卫星山"称为"天门十六峰"。

天门山地形险要，是古代的军事要地。据县志记载：天门山"上控三军，下锁三江，进可攻，退可守"。

大自然造化之功真是妙不可言！远望天门山峰尖似剑，登上山顶却是一块面积达二百来亩的平地。过去这里古树参天，野兽出没无常，而今天人们在这里办起了药材场，利用高山的自然条件培育各种名贵药材。

日月流逝，沧桑巨变。天门山以它永不凋谢的姿容，迎接着一批批来此游览观光的客人。

（写于1984年）

登天门山

1982 年冬天，枝柳铁路即将通车，我作为一名支援新线的建设者，从京广线的老段调到新建的大庸机务段工作。

新段坐落在湘西武陵山脉腹地，面对澧水，背靠群山。群山中有一座最高的山，孤峰高耸，气势临空独尊。最为奇特的是山上有一孔天然的穿山溶洞，形如一扇通天的大门，悬于千寻素壁之上，气势磅礴，巍峨高绝。透过溶洞，可以窥视到山后的蓝天白云，故被古人称之为天门洞，这座山也因此得名天门山。天气晴朗时，在城区的许多地方都可以眺望到天门山这一奇绝天下的胜景。

那时我常常感慨，大自然真是鬼斧神工，创造出了这么一幅绝美无伦的天然画屏，赐给了这座小城。当时天门山还没有开发，山体四周悬崖峭壁，登天门山难于登天。我常常幻想有一天能够登上天门山，撩开她那神秘的面纱。直到一年多后我调离大庸机务段，也没能实现这一夙愿。后来，我虽然几次重返故地，但由于时间仓促，加上路途艰难，始终未能成行。

机会终于来了。在告别天门山 24 年后的金秋，我再一次回到了天门山脚下的故地，参加广州铁道报社举办的一个新闻研讨会。当地的朋友告诉我，现在天门山已经开发成为张家界市第二个国家森林公园，景区建起了空中索道，只需半个多小时，就可以从张家界市区直达天门山顶峰。

我按捺不住走近天门山的欲望，会议一结束，就与朋友结伴踏上了登天门山之路。

真没想到，如今登天门山真是太方便了，天门山索道的下站房就建在张家界新火车站附近，整个站房占地达一万多平方米，其造型壮观气派，通透典雅，两侧附楼的楼顶弧度就像一对迎空的翅膀，整个站房以白、绿两种颜色为基本色调，象征着白云与自然，与环境搭配得十分协调。

在工作人员的帮助下，我们依次进入索道的轿厢坐下，每个轿厢可坐 8 人。轿厢腾空而起，载着我们向天门山驶去。

天门山索道以张家界市中心的城市花园为起点，直达天门山顶的原始空中花园，犹如一道彩虹飞渡"人间""天上"。这条索道全长 7455 米，高差 1275 米，据说是世界上最长的客运索道。

透过轿厢的玻璃窗往下眺望，阡陌桑田和巍巍群山在脚下掠过，我们感受到临空飞翔的刺激，经过陡峭之处，一些胆小的女士惊呼着闭上了眼睛。其实坐在轿厢内十分安全、平稳，整个索道的运行过程，如置身于一幅绚丽多姿的山水画长卷，脚下千姿百态的大自然奇观，犹如一座座天成的盆景，让人赏心悦目。

半个小时后，我们登上了天门山顶峰。走出轿厢，我发觉两个耳朵似乎被什么东西塞住了。乘飞机的经验告诉我，在这样短的时间，从海拔 100 多米急剧提升至 1500 多米，这种现象是人的一种正常生理反应，不一会儿就会自然消失。

天门山果真神奇，从下面看高耸入云，四周悬崖峭壁，登上山顶，却是一大片相对平坦的原始次森林。山上的景点很多，

有中线、西线、东线三条游览路线，我们选择了西线。南方的秋天，山下还是烈日炎炎，山上却凉爽宜人。阳光透过密密的树丛，在山间的小路上撒下斑驳的碎片，走在其中，满眼是一片翠绿，并不时传来各式各样的鸟鸣，令人感受到回归大自然的惬意。

登凌霄台，过倚虹关，经鬼谷栈道，我们来到天门山的主峰云梦仙顶，这里海拔1518.6米，是天门山的最高处。环看四周，武陵源风光尽收眼底，张家界新貌一览无遗。在这里我们乘上了森林观光缆车，穿林海，过深涧，直达千年古刹天门山寺。据介绍，天门山寺始建于唐朝，是湘西地区的佛教中心，传说这里曾一度香火鼎盛，如今古寺正大兴土木，在原址上重建，庙宇建筑采用清代宫式风格，规模宏大，其占地面积达万余平方米。

不登天门洞，枉到天门山。天门山因天门洞而得名，登天门山没有登天门洞那将是一个遗憾。此刻，天门洞就在我们脚下这座山的悬崖峭壁之上，要攀登天门洞必须下山重新攀登。我们乘坐缆车回到索道中站房，在这里换乘上环保观光巴士，沿着新修的盘山公路向天门洞进发。

天门山的盘山公路被称之为"通天大道"，一共有99道弯，扣合天有九霄之意。大道借山势扶摇直上，似玉带环绕，弯弯紧连，层层叠起，直冲云霄，堪称天下第一公路奇观。工程恢宏壮观、奇绝震撼，为古老的天门山又添上一道冠世奇景。

天门洞为南北对穿，门洞高131.5米，宽57米，深60米。1999年12月，世界特技飞行大师驾机穿越天门洞，实现了人类首次驾飞机穿越自然溶洞的壮举，此举震惊世界，也让更多的人认识了天门洞。

约莫半个时辰，环保观光巴士在天门洞前的一块大坪停下。"莫谓山高空仰止，此中真有上天梯"几个镏金大字镶嵌在平台的墙上。登上平台，一条气势磅礴的石台阶从山下直通天门洞，就像是一座通向云端的天梯。台阶旁的一块巨石上雕刻着元代大学士张兑的诗："天门洞开云气通，江东峨眉皆下风"，如是道出了天门洞的超凡和神圣。据说通向天门洞的石台阶有999级，从下往上望去，天门洞如同在云中，那气势令人望而生畏，一些体力不支的人只得放弃登天门洞。

天门洞千百年承接天地万物的灵气，被视为"天界之门"和"天界圣境"，成为人们祈福许愿的灵地。被称之为"天梯"的台阶很陡，爬了不一会儿我们就大汗淋漓、气喘吁吁了。越往上攀登越感到艰难，有些上了年纪的游客只得扶着台阶两边的铁栏杆，走几步停下来歇一歇，再继续往上攀登。望着他们的身影，我悄然起敬，我知道每个攀登天门洞的人心中都有一个希望，登上天梯，拜天门的登天祈福习俗，已成为表达人们祈求吉祥平安、追求幸福人生的方式。他们每艰难地迈出一步，就离希望近了一点，有希望，就有了信心。

终于迈过了天门洞的巨大门槛，环视天门洞，我们如置身一个硕大的室内运动场，洞内外氤氲蒸腾，团团云雾吐纳翻涌，瑰丽神奇，宛如幻境，我们激动地欢呼雀跃，振臂高呼，声音在洞内久久回荡。

站在天门洞的洞口，回望远处朦胧中的张家界市区，我陷入了遐思。据史书记载，天门山古称嵩梁山，三国吴永安六年（263），嵩梁山千米高绝之处峭壁忽然洞开，玄朗如门，吴帝孙休视之吉兆，便改嵩梁山为天门山，改武陵郡为天门郡。明洪武二年（1369），朝廷降慈利州为大庸县。近年来，随着张家界

国家森林公园的开发，1988 年 5 月大庸撤县设市，1994 年 4 月大庸市更名为张家界市。我想，如果天门山早一些开发，今天的张家界市是否会更名为天门山市呢？

（写于 2008 年）

重游张家界

张家界对于我来说并不陌生。18 年前，当铁路刚刚修到武陵山下时，我就从京广线调到了张家界（当时叫大庸）机务段。那时，张家界这个"养在深闺人未识"的风景区刚刚掀开美丽的面纱，知名度还不高。

记得第一次去张家界是在 1983 年。汽车在崎岖的山道上盘旋，新修起来的简易公路上，时常遇到一堆堆山坡上坍塌下来的泥石挡道，司机不得不停下车来等养路工清除路障后再继续前行，20 多公里的路程竟跑了两个多小时。

那时候，张家界刚开放不久，如果没有记错的话，门票好像是两角钱一张。当时游客不多，一路上偶尔遇到一些衣着朴素、身背背篓的山野村民，他们用好奇的眼光打量着我们。

尽管山里人不明白为什么，但是到山里来的人还是越来越多，后来把一些外国人也引来了。我因为在湘西工作，先后去过 20 多次张家界。20 世纪 80 年代末，我调到广州工作以后，难得有机会去张家界了，金鞭溪、黄石寨、天子山、索溪峪、十里画廊那些武陵源的美景仍留在记忆中。

去年深秋时节，我有机会重回了一次张家界。

张家界变了，过去又矮又窄的火车站变成了雄伟壮观的新客站。一条新建的柏油路穿过西溪坪直达市区，把火车站和市

区一下拉近了很多。汽车行驶在新修的环路上，透过车窗，高楼大厦鳞次栉比，再也找不到我记忆中的小城了。

张家界变了，最直观的感觉是交通变了。这几年张家界除新建了火车站外，还建起了荷花机场，把全国各大城市和张家界的距离拉近了一大截。从广州飞张家界只要一个多小时，纵横交错的公路网更使游客们感到十分方便。与从前不同，这次我们是从一条新修的公路进入张家界景区的。这条公路穿过百丈峡，绕过金鞭溪的水绕四门，直达索溪峪的黄龙洞。

金鞭溪流到水绕四门，与另外两条小溪汇合成了索溪。索溪流出大山后形成了一个盆地，取名叫索溪峪。索溪峪早先是一个偏僻冷清的小山村，张家界风景区开发后，这里成了进入天子山、十里画廊、金鞭溪的门户。20世纪80年代初又在此发现了一个大型地下溶洞——黄龙洞，这个小村迅速繁荣起来，上百家酒店、宾馆、度假山庄像雨后春笋般冒了出来，沿着索溪一字儿排开，成了一个旅游重镇。

我们在游完黄龙洞后，开始向天子山进发。天子山在武陵源风景区中地势最高。这里到处是奇岩怪石，峭壁危峰，要攀登上去，的确不是一件容易的事情。早年我到张家界，很多次都由于山高路险时间所限而放弃了登天子山，现在好了，当地政府引进外资八千多万元，在天子山架起了一条空中索道。我们坐上缆车，仅用了8分钟就直达山顶。

到达山顶的宾馆，天已经完全黑了。大家感到有些累，便匆匆吃完晚饭，早早地钻进了被窝。

第二天一大早，我们开始下山。导游说了，上山坐缆车，下山就要步行，否则你就枉到天子山，很多景点都看不到。他还特别提醒大家注意安全："走路不看景，看景不走路。"

下天子山，经十里画廊，过水绕四门，沿金鞭溪逆水而上，一路上风景美不胜收。故地重游，我这个老游客感觉到，这里的旅游环境改变了很多，天子山、黄石寨建起了两条空中索道，十里画廊铺上了一条轻轨铁路，游客可以坐在车厢里欣赏十里画廊的美景。每条上山的路，也都铺上了方方正正的石板。

旅游业的发展，让山里人的脑子也变"活"了。在金鞭溪的紫草潭附近，有一个表演土家民俗的戏台。几名身着民族服饰的土家姑娘走下台来，热情邀请我们当中的几个小伙子上台跳起了摆手舞。跳完舞，接下来为我们表演土家婚礼。姑娘们头上盖上了一块红头巾，在"主婚人"的吆喝下，"新郎""新娘"三拜之后，喝上了交杯酒。喝完交杯酒，"主婚人"宣布"新郎"给"新娘"送结婚礼物，其实就是叫"新郎"给"新娘"小费。这下我们才恍然大悟，这"新郎"可不是白当的。

一路上我们遇到了不少地方搭起了点歌台，游客在此小歌一下，花上几元十几元钱，就可以请姑娘们唱上一首土家山歌，歌词大意虽然听得不太明白，但别具一格的演唱倒也给旅游增加了一份情趣。

"不到黄石寨，枉到张家界。"黄石寨是最后一站。这里景点较集中，著名的景点有"定海神针""南天一柱""天书宝匣""摘星台"等等，真是三步一景，景景不同。这里可以说是张家界风景区的一个缩影，每次到张家界，我都要登黄石寨，春、夏、秋、冬风景各不相同。

告别黄石寨，我们踏上了归途。当汽车转过最后一道山梁，我在心里默念道："张家界，我还会再来。"

（写于 2000 年）

奇峰峭壁天子山

　　天子山，人们说她是挽云携雾下凡的"天仙"，她寓居于贺龙家乡桑植县东南边缘地带，与风景明珠张家界，十里画廊索溪峪，构成了一个品字形的风景区。

　　天子山，整个面积4.5万多亩，地形特征是中部高，四周低，活像一座硕大无比的宝塔。塔上镶嵌着黄龙泉、风栖山、老屋场、茶盘塔、石家檐、黄河岸、昆岑峰等七颗明珠。登上天子峰，俯瞰整个风景区，几乎处处是奇岩异石，峭壁危峰。更为奇怪的是，那些直刺蓝天的悬崖石峰上，都有一片大小不等的丛林；峭壁岩缝之间，攀附着藤萝。据给我们当导游的天子山旅游管理局小黄说，如果运气好，在这里还可以见到一群群的猕猴，在奇峰峭壁之间攀岩追逐。

　　进入天子山风景区，眼前的山势有了变化，到处是拔地而起的奇峰怪石。一条长达三百多米的瀑布，从黄龙峰上飞流直下，泉水呈金黄色，宛如一条翻腾在云雾之中的金色蛟龙。

　　离开黄龙泉，我们乘车来到了石家檐，这儿地势较高，可眺望天子山的大部分山光景色。那烟云缭绕的奇石危峰，如柱、如塔、如笋，雕镂百态。有屈子行吟，有姐妹私语，有夫妻情深，有众仙聚会，有群娥起舞，有天兵出征等天然群像。足下的神堂湾神秘莫测，纵深部位，环列绝壁千仞。临崖俯瞰，但觉阴气逼人，深不可知。我们中一位后生好奇地朝崖下扔了一块石头，十几秒钟后才听见动静。据说神堂湾从古到今，人迹罕至，无人揭示过它的秘密，富于幻想的人们只好寄想象于神话传说之中，给天子山蒙上了一层神光异彩。

（写于 1986 年）

老院子探秘

  仲秋时节，回到了阔别 20 多年的湘西张家界，朋友们推介说，这次回来你一定要去老院子看看，不远，就在西溪坪。

  西溪坪我很熟悉，当年我工作的大庸机务段就坐落在西溪坪南面的山坡上。西溪坪是湘西山区不多见的一个大盆地，地势平坦，东西长约 15 公里，南北宽约 5 公里，澧水河从西向东蜿蜒而过。这里土地肥沃，是当地的重要产粮区，人们赞誉她为"古庸明珠"。

  记忆中的西溪坪是大片的农田和村舍，那时我们常常到乡下去赶集，老院子在什么地方？从没听人说过。

  从朋友那里我得知，老院子是近年张家界新开发的一个旅游景点，过去是田氏族人的祖居，20 世纪 40 年代，前国务院总理朱镕基曾随避乱西迁的长沙兑泽中学在老院子就读过，电视连续剧《血色湘西》还选择老院子作为拍摄地，这些都成了旅游公司炒作老院子的卖点。其实真正出奇的是老院子世代书香，人杰地灵，谱写了一部历史罕见的家族传奇史。

  湘西武陵山脉绵延数百里，历史上闭塞、贫穷，人称"蛮荒之地"，十里八村也难得出一个读书人，然而老院子却让人刮目相看，这里人才辈出，历经数百年兴盛不衰，这与其所处的区位劣势形成了鲜明的反差。这一奇异现象引起了我极大的兴趣，决定前往一探究竟。

昔日的西溪坪如今已经变成了永定城区，大片的农田村舍消失了，取而代之的是一条条宽阔的马路和一幢幢现代楼房。老院子就坐落在新修的永定大道旁边，距离新建的鹭鸶湾大桥东端约 200 米，是一处典型的土家族民居，那布满沧桑岁月的青砖黛瓦，与周边的现代建筑形成强烈的反差。老院子始建于清朝雍正初年，属典型的封火墙庭院式建筑，为原大湘西名门大户田氏族人五大槽门之一，共有大小居室 31 间，庭院深深、布局严谨，从建筑学上讲，应当具有很高的研究价值。

据资料记载，老院子田氏先祖田承满在北宋年间官居极品，曾以统抚衔代朝廷管束湘西诸土司王，自北宋至元末明初，田承满以下共七代世袭统抚、二品靖边大夫，后有六代世袭三品都统元帅、土酋太师。田氏先祖文创"紫荆书院"，武开"白鹿武馆"，传播儒家文化，弘扬鬼谷神功，历经三朝，形成历史上湘鄂渝边境名副其实的文化教育中心。

老院子的大厅墙上有一张族谱图，向游人展示了这座大宅子曾经的辉煌。老院子自清雍正至民国前共绵延 6 代，计有男丁 115 人，获取功名者达 43 人，其中，文武秀才 13 人、举人 1 名、翰林院大学士（相当于中科院院士）9 人、四品京官 2 人、四品以下官员 10 人、女眷中皇封恭人 4 人，另有北伐将领 2 人，现世的后辈子孙多为教、科、卫三界知名学者。老院子末代之一的田奇隽是新中国著名的地质学家、中科院首批学部委员，长期主持全国矿产资源委员会的工作。

穿行于老院子深庭重院，我努力掸去历史的风尘，企图解开老院子人才辈出的奥秘。

老院子大门两边有一副对联，上联是"诗书留后"，下联是

"孝悌传家"，这是老院子建造者田起瑗老先生亲笔所题，并在院中石碑上刻写有千古流芳的文天祥的正气歌，要求子孙朝诵夕背。老院子历代掌门人非常重视文化教育，严格遵循"诗书留后、孝悌传家"的祖训，斥厌学、弃学、无功名者为不忠不孝，奉儒学为经典，视"崇文、重教、载道"为家庭经营理念，门风沿袭、家道传承，形成了老院子持续发展的人才群体，对后辈的人生前途起到引导和精神支撑作用。

老院子经挖掘修缮后于 2006 年 6 月向游人开放，专家学者赞誉它是"文化之魂""成功的人才摇篮"，对今天的社会教育、家庭教育具有重大的借鉴作用，不少望子成龙的游客领着子女前来顶礼膜拜求取教子真经。我想，"崇文、重教、载道"，并历代相传，这才是老院子人才辈出的真正奥秘所在。

（写于 2008 年）

土家族的凉亭

行走在湘西武陵山中，常可见到一幢幢不同于山民住房的建筑物，这是供过往行人休息的场所——凉亭。

居住在湘西的土家族人民，淳朴憨厚，热情好客，乐于助人。在土家族居住的武陵山中，凡行人往来、马帮通过的道路上，每隔五里或十里，便有一座凉亭。

土家乡寨的凉亭，具有独特的风格。凉亭一般建在山坳间，少数建在桥上，还有的建在山腰、水畔的住房旁。式样为单间或两间的长廊式建筑。每排都有四根柱子，亭柱之间有长凳相连，供过往行人休息纳凉、避风躲雨。凉亭的亭柱、横梁上，有龙凤呈祥、水浪浮云等图案。最美的要数一种建筑在单拱石桥上的凉亭了。这种凉亭呈方塔形，分上下两层，每层的飞檐上翘，栏杆雕花工艺精细，图案角花组合巧妙，可说是建筑艺术珍品。

凉亭也称为"伤心亭"，因为过去它不仅是过往行人休息避风雨的场所，也是亲人泣别之地。旧社会，湘西交通闭塞，山道崎岖，出家远行要冒许多风险，生离情同死别。亲人们在凉亭依依话别后，离人走远了，送行的人还在凭栏眺望，直到离人消失在山道上，才含着眼泪插下一截柳枝，或撒下几粒花种，以寄托感情。天长日久，凉亭周围便鲜花簇

簇，绿荫丛丛。

新中国成立后，凉亭成为土家青年男女畅谈理想、倾诉爱慕之情的地方，"伤心亭"变成了"恋爱亭"。

（写于1986年）

武陵特产菊花柚

　　柚子，是人们所熟悉的一种水果。每当深秋季节，成熟的果实，像一盏盏小巧别致的黄色灯笼，悬挂在枝干上，十分惹人喜爱。广西著名的沙田柚，以它独特的风味，早已驰名中外。可您曾知晓，在湖南湘西武陵山区，也生长着一种尚为世人所不知的优良柚种，这就是大庸的菊花柚。

　　菊花柚生长在湘西大庸市，果实的顶端有几条放射状的沟纹，形如一朵盛开的菊花，因而当地人给它取名叫菊花柚。菊花柚风味浓厚，品质优良，据测定，果实的含糖量达 17%，含酸量达 1%，吃起来芳香扑鼻，甜酸适口。

　　菊花柚的经济价值很高，它除了作水果外，还能作药用。感冒患者食用菊花柚，可使病情减轻。柚树的花、叶、籽可以提取芳香油，果皮还可以加工成蜜饯。

　　菊花柚的贮藏时间很长。贮藏时，下面先垫上一层稻草或松毛叶，上面放三到四层果实，然后再用草覆盖。如果贮藏方法得当，果实可以放上一年，其风味时间越长越浓，而且柔软多汁，吃起来胜似鲜果。

　　菊花柚已有 150 多年的栽培历史，它的原始母本树在大庸市西溪坪乡胡家河村。1964 年，这棵 130 年树龄的老柚树不幸被病虫摧毁死去。好在 1963 年，科技工作者曾采用嫁接方法育苗成功，菊花柚才得以传宗接代，在大庸得到了发展。目前，湖南省各地也已经有少量栽培。菊花柚耐寒性好，适应性强，湖南各地都能栽培。但愿不远的将来，芙蓉国里的三湘四水，都能飘出菊花柚的阵阵清香。

（写于 1986 年）

湘西武陵盆景

在 1983 年广州秋季交易会花鸟馆第一展览大厅里，陈列着我国独树一帜的盆景——湘西武陵派盆景。那些亭台水榭、飞泻瀑布、小桥茅舍、迂回溪水，把千姿百态的大自然之美浓缩在小小的盆盅里。绚丽多姿的造型，吸引了大批中外来宾。

湘西武陵盆景是用湘西武陵山区一种独特的石头制作的。这种石头能够吸水，所以有人又叫它"吸水石"。在武陵山区的许多幽谷曲洞中，都能够找到这种天然的奇峰异石。由于这种石头本身具有丰富的自然形态，稍加拼移，适当点缀，其质朴之气就远远胜过其他盆景派别的"无峰削为峰，无洞强凿洞"的创作，这就是武陵盆景主要特点之一。正因为武陵盆景巧妙地利用了自然的美，所以它更受到了中外盆景爱好者的青睐。

武陵盆景的创始人是湘西苗族老艺人石昌明，他 11 岁患脑膜炎，耳聋停学，第二年为谋生计，托人到长沙找到著名画家齐白石，拜白石先生为师。靠着一股顽强的自学精神，在书法、绘画、诗词、雕塑、金石篆刻等方面都有了较厚的功底。他以一些民间故事、古典名著以及具有现实意义的人物、事件为题材，赋山水、人物以生命活力，在形态万千的山石上，配以栩栩如生的人物、景物，秀雅中见雄奇，山水间出情意，可谓集情景于一盆。他根据古典名著取材的《取经路上》《三顾茅庐》

和歌颂中日两国人民友谊的《隔海相望》以及反映湘西风景明珠张家界风光的一些盆景佳作，在艺术上取得了较大的成功，受到了人们的赞誉。自 1981 年秋季广交会以来，石昌明的武陵盆景已先后三次参加了广交会。仅 1982 年和 1983 年两年中，石昌明就售出了上千盆盆景。1984 年 4 月，10 盆武陵盆景远涉重洋，参加了在日本滋贺县举行的"湖南省出口商品展销会"。

　　武陵盆景是我国众多盆景派别中的一枝新芽，它的诞生虽然时间不长，但以它旖旎多姿的风采，展现了强大的生命力。如今，湘西吉首、大庸等地区的铁路职工中，不少人爱上了武陵盆景的制作，更多铁路职工家庭的茶几案头，都摆设了一盆盆玲珑雅致的武陵盆景。

　　祝愿武陵盆景之花越开越盛。

（写于 1984 年）

三月荠菜当灵丹

　　阳春三月，和煦的春风吹得三湘四水柳绿花红。这时，在旱土园地、田边路旁，常可见到人们三三两两，在采集一种名叫"荠菜"的野生植物，用它熬汤煮鸡蛋。"三月三，荠菜煮鸡蛋"，这是湖南民间流传久远的习俗。有些地方，还采集荠菜开的小白花戴在头上，或者用荠菜煎汤洗澡，据说这样可以消灾避疫，除病健身。

　　在湘西土家人中，说起荠菜，还有一个优美动人的传说呢！

　　那是在很古的时候，有一年农历三月初三这天，土家族住的山寨里，从地下一个洞眼里突然冒出一股腥臊疫气，只要染上了它，大人浑身会长满疗疮疱毒，小孩则一个个夭折。寨子里有个德高望重的老大娘，眼看这种惨景，心如刀绞，毅然用自己的整个身子堵住洞眼，疫气没有了，洞眼四周长出了许许多多开着白花的荠菜。为了悼念英勇献身的老大娘，乡亲们便每人采了一朵小白花戴在头上，疫气都被避开了。不知是谁在煮鸡蛋时，顺手采了一把荠菜丢在锅里，没料到吃了这种鸡蛋后，病人身上的疱疱全消了。从那以后，荠菜煮鸡蛋的风俗就一代一代相传下来。

　　有趣的传说，当然不等于科学的结论。然而，科学工作者发现，荠菜确实有一定的药用价值。荠菜又叫地菜、菱角菜、枕头草，属十字花科，是一种一年生或两年生草本植物，多生在旱地、菜地和路旁。我国人民很早就认识到了荠菜的药用价值，古代医书上就记载说，荠菜能够"利五脏""利肝气""明目"，并被称为"护生草"。现代医学也证实，荠菜含有胆碱，有健胃、助消化的功能，每天服鲜荠菜2两，可以治疗高血压、咯血、妇科出血等疾病；用4两到1斤荠菜煎汤，可以治疗乳糜尿、肾炎水肿和肾结核血尿。

人们认识荠菜的药用价值已有悠久的历史，而认识荠菜的营养价值却是近几年的事。营养学家在分析后指出，荠菜的营养价值高，可以做上等蔬菜。荠菜所含的维生素A超过胡萝卜，维生素C超过橘子，钙质超过豆腐，铁质与红苋菜不相上下。此外，荠菜还含有大量的纤维素，对人体的代谢有积极作用。因此，过去一直被当成野草的荠菜，已经开始用人工栽培。鲜嫩的荠菜，味道也爽口，不失为蔬菜中的珍品。

农历三月初，荠菜开始或已经长出总状花序，这时茎叶、花齐全，药用价值最高。采上一把荠菜煮鸡蛋吃，是很有好处的。当然，人们更希望通过科学的开发利用，让荠菜的药用价值和营养价值，得到更好的发挥。

（写于 1986 年）

落叶赋

金秋季节，硕果满枝。一阵疾风吹过，枯叶纷纷飘落。唐朝诗人贾岛在《忆江上吴处士》中写道："秋风生渭水，落叶满长安。"诗中道出了秋凉落叶这一植物正常的生理过程。看到落叶的萧条景象，常常引起一些文人骚客的伤感叹惜。其实，落叶是植物保护自己生命的一种办法，飘落而下的落叶，蕴含着一种伟大的献身精神。

植物叶的主要用途是进行光合作用，为整株植物制造养料，进行呼吸和蒸腾水分。进入秋季以后，日照缩短，气温下降，植物根的吸收作用减弱了，吸收的水分供应不上，秋天干燥的空气又使叶子内的水分大量地向外蒸发，在这种情况下，叶子的存在不仅是多余的，而且会由于水分不足而造成植物整株枯死的危险。因此，入秋以后，植物的叶柄和枝条相连的地方形成了离层，使水分不再输送到叶子内。叶子得不到水分的补充，就逐渐干枯，一阵秋风吹来便飘落而下，留下一条条光光的枝干。

自然界的景象是万千的，在北风凛冽大雪纷飞的冬天，人们也常能见到一些植物青葱翠绿，傲雪冰霜。这类植物人们称为"常绿树"。"常绿树"的叶子一般面积比较小，表皮有一层很厚的角质层。一般来说，"常绿树"的叶子蒸发的水分只有落

叶树叶子的十分之一。所以，"常绿树"不会因为缺水而干枯。但是"常绿树"也并不是永远不落叶的，只是在新叶子生出来后，老叶子才先后凋落，所以看上去树上始终长着绿叶，一年四季葱翠繁茂。

树叶的精神是值得赞颂的。她一生忠于职守，默默无闻，勤勤恳恳地工作着，不停息地把阳光雨露加工成养料，以供整体的发展需要，毕生倾心尽力地履行着光合作用的职能。当硕果满枝的时候，她却耗尽了心血和精力，没有贪功之欲，却以维护大自然生态平衡的大局为重，欣然离去。谁能说她的一生是空虚和庸碌无为的呢？就在她离开枝头向大地飘落下去的时候，她还满怀着最后的希望：融化在大地的泥土里，为春天新生命积蓄养料。

赞美你呀，秋天的落叶！

（写于 1985 年）

玉宇琼宫飘雪花

冬寒料峭，漫空飞舞的雪花，纷纷洒洒。翘首天际，像亿万个玉色蝴蝶翩翩起舞；极目大地，千山万壑银装素裹，玉树琼花。一棵棵小树，犹如一丛丛晶莹婀娜的白珊瑚；一座座山峰，好像一个个冰肌玉骨的少女。啊，雪花给世界打扮得真是美极了！难怪宋代大诗人陆游以"山前千顷谁种玉？座上六时天散花"的美妙诗句来将它讴歌吟咏。

寒冬腊月，水蒸气在空中低气温的影响下，直接凝结成了雪花。雪花，这个大自然艺术家的杰作，奉献给了人类两万多种独特精美的图案。它们有的像傲雪凌霜的蜡梅花，有的像盛开的樱花，有的像瑰丽的牡丹，有的像金光闪烁的五星，真是形形色色，千姿百态！然而，人们却很难找到两朵图案完全相同的雪花，不信，你不妨试试！

雪花，有针状雪花，片状雪花，星状雪花和柱状雪花等等。虽然它们的形状不同，但是它们却离不开六角形这一基本特点。公元前100多年，我国有一个叫韩婴的人就观察出了这个特点。他在著作《韩诗外传》中就说过，"凡草木花多五瓣，雪花独六出"，这个现象欧洲直到17世纪，才由天文学家刻卜勒发现。

雪花单个的体积很小，最大的直径也很少超过3毫米。人们所形容的"鹅毛大雪"，其实并不是一个雪花，而是许多雪花

粘在一起而形成的。在 1 立方米的新雪中，有 60 亿个到 80 亿个雪花。雪花很轻，仅为同体积水的 1%，平均 3000 朵到 1 万朵雪花才有 1 克重哩！

人们爱用"白雪皑皑""白茫茫""洁白晶莹"等辞藻来描写雪景，其实不然，雪花是由冰晶体构成的，而冰晶体是没有颜色的。雪花之所以呈白色，是因为他们在飘降的过程中，粗糙的表面受到了太阳光的反射的缘故。

自然界景象万千，你见过彩色的雪花吗？地球上曾经下过红雪、黄雪、绿雪、褐雪和黑雪等彩色雪花。这些彩色雪花是怎样形成的呢？ 1881 年，格陵兰海岸下了一夜红雪，这是因为雪花染上了一种繁殖力很强的红藻。1979 年，莫斯科下了一场黑雪，经测定，主要是烟煤和其他粉尘污染造成的。我国新疆还曾经下过黄雪，这是因为雪花中夹杂着从沙漠中刮起来的黄色尘埃。

雪，对农作物来说，有很大的好处。一场大雪，如同给农作物盖上了一床温暖柔软的大棉被，使土壤保持一定的温度，保护农作物免遭冻害。难怪人们常说："瑞雪兆丰年。"

春天一到，和煦的春风吹得万物复苏，冰雪消融。"落花不是无情物，化作春泥更护花。"这时，一滴一滴的雪水渗入大地，滋润着种子发芽、生根、开花、结果。

（写于 1982 年）

醉在侗乡

映山红争芳吐艳时节，我与记者老马一道，随同怀化客运段怀柳车队的姑娘小伙们，来到湘西大山深处的侗家山寨，调查了解侗族人民的风土民俗，目的是在列车上更好地为少数民族旅客服务。

我们一行八人，清早从怀化出发，汽车在大山里转了七八个小时，下午三点多钟到达目的地——湖南通道侗族自治县。县政府热情地接待了我们，并当即给我们找来了向导——一位热情、漂亮、大方、爱笑的侗家姑娘。一见面，姑娘就笑着对我们说："欢迎你们来我们侗家做客！"

我好奇地打量了一番这位侗族姑娘。她身材颀长，五官清秀，一束乌发自然地束在脑后。她身着一套得体的西装，显得很"洋气"。如果不是她自豪的自我介绍，我们怎么也不会想到她是一位侗族姑娘。

在汽车上，我们与姑娘攀谈起来。她叫欧春艳，因对侗族文化了解较深，被借调到县文化局从事侗族古籍的整理工作。她还高兴地告诉我们："今天大家去的地方正是我的家乡，请你们一定要去我们寨子里做客。"

汽车翻过一座山梁，春艳姑娘惊奇地叫道："看，那就是我们乡政府。"我们循声望去，一条清澈的小河在山脚下流淌。河

上有一座别致的木桥，不远处的河边还有一架古老的水车在慢悠悠地转着。木桥的两头是古老的侗家山寨，一色的木板楼房，寨子里矗立着一座方塔式的高大建筑。春艳姑娘告诉我们，侗家称这木桥叫风雨桥，也叫花桥。那方塔式的建筑叫作鼓楼，是寨子聚会联欢的地方。这风雨桥和鼓楼，都是远近寨子里的村民们集资修建的。这静穆的木桥、木塔、木楼同青山绿水组合在一起，构成了一幅别有风致的山水画。我们情不自禁地叹道："好一派美丽的侗寨风光！"

汽车在桥头停下，我们上了木桥，朝对岸的山寨走去。细细观来，只见这木桥顶上盖着青瓦，两旁竖有木栏杆，好似一座长廊式的木屋。每个桥墩上都有一个方塔式的建筑，四五层不等，每层都有飞檐上翘，像鸟嘴一样向高处啄着。桥内两旁的亭柱之间都有长凳相连，供过往行人休息纳凉，避风躲雨。桥中间的主亭内，还有供桥神的神龛。亭柱、横梁上，有用洋青、淡墨、银珠等颜料绘上的龙凤呈祥和水浪浮云的图案，做工之精细，组合之巧妙，处处给人以美的感受。

过得桥来，我们进入了山寨。这山寨的门是一座木结构的牌坊。寨门前的石阶上，坐着十几位侗族男女老少。时近傍晚，他们已收工在此聚会闲聊。妇女们头戴侗帕，身上穿着自己织染的青色斜襟布衣，男人们的衣着已基本上汉化。见到我们这一帮不速之客，主人们纷纷起身让座，我们便在大青石板砌成的石阶上坐下，与寨子里的人攀谈起来，内容多是一些侗家人的婚丧嫁娶、衣食住行等等。

天色渐晚，我们起身告辞。春艳姑娘再次邀请我们去她家做客。因我们人多，恐有不便，打算到乡政府招待所住一宿，谁知这招待所小得可怜，仅有三张床位，且已住人，我们便要往县城赶。春艳姑娘苦苦相留，众人推说安排不下，执意要回县城。她说："我们寨子有十一户人家，还怕没处安歇？"盛情难却，我和老马也想体验一下对我们来说新奇的侗家生活，便留下来了。

春艳姑娘的家住在上甲江寨，离乡政府有八里路远，看看天色已晚，我们匆匆上了路。

侗家俗话有四不离：住不离山，路不离弯，吃不离酸，衣不离带。走着走着，我发现路旁有一座不同于山民住房的建筑物。春艳姑娘告诉我们，这叫凉亭，供过往行人休息纳凉用的。在侗族聚居的山区，凡是常有行人往来的路上，都有这种凉亭，每隔五里或十里一座。特别令我们感到新奇的是，沿途山道上放着一根根砍伐的树木和一担担的木柴，无人偷拿。一路上我们见到的井边、溪旁，都放着一个木筒或搪瓷杯子，供过往行人饮水用，由此可见这儿民风之淳朴。

拐过一道山弯，春艳姑娘叫道："到家了。看，中间那栋晒了衣服的就是我家。"

这是一座典型的侗家山寨，一式的木结构青瓦房，从前面看去是楼房，从后面看去又似平房。寨子后山是一片翠竹林，整个寨子依山傍水，风景恬静优美。

春艳姑娘的父母亲、妹妹、嫂嫂热情地把我们迎上楼来。我们想说一句表示问候的侗语，可是一下呆傻了。说什么呢？刚才在路上学了半天的一句客套话竟给忘了。

喝茶时，春艳的哥哥告诉我们，侗族青年有"坐夜"的习俗，如果谁家有没出嫁的姑娘，远近寨子的小伙子们就到她家里来"坐夜"，主要是对歌、聊天，内容多是谈情求爱。

吃饭了，主人请我们在上席坐下。我一打量：好家伙，12

碗菜，外加一坛侗家米酒，真够丰富的。有酸肉、酸蕨菜、酸汤，真是"吃不离酸"。最使我们感到新奇的是酸肉，竟是生吃。主人介绍说，这种肉的制作方法是把新鲜猪肉切成一块块的，放在特制的木桶里，撒上盐，然后封严桶口放上一年半载，甚至更长的时间。据说，轻易不开桶，一般要来了较尊贵的客人，才以此菜相待。

说话间，春艳姑娘换上了一套漂亮的侗族手织服装，完全打扮成一个俊美的侗家少女。席间，大伯一家人按照侗族的习惯，不停地和我们喝着交杯酒。我俩恐失礼，敞开量一杯杯干了起来。这时，寨子里的人家听说来了远道的客人，三三两两来到春艳姑娘家看望我们，与我们攀谈并相邀去家里做客。

喝了大概一个小时，酒的"后劲"上来了，我和老马才慌了神。也不知什么时候，我和老马都醉倒了。春艳姑娘和她兄长把我们一一扶进楼上的客房躺下，又端来热水为我们擦脸。很快，我们便昏昏沉沉地睡着了。

一觉醒来，已是早上八点多钟了。春艳姑娘一家人很高兴，说我们昨天晚上喝得痛快，够友情。

吃罢早饭，我们即将离开山寨。春艳姑娘捧出一条她亲手织的侗帕，深情地说："这上面织着一排手牵手的人物图案，象征着各族人民的大团结。这块侗帕，就送给你们作个纪念吧。"

（写于 1987 年）

又醉侗乡

汽车驶出湖南通道县城，沿着坪坦河向西南方向驶去。望着窗外一座座横跨在河上的风雨桥，一个个镶嵌在山间的侗族村寨，我的思绪又飞到了 20 年前。

1987 年 4 月，漫山杜鹃花开的季节，我随怀化客运段怀柳车队的列车员第一次来到大山深处的侗家山寨，调查了解侗族的风土人情、风俗习惯，为的是更好地在列车上开展为少数民族旅客服务。

那时候，侗乡还没有发展旅游事业，一切都是原始风貌。记得刚踏上这片土地，我就被这儿迤逦的风光深深吸引了，满目绿水青山，古朴的风雨桥、鼓楼、凉亭、水车、吊脚楼、山寨有机组合在一块，宛若一幅幅天然的山水画。我惊叹，大山深处还有这么美的地方？

更让我陶醉的是侗族村民的热情好客。当年县政府安排一位漂亮、热情、大方、爱笑的侗族姑娘陪同我们进山寨，姑娘叫欧春艳，在县文化局帮助整理侗族文化。我们去的黄土乡就是她的家乡。那一晚，春艳姑娘把我们请到上甲江寨家中做客，好客的主人用侗族热烈而纯朴的礼仪来接待我们。那一夜，我醉倒在侗乡。

离开通道后，我写了篇散文《醉在侗乡》，记下了这段难以

忘怀的美好回忆。

时光荏苒，一晃 20 年过去了。丁亥年末，广州铁道报社在通道侗族自治县举办周末版《南方列车》新闻研讨会。我又踏上了西行之路，去圆我那深埋在心底 20 年的一个夙愿——再访侗乡。

芋头古寨

出县城往西南方向前行几公里，汽车往右一转，驶上了一条黄土路。带路的侗族小阿妹说是领我们去看芋头古寨。

山道弯弯，路面凸凹不平，只能容一台中巴单向行驶。以我的经验判断，路没修好，说明芋头古寨尚处在开发初期，一定有看头。

给我们当向导的是侗族的一位小阿妹，名叫尹岭丹，人长得就如同侗乡的山水一样灵秀。她的祖籍在湖南邵阳，祖父年轻时携家来到通道，后来父亲娶了当地一位侗族女子为妻，小岭丹随母亲入了侗族。我们同伴中的一位大姐也姓尹，两人一聊，竟然是一个宗祠，算起辈分来，岭丹小阿妹得叫这位大姐"曾姑奶奶"。

岭丹小阿妹很活跃，一路上教大家唱侗歌，她"威胁"说，谁学不会侗歌，到了寨子就要喝拦门酒。

汽车在群山中蜿蜒穿行了约莫二十分钟，一个突然的急转弯，眼前豁然开朗，芋头古寨寨门洞开，好似张开双臂欢迎我们这群远道而来的客人。寨子旁的小溪上横卧着一座古老的风雨桥，不远的山道上，村民们正在修建一座凉亭。

汽车穿过寨门，最先吸引我们目光的是一座九层鼓楼——芦笙鼓楼。芦笙鼓楼很奇特，下五层为四角，上四层为八角，翘檐上下都塑有龙凤花鸟图案，十分漂亮。传说侗族人建寨先建鼓楼，有"无寨不鼓楼"之说。鼓楼是寨子里议事、集会、娱乐的地方，中间设有火塘，夏天乘凉，冬天烤火。岭丹小阿妹告诉我们，寨子里来烤火的人，都会很自觉地抱来一把柴火。像这样的鼓楼，芋头寨一共有四座。

芦笙鼓楼旁边有一条小溪，溪水淙淙，民居依溪而建。溪上有一座石桥，桥栏旁、屋檐下，侗族阿婆、阿公带着孙辈在悠闲地聊天、晒太阳，那安详的神情，并没有因我们的到来而打破他们宁静的生活。我与一位阿婆闲聊起来，得知芋头寨现有300多户人家，杨姓居多。寨子里的年轻人都外出打工去了，留守寨子的多是一些老人。在随后的游览中，我们走遍了整个寨子，几乎没有见到年轻人。

在溪边的一户人家门前，我们向一位阿婆提出想上她家看看，阿婆微笑地点点头。这是一幢典型的侗族民居，三层木楼，第一层放杂物，地上堆满了刚刚采摘回来的柑橘。第二层是堂屋、厨房和老人住的房间，墙上挂着收获的葫芦，还有不少老人绣的侗锦、侗帕。堂屋的正面通透，像一个大阳台，通风、采光，站在楼上，能与溪边漂洗和过路的行人说话。第三层是客房和后生们住的地方，用木板隔成一间间的小屋，不论姑娘、小伙，一人一间。小屋外的房梁上，悬挂着一把风干的烟叶。

面对我们这帮不速之客，阿婆、阿公十分高兴。尽管在语言沟通上有些困难，但老人家笑容始终挂在脸上。闲聊中，我们得知老人有一个儿子、两个女儿，都外出打工去了，老两口日子过得很悠闲。当我们离开这户人家时，老人一个劲地往我们手里塞橘子。

溯溪而上，我们见到路旁有一座简陋的木棚，里面供有一

幅神像，岭丹小阿妹告诉我们，这叫"萨岁坛"。相传明朝洪武元年（1368），一侗族姓杨的青年带着猎狗赶山，到芋头界一带时，猎狗在一块草坪上趴下，就是不肯走。主人万般无奈，只好说，我向空中抛食三次，你能接住，我们就留下来，结果猎狗无一落空，青年人信守诺言，在芋头住了下来。明洪武十一年（1378），青年人与逃难躲进山里的女子结了婚，这位姑娘能歌善舞，相传芦笙表演技艺就是由她带来的。夫妻两人生儿育女，繁衍杨姓宗室。现遗存寨中的"萨岁坛"，就是为祭祀这位祖母而建。听了小阿妹的故事，我们怀着崇敬的心情，将阿公送给我们的几个柑橘供奉在神坛上。

游览途中，我问岭丹小阿妹，寨子为什么叫芋头？她笑而不答，像是在考问我。我想了想说道："这儿土里长芋头，山也像个芋头，所以干脆就叫芋头。"从岭丹小阿妹的笑脸上，我似乎找到了答案。

攀行在芋头古寨，脚下踩的是几百年前修建的古驿道，弯弯曲曲，青石板被一代又一代侗民的脚底板磨出了光泽，透出历史的厚重。据说这古驿道有1.6公里长，悬崖边还装有木头护栏。相传太平天国的石达开、1934年在通道转兵的一部分工农红军都曾经走过这古驿道。

在古驿道的旁边，有一座奇险的鼓楼，一半搭在山坡上，一半悬于山坡下。岭丹小阿妹说，这座鼓楼叫牙上鼓楼，支撑鼓楼的柱子有17根，最长的一根有9.1米高。最悬的是鼓楼四周的护栏木板向外倾斜，凭栏眺望，令人心惊胆战。就这样一座木结构的鼓楼，竟然历经200多年风雨飘摇傲然屹立在山崖上，你不得不感慨侗族人民的聪明才智和高超的建筑艺术。

沿着古驿道，一幢幢吊脚木楼层层叠叠往上走，高坡吊脚，向空中伸展，房子大多不用砖石，主要用杉木搭建，顶覆青瓦或杉树皮。这些建筑经历数十年甚至数百年的烟熏火燎，使得立柱和板壁铮铮发亮。芋头古寨的建筑看起来依山傍水而建很是随意，其实藏风得水，细究大有说道。据说寨子从建寨选址、布置建筑物，到规划村寨与周围环境的协调性等，都是传统堪舆学说在侗民族地区的经典运用。

游芋头古寨，你仿佛置身于一座庞大的侗族建筑博物馆，这里囊括了鼓楼、风雨桥、寨门楼、古井、萨岁坛、吊脚楼、古驿道、歌坪、戏台、凉亭、古墓葬等几乎侗族建筑中的所有门类，难怪电视剧《那山那人那狗》选择这里作为外景地。2001年，芋头古寨被国务院列为国家重点文物保护单位，成为侗族文化的一块瑰宝。

皇都风情

离开芋头古寨，岭丹小阿妹说下一站去皇都。

皇都，这个地名对我来说很陌生。前不久我在报纸上看到过介绍，说距离通道县城西南10公里处，建有皇都侗文化旅游村。在与岭丹小阿妹的交谈中，我冥冥中感觉到，皇都很可能就是我20年前到过的黄土。记得那时我曾对同伴说，这里的风景真美，将来可开发侗族风情旅游。

当岭丹小阿妹说皇都坪坦河上的风雨桥叫普修桥，寨子里有头寨、尾寨两座建在一起的鼓楼时，我惊喜万分，皇都就是我魂牵梦绕的黄土！更令我感到高兴的是，当年我戏说的预言如今实现了，在我离开黄土10年后，这里已经开发为皇都侗文化旅游村。

岭丹小阿妹介绍说，黄土乡名由皇都演变而来。传说古代

夜郎国王从此地经过，被这里的异族风情所陶醉，便许诺在这里建都，故"皇都"一名沿用古称遂此而得。

在我的记忆中，20年前通往寨子的那条简便公路是沿着河边走的，现在宽敞的水泥公路建到了山上。汽车翻过山脊梁，视野豁然开朗，山下寨子里侗家吊脚楼鳞次栉比，石板路纵横交错，田园阡陌沧桑，好一处让人神往的"世外桃源"。

汽车盘山而下，停在普修桥的桥头。这是一座四墩三孔的风雨桥，长57.7米，宽4.2米，桥墩为石料砌成，桥身主体为木结构重檐长廊，分设3座桥亭，两边桥亭为三重檐，中间桥亭有七重檐。普修桥始建于清乾隆年间，后毁于洪水，清嘉庆八年（1813）重修，1984年复修。桥廊内的两侧设有长条凳，供过往行人歇息。在侗乡，风雨桥也被称为福桥，据说能给人带来好运。

穿过长长的桥廊，我们来到桥东的寨门口。1987年4月21日，就是在这座寨门口的青石板台阶上，我曾和侗族村民席地而坐，谈侗族的婚丧嫁娶，聊侗民的饮食习俗，那情景至今还历历在目。如今，寨门两边种上了绿色灌木，门楼重新修建，青石板的台阶比原来窄了许多，铺得平平整整，倒不如当年那般来得自然。最令人感到遗憾的是，寨子门前的小河边，搭建了许多大排档似的小饭馆，与不远处的风雨桥和古老的侗寨掺合在一起，显得很不协调。

皇都由头寨、尾寨、新寨、盘寨四个寨子环绕组成。黄土乡政府就坐落在普修桥的西边。记得当年黄土乡招待所仅有三张床位，如今发展旅游，在乡政府所在地盖起了几栋四层楼的宾馆，实在是大煞风景。我想，当初决策者们为什么不把宾馆建成侗族吊脚楼呢？那样不但迎合了游客的心理，更重要的是维护了皇都风情的和谐与统一。

沿着平坦的水泥马路，我们朝寨子里走去。20年前，我是踏着弯弯曲曲的田间小路走进寨子的，很远就能看到耸立在寨前的头寨、尾寨两座鼓楼。鼓楼前面是一片水田，后面是一大片错落有致的吊脚楼，绿色的秧苗映衬着近处的鼓楼、吊脚楼和远处莽莽山峦，那景色真能把人灌醉。

如今，水田铺成了水泥大操坪，成了停车场，山寨的风景被破坏了。当初开发皇都侗文化旅游村时，为何不把停车场建到寨子的外面去呢？

在鼓楼的后面，村民们用竹子、木头搭起了一座简易的大棚，在这里，侗族小伙子和姑娘们载歌载舞，热情地迎接远道而来的客人。一碗甜甜的糯米酒，饱含了侗族人的几多深情厚谊。

最有趣的是"找新娘"节目。一开始，我们还没弄明白，就被侗族姑娘和小伙子拽上场，大家围成一个圆圈，一手搭在前面人的肩膀上，一手传递着一块茶饼。我的前后是两位侗族姑娘，伴着音乐大伙手舞足蹈，边唱边转圈，突然，音乐戛然而止，茶饼落在我的手上，还没等我缓过神来，就被姑娘小伙子们拖到一边换上了一套侗族新郎服饰。

重新登场，眼前一亮，五位漂亮的侗族姑娘一字排开，让我从中选出一位做"新娘"。说实话，开始很难为情，不好意思抬头看姑娘们。众人不饶，欢呼起哄。转念一想，不就是做游戏吗？抬头一看，又犯了难，姑娘们个个如花似玉，选谁呢？我想来个"点子兵兵"，可刚一抬手，"点"字还没出口，一位姑娘就走了出来。"好！就她了。"我省去了后面多余的情节。

首先是"新郎""新娘"喝交杯酒，接着是交换礼物，姑

娘将一个精美的侗族织锦袋挂在我的脖子上，我掏出一个用红纸包的"金戒子"送给她。接下来是派发喜糖、给客人们敬茶。最后一道程序是入"洞房"，"新郎"要把"新娘"背进洞房。一个侗族小伙子示范我双手交叉放在后面，"新娘"灵巧一跳，双膝落在我的手上，在众人的欢呼声中，我背着"新娘"绕场一周，整个仪式这才叫完。

天渐渐黑了。寨子里的人领着我们穿过风雨桥，来到河边一座宽敞通透的吊脚楼上，说是请我们吃合拢宴。据说侗家寨子来了贵客，每户来一成年男子，各家出一个菜，共同招待客人。席间，各家的菜碗需依次传递，使客人尝到。若人数很多，则在风雨桥上，饭菜成一线置其上。酒宴快结束时，要饮转转酒，主人中的长者把自己的杯递给身边的人，依次相递，最后形成一个大圈，大家一饮而尽。

我曾经参加过大小无数宴会，从来没有见过这样的阵势，一张张矮矮的木桌接起来有十几米长。合拢宴不分远近、不论亲疏、不限人数共聚一席，据说最多的一次合拢宴有上万人参加。

酒菜早已摆上桌，到底有多少碗菜我也数不清。开吃前，全体起立，唱着歌、手牵着手围着合拢宴转半个圈，再原路转半个圈回到自己的座位坐下，这才举杯。丰盛的菜多为当地的农家菜，最有特点的是侗家酸肉，竟是生吃。岭丹小阿妹告诉我们，侗族人嗜好吃酸，"三天不吃酸，走路打'捞窜'（无力气走路不稳当摇摇晃晃）"。

席间，侗族姑娘和小伙子们频频给客人们敬酒，那股热情劲，让人无法拒绝。一位姑娘提着壶倒酒，一位姑娘端着碗敬酒，你若不喝，她就捧着碗在你面前不停地唱敬酒歌，歌词大意是："情哥哥你慢慢喝，喝到太阳落山坡，喝到月亮升起来，留在侗家歇歇脚……"我因年长，又刚刚扮演了侗家的"新郎"，因此受到特别"优待"，侗家姑娘连逼带劝，三大碗米酒落进肚里，只感到脸发烧，心发烫，腿打"捞窜"。喝到高潮时，侗族小伙子围着我们中的一位年轻女士，在众人的欢呼声中，不停地把她抛向空中。盛情之下，一碗碗甜甜的米酒灌进客人的肚子里。

醉了，醉了，吊脚楼里弥漫着醉意。此时此刻，吸一口侗乡的空气，你也会被醉倒。

不知不觉中，月亮爬上了山坡。当汽车驶离普修桥时，我在朦朦胧胧中再一次与皇都告别。

今夜，我又醉在侗乡。

（写于 2007 年）

后　记

或许是天生的爱好，我从小就喜欢"码字"。

记得小学四年级的一次班会上，班主任老师问同学们将来有什么理想，小伙伴们的回答五花八门。轮到我，懵懵懂懂地许了个大愿："长大后我要当作家！"

其实我也不知道什么是作家，只知道是写书的人。能写书给人看，那一定很有学问。

读小学时，班上的同学都怕写作文，我却特别喜欢作文，因此成了另类。老师常常在我作文的句子下画上一道道的红杠，并附上一段段的点评，有时还当作范文念给同学们听。每当这时，我心里美滋滋的，很有一种成就感。就连附近的爷爷奶奶都找我给他们在外地的儿女们代笔写信。五六十年过去了，当老同学见面时，竟然还有人能背出我作文中的那些"金句"，引来大家一阵哄笑。

20世纪60年代末，我踏进了中学的校门。当时学校搞教学改革，老师不仅把我的作文念给同学们听，还把我"逼"上讲台当起了"先生"。记得第一次走上讲台，我紧张得不知所措，从头至尾没敢抬头看台下一眼，回到座位上，才发现一身衣服都被汗水湿透了。

中学毕业后，我去了农村。五年的日子里，我当了两年乡村教师，也常常辅导孩子们作文。闲暇时，我给亲朋好友写了上百封信，讲农村的故事，谈人生的理想，抒发自己的情感。我把一封信当作一篇作文，上百封信就是上百篇作文。没想到几十年后，那些信中所写的人事，不少成了我文学创作的素材。

参加铁路工作后，我一直与"耍笔杆"结缘。开始在机务段修理了几年火车头，业余时间给报社写写稿，就这样，从基层写进了机关，以后几十年我基本上都在企业宣传部门和报社"码字"。在干好本职工作的同时，也"偷偷"尝试写了些散文、小说、童话、诗歌。那时候怕领导说我"不务正业"，许多作品都是用笔名发表。

几十年过去了，"正业"和"副业"都小有所获，我在报刊上"码"了数百万的文字，收获了一大摞的获奖证书，还出版了七八本集子。虽然实现了"写书给人看"的目标，但至今我也不敢自称"作家"，因为作家是"从事文学创作并且有很大成就的人"，距离这个标准，我感觉还有很大的差距。每当有人叫我作家时，我会自我调侃道："我不是'作家'，我是'坐家'！"

我以为，要想成为"作家"，必须先成"坐家"。"坐家"不一定能成"作家"，但"作家"一定是"坐家"。

历尽人世沧桑，蓦然回首，童年已经远去。童年，是含泪微笑的梦，它总会让我们无限地怀念，就像黄昏时刻的树影拖得再长也离不开树根，走得再远也走不出童年的那颗心。往事如烟，流年似水，能留下的，唯有文字。鉴于此，萌发了出版这本集子的初心。

这本书，收录了我历年来在报纸杂志上发表的部分散文作品，书中有童年的欢笑，有青春的历练，有生活的感悟，有人

生的思考，还有那旅途采撷的片片花瓣。本次以《家住铁路边》结集出版，为那曾经的似水流年留下点纪念。

本书的封面由中国摄影家协会会员、广州铁路摄影家协会主席裴承锐先生设计，作家、好友邓延陆先生不顾年事已高，抱病为本书的出版给予了热情帮助，在此对二位先生表示由衷的感谢！同时对中国文联出版社以及所有为此书出版给予关心的朋友们一并表示衷心的感谢！

2021 年国庆于广州百好居